真田の兵《つわもの》ども

佐々木功
Koh Sasaki

角川春樹事務所

目次

真田の兵ども

真田の兵ども

■序章　犬伏《いぬぶし》の別れ

「急度《きっと》申し入れ候《そうろう》。今度景勝《かげかつ》発向の儀、内府《だいふ》公上巻《うわまき》の誓詞《せいし》ならびに太閤《たいこう》様御置目《おきめ》に背かれ、秀頼《ひでより》様を見捨てられ出馬候間《あいだ》、おのおの申し談じ、鉾楯《ほこたて》に及び候。内府公御違ひの条々別紙に相《あい》見え候。この旨尤《もっと》もと思《おぼ》し召し、太閤様御恩賞を相忘れられず候《そうら》はば、秀頼様へ御忠節あるべく候」

厳しく申し入れます。このたびの（上杉《うえすぎ》）景勝征伐は、内府（徳川家康《とくがわいえやす》）は出した誓詞や太閤様（秀吉）の仕置にそむき、秀頼様を見捨てて出馬されました。この間に当方でも相談のうえ、討伐することとなりました。別紙に内府公違いの条々を添えております。これをもっともと思い、太閤様の御恩を忘れていないなら、秀頼様にご忠節ありますよう。

慶長《けいちょう》五年（一六〇〇）、天下人豊臣秀吉《とよとみひでよし》死して二年。

秀吉死後、五大老《たいろう》筆頭、大名中一の実力者、江戸《えど》内大臣《ないだいじん》徳川家康は政権奪取の野望を明らかにし、己《おのれ》の勢力の拡大と対抗する大名の排除を推し進めていた。

そして、六月。ついに会津《あいづ》上杉景勝に謀叛《むほん》の濡《ぬ》れ衣《ぎぬ》をきせ、討伐の軍を北へと進めた。

家康不在となった上方《かみがた》で石田治部少輔三成《いしだじぶのしょうゆうみつなり》と大谷刑部少輔吉継《おおたにぎょうぶのしょうゆうよしつぐ》は、打倒徳川に決起。在坂の豊臣三奉行《ぶぎょう》の同意を得て大坂城の豊臣秀頼を奉戴、全国の大名に家康打倒の檄《げき》を飛ばした。

豊臣奉行、長束正家《なつかまさいえ》、増田長盛《ましたながもり》、前田玄以《まえだげんい》が七月十七日に署名した冒頭の密書が、信州上田《しんしゅううえだ》城主真《さな》田《だ》安房守昌幸《あわのかみまさゆき》のもとへ届いたのは同月二十一日。

真田家は信州小県《ちいさがた》郡を領する安房守昌幸が三万八千石《ごく》。分家した長男伊豆守信幸《いずのかみのぶゆき》は二万七千石を領し上州沼田《じょうしゅうぬまた》城主である。各々の手勢をひきつれ、上杉征伐に参陣していた。

受け取るや昌幸は、征伐軍と合流するため進軍していた下野《しもつけ》国、佐野《さの》表犬伏《いぬぶし》宿の自陣に、先行していた伊豆守信幸を呼び寄せた。

昌幸に随行していた次男左衛門佐信繁《さえもんのすけのぶしげ》もいれた父子三人は、厳重に人払いしたうえ、自陣近くの薬師堂の一間に入った。

密議は深更まで及んだ。

篝火《かがりび》の照らす薄明かりに、小さな堂が揺らめいて浮かんでいる。

三人、一向にでてこない。

真田家臣は、息をつめ、喉《のど》を鳴らして、見守っている。

主君父子でどんな談合がなされているのか。いったい、なにが起ころうとしているのか。

主《あるじ》昌幸に厳しく言われている。堂には誰《だれ》もいれるな、近づけるな、と。

むろん、彼らは書状の内容など、知らない。だが、肌で感じている。

（尋常のことではない）

陣に控え、目配せで語り合う。

篝火がめらめらと燃え、陣内を照らし、各々の顔に濃い陰影を作っている。

皆、時折、堂の方を見ては小首をふる。

やがて、動きがある。

「おい」

家臣一同、あっと、振り返る。

真田左衛門佐信繁一人が木柵《もくさく》を張り巡らした陣内につかつかと入ってくる。

いつもは穏やかなその目じりに険しい沈鬱《ちんうつ》が浮かんでいる。

取り巻く家臣が固唾《かたず》を呑《の》み見つめる中、信繁は低く呼びかける。

「夕庵《せきあん》はいるか」

ここに、と、胴服に腹巻を当てた坊主頭の武者が走り出る。

「来てくれ」

信繁は返事も待たず背をむけ、堂の方へいざなう。

(何事か)

夕庵はただならぬ様子に目を泳がせて続く。

坂巻《さかまき》夕庵、実は侍ではない。真田家お抱えの医師である。あまりに真田主従の近くにあるゆえ、そのまま家臣として召し抱えられた。出陣には陣中医としてついて来ている。

医師だけに、昌幸のみならず信幸、信繁、さらには女房衆、上田、沼田の間を駆け巡り、真田家の人々の心の癒《いや》しにすら努めている。もはや親族といえるほどの男である。

特に、数年来、病いを得て臥《ふ》せった信幸を献身的に診てきた。

伏し目がちに信繁の背を追っていた夕庵、あっと顔を上げる。

堂の前で昌幸が腕組みして待っている。

「よいか、夕庵」

昌幸は跪《ひざまず》いた夕庵の肩を抱くように身をかがめ、面《おもて》を寄せ、語りだす。

その囁《ささや》きがとつとつと響くたびに、夕庵の目が見開かれてゆく。囁くのは、件《くだん》の書状の内容である。

夕庵、慌てて周囲を見渡す。

「ゆゆしきことでありますな」

「そうじゃ、大事よ」

とんでもない大事変である。しかも、まだ主君父子三人しか知らぬことだろう。

家老一同をおいて、こんなことを自分が聞いてしまっていいのか。

「そ、それで」

「わしは、秀頼様に尽くす」

「は、はあ」

「太閤殿下のご恩に報い、秀頼君《ぎみ》にご奉公する。幼君をないがしろにし天下を奪わんとする家康を討つ。それが真田のなすべき大義である。当然のことじゃ」

夕庵はゴクンと生唾《なまつば》を大きく飲み込む。

「御意に候」

当然と言えば、当然のこと。

豊臣か、徳川か。なら、豊臣に決まっている。かつて、昌幸がどれだけ家康と激しく戦ったか。真田家臣なら知らぬ者はない。

「どうじゃ、良い話だろう」

昌幸の確たる言い方に、夕庵は眉根《まゆね》を寄せた顔をゆがめる。やがて、頷《うなず》く。

「ごもっとも、でございます」

家康の天下取りの野望は明らかである。その実力も十分にある。

だが、家康の天下のもとで、真田昌幸がどれほど重んじられるというのか。尽くしてもせいぜい本領安堵《あんど》が精いっぱい、ほとぼりが冷めれば国替えであろう。

因縁《いんねん》が深い。いや、巨大なる遺恨がある。

武田《たけだ》家家臣として、信州と上州に城をもった真田昌幸は、東海から信濃《しなの》に進出してきた家康に、一時は従い、やがて裏切り、全力で戦った。

しかも実戦では、真田が痛烈に勝った。徳川と北条《ほうじょう》が争い和睦した天正壬午《てんしょうじんご》の乱終焉《しゅうえん》後、取り残された真田は家康の大軍の攻めをうけ、上田城に籠城《ろうじょう》した。圧倒的に徳川有利とみられたこのいくさは、上田という城塞《じょうさい》、地形を巧みにつかった昌幸の快勝で終わった。

その後、両者は、天下統一を目指す豊臣秀吉の傘下に入った。昌幸も家康も否応《いやおう》もなく和を結んだ。

真田と徳川とはそんな間柄。家康と昌幸の間の平穏など、豊臣公儀があってこそなのである。

「豊家《ほうけ》の御もとでこそ、真田は飛躍できるわい」

ニンマリと笑う昌幸に、夕庵は二度三度と頷く。

夕庵のみでない。真田家臣は誰もが昌幸を敬慕崇拝している。

武田滅亡、信長横死後の動乱、徳川、北条、上杉、そして秀吉という強者たちとのせめぎあい。すべてを昌幸のもとで乗り切ってきた。

お家が残るかなど、どうでもいい。昌幸が応といえば応、否と言えば否、もはや一心同体なのである。

「しかしな、豆州《ずしゅう》（伊豆守信幸）が肯《がえん》じぬ」

昌幸の言葉に、夕庵は眉間《みけん》の縦皺《たてじわ》をさらに深くする。

「あ奴は、家康の義娘《むすめ》を娶《めと》っている。この上杉攻めも家康の与力《よりき》として参陣した。家康に尽くすのが筋と言って聞かんのだ。困るわい」

「なるほど」

「そこでだ」

「はあ」

「お前は豆州と親しい。お前からも説いてくれんか」

昌幸は覗《のぞ》き込んでくる。

夕庵はわずかに視線を落とした。しばし、目を宙に泳がせている。

「どうした、夕庵」

「伊豆守様がそう仰せられましたか」

うむ、と昌幸は頷く。

「それを、拙者に口説《くど》けと」

「そうだ」

「それは無理、でございまする」

夕庵が言い切れば、昌幸は口をへの字にまげた。

「伊豆守様は、決められたことを覆す方ではありませぬ。大殿が懇篤《こんとく》に説かれたうえでそう申されたのなら、もはや徳川様ご加担で心が決まっているのでしょう。それに――」

夕庵は苦しそうに首《こうべ》を垂れた。

「それがしごときが殿様のお心を覆すなど、家臣としてあってはならぬこと。いかな大殿の命とて、なせませぬ」

その顔はまるで不治の病を見立てた医者のごとくである……いや、夕庵は正真正銘の医者である。

肩を縮こめて、平伏する。

昌幸はにわかに目をひん剝《む》いた。

「ぬあんだと！」

叫びは思いがけず大きく、周囲の闇《やみ》を切り裂くように響く。

夕庵の声もしぜん、大きくなる。

「なせませぬ。平に、平にご容赦御願い仕《つかまつ》ります」

「わが息子がわしに逆らうも仕方がない、というのか！」

昌幸の頰《ほお》がわなわなと震えている。


「さて、豆州」

堂内に戻った真田昌幸は胡坐《あぐら》をかくと低くきり出した。

灯火は小さい。そのゆらめきが面上の陰影をユラリと動かし、皺《しわ》の多い昌幸の面貌《めんぼう》がゆがんだようにみえた。

「夕庵は」

伊豆守信幸は静かに目を伏せていた。

「来んわい。おぬしを説くことはできんとな」

昌幸は先程の激昂《げきこう》ぶりと打って変わって、ニヤリと笑った。

横で左衛門佐信繁もクスリと笑う。

三人の真ん中に「あの書状」が無造作に広げ置かれている。

「夕庵らしいですな」

信幸も含み笑いで面を伏せる。

「ですが、父上のお声は四方に聞こえておりましたぞ」

信繁が横から口をはさむ。

そうか、と昌幸はおどけたように頭をなでる。信幸は背筋を伸ばす。

「それで十分でござる。では、いま少し、談合のふりをして時をつぶしますか」

「もう少し、大声でやりますか」

信幸、信繁、口々に言う。

「やるか」

オホン、と、昌幸は咳《せき》ばらいをした。そして、くわっ、と大口をあけた。

「ええい、豆州、おぬし、父のいうことがきけんのか!」

しゃがれた大声が堂内に響きわたる。

昌幸は、ダン! と床板に足を踏み出し、片膝立《かたひざだ》ちとなり、身を乗り出した。

「父上こそ何を言われる!」

次は、信幸。腰刀を鞘《さや》のまま、ガツン! と床に突き立てる。だが、頬には微笑が浮いている。

「もう一度言うぞ、秀頼君はわずか八つ。会津攻めは、家康が幼君を操り、上杉を攻めつぶさんとしたことぞ!」

「御幼少の秀頼君を操るのは、大坂奉行どもではございませぬか。いきなり内府を討つというのも解せませぬ。こたびの会津遠征は秀頼君のお名のもとなされたもの。我らは内府様の与力として来ております。内府様を立て、まずは上方の真情を問うのが筋！」

昌幸は笑顔で喉の奥まで見せて、叫ぶ。

「豆州、おぬし、いつからそのような屁理屈《へりくつ》を並べるようになった。お主は、石田治部とも懇意であろうが。豊家を支える力になってやらんのか！」

「内府とて、豊臣家のために励んでおりまする！」

「聞き分けない小僧のようなことをいうな！」

「なんとな！」

「聞き分けないことを言うのは、父上でござる！」

昌幸はにわかに立ち上がった。そして、佩刀《はいとう》に手をかけた。

「父上！」

慌てて制すのは信繁である。だが、笑っている。制すふり、なのか。

「わしに逆らって、家康に与《くみ》するならば敵じゃ。早いうちに成敗しておく！」

「なりませぬ！」

身を挺《てい》する信繁を尻目《しりめ》に、信幸も立ち上がり、身構える。

三者笑みを含んだ顔でにらみ合う。

うむ、と同時に頷く。

「誰だ！」

昌幸が振り仰ぐと、兄弟も振り返る。視線の先に堂の観音開きの戸がある。

信繁が駆け寄り、ガバと開ける。

誰もいない、漆黒の闇が広がっている。

しかし、昌幸、うぬと目を見開いて、

「誰も近づいてはならぬというたろうが！」

手元に置いてあった下駄をむんずと掴《つか》み、投げつけた。

闇夜に飛んだ下駄が境内《けいだい》におちて、

カラーン

と、音を立てた。

慶長五年七月二十一日、深夜のことである。


一刻（二時間）後、真田昌幸、信繁の二人は犬伏の陣を騎馬ででた。

西へ向かう。従うのはほんの数騎である。まだ夜明けの気配もない中、極めてひそやかな出立であった。

先頭の一騎が持つ松明《たいまつ》の灯《あか》りだけが、ゆらゆら揺れて、先導している。

「大殿」

昌幸の馬の横を、いつのまにか人影が駆けている。

昌幸は手綱を引いた。続いていた信繁たちも馬をとめる。

「伊豆守様は、無事に陣に戻られました」

灰色の忍び装束を纏《まと》った男が片膝をつき、面を伏せる。

昌幸はカツカツと輪乗りしながら、うむと頷く。

「大殿のお下知《げち》どおり、堂の周りの警固は解いておりましたが、良かったのですか」

「ああ、よい」

「下駄を投げるとは、誰かおりましたか」

忍びは怪訝《けげん》そうに聞いてくる。ふふ、と昌幸は含み笑いをする。

「いや、誰もおらぬ」

「ほう」

「あそこには誰もおらん、いや、いたかもしれぬが、見えてなどいない。だが、ああやって騒げば、何の話をしていたのか、どんな成り行きか、外の者もわかったろうよ」

忍びは合点したように目を見開く。

「真田昌幸は豊臣につくべく上田に帰った、息子の伊豆守は従わず徳川についた。長き談合の末の喧《けん》嘩《か》別れよ。そうでなければならぬ。よいか、十蔵《じゅうぞう》、向後は、その話をかたっぱしにばらまけ。真田家は敵味方に真っ二つに割れたのだ、とな」

十蔵と呼ばれた忍び、戸隠《とがくし》十蔵、真田忍びの頭領である。鋭い目で、ハ、と頷く。

「徳川の忍びはどうだ」

「それは、もう――」

「だな」

昌幸はすべてを聞かず、うなずいた。

聞かずともよい。

徳川家康が抱えている伊賀《いが》忍び服部《はっとり》党の諜報網は天下一。

今、上杉征伐のため、野州《やしゅう》の地に参じている数万に及ぶ軍勢。その将の動向を探るべく、数多《あまた》の忍びが、あちらの林、こちらの物陰に蠢《うごめ》いている。

わかっている。あの薬師堂の周りにもいたのである。だからこその長い談合である。そして、あの狂言である。

真田昌幸、次男信繁は豊臣へ、長男信幸は徳川へ。

それが、深刻な密議の末、至った真田家の苦渋の決断。

そんな厳秘の談合と見せて、夕庵をよび外で説得し、激昂した様子で怒声を響き渡らせ、さらに闇に向かって下駄を投げた。外の間者《かんじゃ》に知らしめるためである。

「誰かに、わしが投げた下駄が顔に当たって歯が折れた、とでもいわせるか」

昌幸はカハハと笑う。

この役目は真田家臣河原綱家《かわはらつないえ》が担うことになる。逸話は伝説となり、のちに綱家の子孫が「綱徳家《つなのり》記」に記し、「犬伏の別れ」を彩る有名な逸話となる。

ちなみに、このとき、河原綱家は真田家大坂留守居役であり会津征伐に従軍していない。下駄が当たるはずが、ない。


さて、この大乱。

東の実力者、徳川につくか、幼君をかつぐ西の豊臣につくか。

家康とは犬猿の仲の昌幸。徳川にとって害虫のごとき存在の真田家。

（いや、家康はわしを気にする）

昌幸はわかっている。もしこの野州の旅陣で昌幸が家康につくなら、その兵の多寡にかかわらず、甚大な意味をもたらす。

あの真田すら、家康についた。去就に迷う諸侯は、徳川の天下を予見し、我先に家康を担ぐだろう。

（そうはいかんわい）

その程度のことで懐柔されてなるものか。

真田昌幸が持つ野心は、はるかに大きい。巨大なのである。

「伊豆守様は、家康に書状を出すとのこと。大殿と左衛門佐様が抜け陣、上田に帰国、と」

「手筈《てはず》どおりぞな」

昌幸、信繁の領国帰還を信幸が告発。これで正式に真田家は二つに割れた。

「十蔵、忍びは退かせたな」
ハ、と十蔵は頷く。
「皆、上田まで同道させます」

そうである。極めて少数の騎行とみせて、じつはこの沿道を数多の忍びが駆けている。

むろんのこと、昌幸、信繁の警固である。

「伊豆守様のもとからも、引き上げてよいのですか」

「よい」

昌幸は即答する。

「二、三人、残しても」

「いい。家康に気取られるわけにはいかん」

昌幸は揺るぎない。

「源吾《げんご》がおる」

そういって、ニンマリと笑ったあと、

「ちっと若いかのう」

そのまま小首をかしげた。かすかに、思い淀《よど》むようだった。

「十蔵、あ奴《やつ》に、しかと豆州を支えるよう、言ってくれ」

昌幸はそう言うと、手綱を引いて馬腹を蹴《け》る。

「お前も見てやってくれ」

十蔵が踵《きびす》を返す向こうで、昌幸はもう振り向かない。

一路、上田に向かい、馬を走らせてゆく。

■一章　忍びの若武者

母の面影

なにかが、見えている。

だんだんと、白い輪郭が、朧《おぼろ》からうつつに変わってゆく。

見上げれば、とがった顎《あご》が見えている。どうやら、女の顔のようだ。

呼びかけようとするが、しゃべれない。アウアウと言葉にならぬ声がもれるだけである。

なぜか、自分は年端もゆかぬ幼子《おさなご》のようである。小さな手を引かれ、よちよちと雑踏の大通りを歩いている。そんな己《おのれ》の手を女のしなやかな指が包んでいる。

見上げている。その黒髪嫋《たお》やかな、美しい女性を。

女はときおり、幼子の自分を見下ろして、潤んだ瞳《ひとみ》で柔らかく微笑《ほほえ》む。

(母上)

母だ。これは己の母親だ。

母は目をあげ、前をゆく騎馬勢を見詰めている。

「勝ったぞ！」

その視線の先で真紅の陣羽織を纏《まと》った武人が、馬上、手を振っている。

「皆、勝ちじゃ、上田《うえだ》の大勝利ぞ」

真田安房守昌幸《さなだあわのかみまさゆき》はおおらかに声を張り上げる。それを囲み、後に続く民の群れが、ワアアと声を上げている。

勝ったのだ。真田が徳川《とくがわ》に勝ったのだ。

物心もつかぬ己にわかるはずのない出来事に心は弾む。そして、群衆とともに声にならぬ歓声をあげる。

天正《てんしょう》十三年（一五八五）閏八月、その日、真田昌幸は徳川に勝った。真田は上田城の東、神川《かんがわ》で徳川勢を打ち破り、潰走《かいそう》させた。

戦勝の凱旋《がいせん》で城下をめぐる昌幸は、わずかな供回りを引き連れただけの軽装である。

「勝った、勝ったぞ」

昌幸は兜《かぶと》を片手に掲げ、民にむけ叫び続ける。

将兵の心を盛り上げるのに、昌幸ほど長《た》けた者はいない。昌幸は城下町の隅々まで回り、兵から民草までの顔一人一人を眺めて、戦勝を祝いあう。応じる兵、民の士気は天を衝《つ》くほどである。

「殿様！」「お屋形《やかた》様！」

老若男女皆、はちきれんばかりの笑みで、昌幸を仰ぎ見ている。

それはそうである。このいくさ、昌幸は上田という城郭、町、そして堀代わりとする神川などの地形すべてを使って勝った。

城下町に細工をし、いたるところに「千鳥《ちどり》掛《が》けの柵《さく》」を設け、行きどまり、袋小路を作り、城の堀際まで敵をおびき寄せ、側方後方から伏兵を放って混乱させた。

逃げる敵勢を最後に襲ったのは神川の氾濫《はんらん》だった。せき止めていた上流の水を一気に流したのは、真田兵だけでない。駆り集めた民草である。

城、土地、民、すべてが昌幸の手足となって戦った。そして、勝ったのだ。

「おお、皆、わしの同志じゃ。ようやってくれたのう」

働いた者、隠れていた者、分け隔てない。昌幸はすべてに声をかけ、大きく頷《うなず》く。

小さな体、大きな頭。きさくな人懐っこい笑顔。その様はまったく殿様らしくない。まるで近所のおやじである。

だが、民は知っている。かの武田《たけだ》信玄《しんげん》が愛し、育てた俊才。信濃小県《しなのちいさがた》という土地に根差し、懸命に守らんとする真田家当主。そして、本日、数倍する徳川勢を見事に撃破した名将真田昌幸。兵は、民は、その笑顔だけでも心湧《わ》き、諸手《もろて》を振り上げ歓喜する。

「みなの手柄じゃ」

昌幸はさらに心ゆさぶるようなことをいう。

ふだんは道端で平伏する民も、今日は無礼講である。我も我もと前にでて、昌幸の声掛けを望む。

母はその群衆にまぎれ、ともに昌幸を追い、歩む。

時折、黒目を、左、右と動かし進む。そのときだけ和やかな顔が鋭く引き締まる。

美しい。どんな顔をしても、母は美しい。

そんな仕草で歩む母を見上げ、幼児の自分は春風に抱かれるようなやすらぎを感じている。

わかる。母は昌幸を守っているのだ。

それはそうだ。いかに豪胆な昌幸とて、丸腰に等しい身をさらすことはできない。

今、民にまぎれ、民のふりをして、数多《あまた》の真田忍びが、陰から昌幸を守っている。

母もその一人だ。まさかに、幼子を連れた女房が、警固の忍びとは思われない。母はこうして群衆に刺客が紛れこまぬよう見張っているのだ。

昌幸はなおもゆく。人だかりは増える一方である。

群がる民の中で一人の町人風の男がなにげなく懐《ふところ》に手を入れた。それは極めて自然な仕草である。前ばかりみている周りは、男に気づかない。

さきほどまで皆と同じく、顔をほころばせていたその男、いつの間にか口元を引き締め、群衆の合間を割って進もうとする。

と、その足取りがとまった。

「動くでない」

後ろからつぶやくような小声が制している。

母は、男の後ろにピタリとついている。右手の指の間に隠した棒クナイを男の背、心の臓の裏側に突き付けている。

「動けば胸の表まで、突き立てる」

その小声は喧騒《けんそう》にまぎれ、周りには聞こえない。

男は懐手のまま、固まっている。その手に握られているのは凶器だろう。

昌幸を狙《ねら》った忍び、刺客だ。間違いなく徳川の忍びである。いくさで勝てぬうえは、刺客の刃《やいば》で昌幸を討とうとするのだろう。戦勝の浮つきを狙って、忍びを放ったのだ。

男は動揺している。呼吸の乱れを感じた。

「動かねば、命は助けてやる」

せっかくの昌幸と民のひとときを騒動で妨げたくない。

群衆は昌幸の騎行《きこう》と共に動いてゆく。二人はその場に取り残されてゆく。見ている。自分は見ている。母から優しく頭を撫《な》でられ待つよう言われ、路傍に立ち、このなりゆきを見ている。

四方の物陰から、これも町人風の男が数名歩み寄ってくる。母の同朋《どうぼう》の真田忍びである。ちょうど人垣が途切れようとした。

（だめだ）

夢中で、叫んだ。むろん、言葉になっていない。火がついたように泣き声を上げた。ほんの少しの安堵《あんど》、それが仇《あだ》となるのだ。

泣き声に母がかすかに振り向いた。すると、にわかに男が動いた。母は手のクナイで突いたが、寸の間で、男が早い。よほどの手練《てだ》れである。先程わざと呼吸を乱して、こちらを油断させたのだ。

さらに、横跳びざまに足で母の手を蹴《け》り上げている。棒クナイが宙にとぶ。男は大きく跳躍し、道端の民家の屋根に跳び乗っている。乗るや目にもとまらぬ速さで、懐から飛びクナイをとり、躊躇《ちゆうちよ》なく投げる。

投擲《とうてき》の先は彼方《かなた》の昌幸の背中である。

母は地を蹴《け》る。だが、明らかに遅れている。跳んだ。いや、空中に身を挺《てい》した、というのが正しい。

「うっ」

苦悶《くもん》に顔をゆがめ、着地する。背中に凶器が突き立っている。

「チッ」

舌打ちする屋根上のくせ者に、四方から放たれた手裏剣、クナイが飛ぶ。警固の真田忍びが路地から町家から飛び出してくる。男はまた大きく跳躍すると、屋根を跳び移る。忍びが追う。すべてが常人の目にとまらぬ、瞬時のできごとである。

母も体を起こしたが、ぐらりと片膝をついた。

「りん！」

駆け寄ってきた男、これは十蔵《じゅうぞう》である。その声が響く中、母は地べたに頽《くずお》れる。

（母上）

叫び続けている。だが、口から放たれるのは、切り裂くような泣き声である。

ただのクナイなら命までは落とさない。しかし、敵は暗殺に慣れた手練れだ。凶器の先に猛毒がたっぷり塗られていたのである。

十蔵たちが抱き起こし、傷口から血を吸いだそうとしたが、当たり所が悪い。クナイは深々と心の臓の辺りに突き刺さっている。

それでも母は目を開けた。

「十蔵様……」

母の顔が視界で白くぼやけている。

見ている。泣きじゃくりながら見ている。

だが、母の顔はもう見えない。顔がわからない。

「げん、ご……」

もう言葉が続かない。全身の力が抜けてゆく。

「りん！」

十歳の声が遠く響いている。

自分は無力だ。なにもできない。ただ叫び、火がついたように泣きわめいている。

りん――？　りんというのが、母の名なのか。

俺《おれ》が、俺が足手まといで、母は死んだのか。

敵は徳川の忍び、徳川だ。

「徳川を討て」

不意に耳の奥で叫ぶ声がする。声は大きくなる。割れんばかりに頭蓋《ずがい》に響く。

――討て、徳川を討て――

男は目覚めた。

前に伏せていた頭を上げれば、その顔は若い。やっと少年の域を出たかと思えるような紅顔の若者である。爽《さわ》やかな浅葱《あさぎ》色の小袖《こそで》姿に大小の刀を傍らに置いている。見たところ、武家の若小姓《こしょう》といった態《てい》である。

だが、この若武者、ただの侍ではない。

忍びの者である。忍びなら、寝具にくるまって寝ることなどない。うす暗い小屋の片隅で、膝《ひざ》を抱いて仮眠をとっていた。

眠りはいつでもとれる。眠れるときにわずかでも眠り、少しでも体力を回復する。それが手練れの忍びだ。

そのわずかな眠りのうちに、夢を見た。よくみる夢だ。

年長者から聞いた、母の死にざま。

物心ついていない己が憶《おぼ》えているはずがないその姿。だが、なぜか、まるでつい先ほどこの目で見たような、それほど克明な夢となって甦《よみがえ》る。

母は、真田昌幸を守って死んだ。徳川と戦って死んだ。

そして死の直前まで、自分を傍らに置いていた。今でも、その指のぬくもりが、己の手の平に残っているような気がしてしまう。

りん、という名しか、しらない。母は父について頑《かたく》なに明かさなかったという。だから、若者にとって、親とは、母だけである。

顔など憶えているはずがない。だが、何度も夢に見る。己を見下ろす真白き顔の美しい女性を。はじめは見えていたその顔はやがて見えなくなり、目が醒《さ》めればまったく思い出せない。

――徳川を討て――

耳にこびりついているのは、その声である。

夢を見るたび、心に刻み込み、何度も何度も念じている。

徳川を討つ。

それは己の運命、宿命なのだ、と。

密命

その若武者、いや、忍びの若者が待つ小屋に近づいてゆく影がある。

七月二十二日の夜、野州は佐野表、街道から外れた山間《やまあい》。薄汚い樵《きこり》小屋は、鬱蒼《うっそう》たる樹林の合間に埋もれるようにある。

黒い影は木々の合間にゆらりと浮かび上がる。よく見れば、人である。灰色の忍び装束を身にまとっている。闇《やみ》に溶け込んでよく見えない。

忍びは音もなく二歩三歩と歩み出て跳躍するや、例の小屋の戸口にはりついた。

「源吾《げんご》」

小さく呼びかける。この忍び、戸隠十蔵《とがくし》である。

ハイ、と屋内からくぐもった声が応じる。十蔵、引き戸に手をかけ、スッと開けた。

中は薄暗い。炉の火も最小限に燃えている。炉端に、例の若者が一人、胡坐《あぐら》をかいて座っている。

振り返ると丸顔が、炎に浮かび上がった。

その引き締めた顔に、十蔵は片頬《かたほお》をかすかにゆがめた。

(見事な武者ぶりだ)

真から思う。が、そんなことは口に出さない。

源吾と呼んだこの若者、十蔵にとっては、真田忍びの傍輩《ほうばい》の遺児である。

母は、りん、という手練れの女忍びだった。りんは、忍びの争闘の中、命を落とした。もう十年以上も前のことだ。

十蔵は残された幼子を引き取り育てた。十蔵だけではない。少年は、真田忍びの皆に抱かれ、磨かれるように育てられた。物心つく前から大人と同じように修練し、揉《も》まれ、小突かれ大きくなった。

十蔵が、そう仕向けた。

忍びとは、恐ろしい。そんな育ち方をすると、身も心も強靭《きょうじん》になる。今やこの源吾、十蔵を唸《うな》らせるほどの業者《わざもの》となっている。

（だけではない）

そして、今や、一端《いっぱし》の武人、侍でもある。

（数奇な宿命の子よ）

一年前のあの日を思い出している。


その日、十蔵は配下の忍びたちの修練をしていた。

豊臣秀吉死後の動乱、上方《かみがた》で一触即発の緊迫が続く中、真田昌幸は乱にそなえ、数多の忍びを育て、修練していた。その命を担い、忍び衆を束ねる者こそ、戸隠十蔵であった。

十蔵は配下の忍びを、領内真田郷の奥深く、角間《かくま》渓谷に集め、日々鍛え上げていた。

角間渓谷は、奇岩が随所に突き出て、断崖《だんがい》絶壁が全長一里（四キロ）にも及んで連なる秘境である。

「鬼が棲《す》む」と里の者は恐れ、めったに立ち入らない難所でもある。民が近寄らぬこの地は、忍びの修練地には最適の場だった。

「おおっ」

渓谷の下で見上げる忍びたちが声をあげる。

絶壁を右へ左へ飛ぶ、小さな影がある。子ザルのように身軽な人影は、突き出た岩に巧みに手をかけ、足で蹴り、まるで平地のように渡り歩く。みるみる間に渓谷の下へと降りてくる。

「放て」

見上げていた十蔵が杖《つえ》がわりの木刀を振り上げた。同時に、周囲の忍びが一斉に手に持った礫《つぶて》を投げつける。ヒュンヒュンと風を裂く音と、カツカツと岩肌に石が当たる音が渓谷にこだまする。

影は巧みにそれをよけ、なおも、降《くだ》ってくる。一つとして、当たらない。

最後には、クルリと宙で回転して、地に下り立つ。

周囲の忍びは感嘆の顔を輝かせる。

十蔵の前に進み出た子ザルは片膝をついて面《おもて》をあげ、つぶらな瞳を輝かせた。

齢《よわい》十六の源吾である。すでに、身ごなしは真田忍び一といってもいい。

十蔵は、うむ、と頷いて見下ろす。

が、ひと呼吸おいて、やにわ、ブウンと、木刀を振り下ろした。源吾はハッと両手を差し出し、バチンと受け止めた。瞬時のことである。

束《つか》の間《ま》、安堵の息をもらした源吾に、十蔵はカッと目を見開いた。

「ばかもの！」

怒声とともに、十蔵が受け止められた木刀を横に振れば、源吾は跳ねとんだ。

「これが真剣ならば、手負いとなっておる。油断するでない」

転がって居直った源吾、かすかに顔をしかめ首《こうべ》を垂れている。

「申し訳、ありません」

周囲の忍びは目を剝《む》き、唸《うな》りを上げている。

確かにそうだ、修練ならいい。これが敵との争闘なら命を落とすことになる。

だが、源吾は十分な手練れである。今もまず皆の手本にと、谷上から駆け下りてきた。凶器の投擲をもよけきり、見事に役を終えた。

なのに、この厳しさ。

（育ての親ではないか）

皆、十蔵が源吾を褒《ほ》めるのを見たことがない。十蔵は徹底して厳しく、笑顔なく、義息とも弟子ともいえる源吾に接している。それは修練の場だけではない、絶えず、である。

しかも、十蔵が源吾に課すのは、忍びの技だけではない。武家、侍としての身ごなしも徹底的に叩《たた》き込んでいる。さらには、剣術、槍術《そうじゅつ》にまで及んでいる。信州《しんしゅう》一円に名を馳《は》せた剣士、槍士を招いては、源吾に夜な夜な鍛錬と実技を課している。

こんなことができるのは、十蔵にもう一つの顔があるからである。

十蔵、表では真田安房守家臣、筧出雲守《かけいいずものかみ》十兵衛《じゅうべえ》という立派な侍なのである。

(それにしても)

確かに忍びは変わり身で武家に潜むこともあり、一連の作法を身に着ける必要がある。

だが、十蔵が源吾に課すものは、装いに必要な度合いを軽く超えている。

並みの者なら音を上げるほどの教え、鍛える技の多さ、その厳しさ。

(この親にして、この子か)

源吾は源吾で、この若さでその全《すべ》てをこなし、体得するほどの手練れである。

「さあ、皆もやってみよ」

十蔵が一同を見渡すと、皆、ハと頭をさげる。

絶対なる信望で真田忍び衆を束ねる頭領である。異論はない。

黙々と、修練に励む。しばらく同じように何人かが、谷を跳び渡った。怪鳥のごとく、野猿のごとく、忍びが渓谷を跳びかう。その様、人の域ではない。

「十蔵様」

背後から駆け寄ってきた忍びが声をかけると、十蔵は振り返った。

「上方の大殿様より使いが」

十蔵、無言で頷く。差し出された書状を手際よく開き、目を落とす。

やがて、片手を挙げた。

「よし、しばし、やすめ」

皆、一斉に動きをとめ、谷底へと降りてくる。

十蔵は源吾だけを呼んだ。

二人は渓谷の一隅に作られた質素な小屋へと入ってゆく。休息と炊事の場としてつくられた忍び小屋である。

十蔵は板の間にあがり、土間に跪《ひざまず》いた源吾を招く。

「まず、座れ」

己の目の前に座るようにいざなう。源吾は框《かまち》をまたいで上がり、平伏した。

「こたび、大事な役目がある」

居住まいを正して、切り出した。

「ついに徳川を討つのですか」

先んじて、源吾は反応した。

そんな様を見て、十蔵はやや眉根を寄せている。

そうだ、源吾は徳川を激しく憎んでいる。いや、徳川を倒すため源吾は生まれた、そう言っても過言ではない。

わかっている。長ずるにつれ、この若者が徳川を討つことを修練の力とし、真田と徳川の手切れを待ち望んでいることを。

十蔵、深く頷く。

「そうだ、徳川を討つ」

言い切れば、若者の顔にはちきれんばかりの精気が漲《みなぎ》った。

（だが）

その激しい情念は、一歩間違えば、諸刃《もろは》の剣となる。そうならぬように導かねばならない。十蔵は
かすかに目を細めている。

「そのために、おまえに役を与える」

厳かに言う。

「源吾、おぬしは侍となり、沼田《ぬまた》の伊豆守《いずのかみ》様のもとで小姓として勤めよ」

え、と、源吾は小首をかしげた。

「これは大殿直々のご下命だ」

十蔵は身を乗り出してくる。

「よく聞け、仔細《しさい》はこうだ――」

大乱に賭ける

慶長《けいちょう》四年（一五九九）閏三月、秀頼《ひでより》後見役の大老前田利家《まえだとしいえ》が死んだ。

病身を挺して豊臣《とよとみ》家に尽くしてきた利家の忠節は本物であった。

秀吉《ひでよし》死後の混迷。

公然と諸侯の間を練り歩き、己の勢力拡大を図る家康《いえやす》と、次の天下を睨《にら》んですり寄る大名たち。それらを、石田三成《いしだみつなり》を筆頭とする豊臣奉行《ぶぎょう》衆が太閤《たいこう》遺訓を楯《たて》に糾弾すれば、秀吉恩顧で武断派の荒大名福島正則《ふくしままさのり》、加藤清正《かとうきよまさ》らが「君側《くんそく》の奸《かん》」となじりさらなる気炎をあげる。

事あるごとに諍《いさか》いを繰り返す者どもも、信長《のぶなが》が愛し、秀吉が尊んだ気骨者、加賀大納言《かがだいなごん》前田利家の鬼気迫る睨みに、かろうじて均衡《きんこう》を保っていた。

その死を境に、一気に箍《たが》が外れた。

武断派大名たちは大坂《おおさか》城下で集い、石田三成を弾劾《だんがい》せんと動いた。

伏見《ふしみ》城に逃げ込んだ三成は、対抗勢力の巨魁《きょかい》である家康に援《たす》けを求め、家康は大老筆頭の名のもと、それを仲裁した。

三成は領国に蟄居《ちっきょ》処分となり、利家、三成という柱石を失った政権で、家康の専横を阻む者はいなくなった。

それらの喧騒を横目に、真田昌幸、信幸《のぶゆき》、信繁《のぶしげ》の三人は、じっと息をひそめていた。

上田本家、沼田分家が連なる大坂真田屋敷に逼塞《ひっそく》し、まるで耳を塞《ふさ》いでいるようでもあった。

奉行も家康もその他諸侯も、己のことに懸命である。信州小県三万八千石、上州《じょうしゅう》沼田二万七千石《ごく》の真田程度の小大名、気にかける者はいない。

そんなある日、昌幸は、信幸、信繁の息子二人を、居館の奥深い一室に呼んだ。

「よく聞けよ」

切り出した昌幸の顔は赤らみ、口角は上がっていた。

「必ず、大乱となる」

二人の息子を交互に見た。信幸、信繁、無言で頷く。

「家康は天下取りに動く。間違いない。奴はな、待っていたのだ、大納言が死ぬのを」

昌幸、ニヤリと笑う。

「まず、家康は、己の敵となりうる者を蹴落としにかかる。前田、毛利《もうり》、上杉《うえすぎ》」

家康と並ぶ大老職、加賀前田家、毛利中納言輝元《ちゅうなごんてるもと》、上杉中納言景勝《かげかつ》、宇喜多《うきた》中納言秀家《ひでいえ》。このうち、利家の息子利長《としなが》が継いだ前田家。そして、家康につぐ百万石をこえる大領と軍事力をもつ、毛利、上杉。

「これらをかたっぱしから潰《つぶ》す」

そう言い放つ昌幸の眼が底光りしている。明らかに精気に満ちているのである。こんな父には首肯も合いの手もいらない。常ならぬ父の様子を、信幸、信繁はただ見つめるだけである。

「潰すだけではない。潰しついでに、大坂の奉行どもを一掃する」

ゴクリと唾《つば》を呑《の》む音が室内に響く。

「己に逆らう者どもを怒らせ、立ち上がらせ、根こそぎ討滅する」

昌幸はそこでしばし言葉を溜《た》めた。

「いくさだ」

しばしの沈黙。息子二人は黙然と瞼《まぶた》を伏せる。

そうだ、いくさである。時勢の変わり目、しかも秀吉の遺児秀頼がいて、秀吉が作った豊臣政権は残っている。穏便に天下の権が譲られるはずがない。

流血と破壊、粛清のうえでこそ、新しい天下が成り立つ。

家康がそれをなすか、それとも、しくじって豊臣が存続するか。

その時が来ているのだ。

「して、父上は、いかに」

沈黙を破ったのは、信幸である。

真田と徳川の因縁《いんねん》。それを取り持ったのは秀吉であり、その身を証《あかし》として懸け橋となったのは信幸である。

天正上田合戦の後、できうる限り家康を避け、秀吉の庇護《ひご》を求めた昌幸に代わって、信幸は家康のもとに参じた。時に人質として家康のもとへ入り、沼田城主となっても、家康の与力大名としてその組下となった。

そして、家康の婿《むこ》となった。

信幸の正室小松《こまつ》殿は、徳川家の重鎮本多《ほんだ》平八郎忠勝《へいはちろうただかつ》の娘である。仲の悪い家康と昌幸の縁を取り持つとして、秀吉が仲介した婚儀だった。家康も気を使ったのか、娘を己の養女としたうえで、信幸にめあわせた。

「わしはどちらにもつかん。天下を狙う」

その言葉に信幸が目を見張れば、信繁も昌幸を振り仰ぐ。昌幸は少し眉根をさげた。

「と、いいたいところだが、さすがに、この小身代では、一足飛びに天下取りというわけにはいかんわい」

自嘲《じちょう》するように言うが、依然として満面に笑みを浮かべている。

「さすればこたびは、豊臣か、徳川か、どちらかに乗って、身代を多きに増やさねばならん。天下うんぬんはのちのことよ。そこでだ、豆州《ずしゅう》、左衛門佐《さえもんのすけ》」

昌幸は少しすねたように首をひねった。

「真田家は、上田と沼田併せても六万五千石。この程度の小勢では、豊臣からも徳川からも相手にされんわい。現に、今このような情勢でも、家康からも奉行衆からもなんの誘いもないわい」

真《まこと》である。真田嫌いの家康が自ら昌幸にすり寄ってくるはずがない。しかも、家康は二百五十万石の日の本一の大大名。格差がありすぎる。

奉行衆とてそうである。のち、西軍加担を表明した昌幸は、上方の石田三成に書状で「事前に相談がなかった」とごねて、詫《わ》びさせている。

真田家の勢力は極小。そして、昌幸は、秀吉に「表裏比興《ひょうりひきょう》の者」とまで言われたくわせ者。油断ならない。もはや天下万民が知っているのである。

「父上がどちらにも良いお顔をせぬからではありませぬか」

信繁が思わずという風に、口をはさむ。

そうといえば、そうである。真田と同身代でも、伊予《いよ》板島《いたじま》八万石の藤堂高虎《とうどうたかとら》などは、家康に肩入れし走狗《そうく》のごとく働き、手厚く扱われている。家康からすれば、すり寄ってくるなら施してやる、ということだろう。

「もう飽きた」

昌幸はそういって、横着そうに鼻を鳴らした。

「これまで、武田、織田《おだ》、北条《ほうじょう》、徳川、上杉、そして太閤。あちらにつき、こちらにつき、這《は》いつくばっては裏切って、生きてきた。そうして守ってきた信州の領土よ。いや、守ってきたのは良い、だがな、守ったものの、大大名の顔色をうかがうばかりで、一向に見返りがない。こたびも、豊臣か徳川かと見定めて、どちらかにつこうともさして報われんわい。見てみよ、過日の家康を」

一気に不機嫌になる。

実はこの年の正月、昌幸らは、家康につく動きをした。

大騒動があった。伏見に居座り各大名と勝手に婚姻を結ぶ家康を、大坂城の前田利家はじめ大老奉行が糾弾し情勢は緊迫、あわや大坂と伏見で合戦、という事態となった。

そのとき、真田一族は総出で家康につき、伏見徳川屋敷を警固した。

他にも、伊達《だて》政宗《まさむね》、池田《いけだ》輝政《てるまさ》、福島正則、黒田《くろだ》如水《じょすい》、長政《ながまさ》父子、細川幽斎《ほそかわゆうさい》、藤堂高虎、最上義光《もがみよしあき》、織田有楽斎《うらくさい》、京極高次《きょうごくたかつぐ》、のちに西軍首脳となる大谷吉継《おおたによしつぐ》なども名を連ねた。実に三十もの諸侯が家康のために集まったのである。

「まったく、ありがたがられもせんかったわい」

昌幸はケッと喉を鳴らした。兄弟は目配せして、小さく頷く。

父の背を見続けてきた二人には、わかる。いかに、昌幸が歴戦の武人で知略無尽であっても、しょせんは信濃の小大名。大身の諸侯の中では、目立ちようがない。

「して、いかがされますか」

「ふむ」

「それでも家康が優勢かと」

「そこだ」

信幸の問いに、昌幸は間髪入れず膝を打つ。

「こたび、わしは家康の首をとって、東国で一、二国切り取ることにする。わしは優勢でない方に加わる。西方、大坂よ。そして、豆州、おのれは徳川につけ」

「徳川に？」

その有無を言わさぬ言い切りに、信幸は思わず問い返す。

いや、中途半端はいけない。それでなくとも真田は小身代。つくなら一族あげてであろう。信幸も大坂へ、と言うと思えば、のっけから敵に回れとは、意味がわからない。

「豆州、お主は家康にとって婿、城は上州沼田、関東衆よ。十分家康につく理由《わけ》がある。わしは、家康からすれば小面憎き仇敵《きゆうてき》。太閤に救われ、その恩を受けし者。太閤が真田を二家に分けたのだ。これを使わぬ手はない」

秀吉は家康を警戒し、徳川と敵対していた昌幸をその抑えとして信濃から動かさず、さらには、信幸を徳川の与力として上州に置いた。天敵真田を外と内から家康の目付け役としたのである。

「わしは上田で戦う」

「大坂に参じませぬか」

反応したのは信繁である。こちらは人質として秀吉のもとに出され、そのまま豊臣侍となった男である。上方に詰めていた時が長いだけに、敏感に反応した。

大坂城の秀頼のもとに参じ、豊臣勢と一手になって戦わないのか。豊臣への義を尽くすなら、その方が妥当である。

「いかんいかん。わしの身代は小さい。上田に守りを残せば、兵は千ほどしか連れていけんわい。そんなことをして西国の大大名や豊臣奉行どもの下で働いても、わしが重んじられるものか。それに、わしと左衛門佐が兵を連れて城を留守にしたら、上田などあっという間に落とされるぞ」

昌幸はいかにも心外とばかりに、首をふる。

「大坂にはいかん。わしの持ち場は信州じゃ。上田に居座ってな、大軍を引き受けて一戦する。やがて、徳川と豊臣が合戦するなら、戦場は美濃《みの》か尾張《おわり》あたりじゃろう。わしが徳川勢を通さねば、西方の加勢となろう。小勢が大軍の中でいくさ働きしても目立ちようがない。信濃におれば上田城がある。

この城を使えば、小勢でも万余の兵に等しい働きができる」

昌幸は鼻孔《びこう》を膨らませ、身を乗り出す。

「徳川勢を上田に引き込んで叩く。その間、家康は大坂と戦う。戦えば疲れよう。その頃《ころ》、わしは上杉あたりと組んで江戸《えど》を攻め、関東を切り取る。豆州は徳川の中にあり、状勢を見極めて寝返るのだ。よいか、ここぞ、というときを逃すな、もっともよい頃合いで、だぞ」

当然のごとく言うが、信幸は少々眉根を寄せた。

「それがしの妻の父は、本多様にございます」

「だからこそ、できる策ではないか。豆州、おのれ、まさか、情に流されて千載一遇の機を逃すというのではないだろうな」

いいえ、とかすかに首をふりつつ、信幸は視線を落とした。

「豆州、真の父をとるか、妻の父をとるか」

昌幸の声が底響く。

「いや、わしの首をとるか、それとも家康の首をとるか、どちらが面白いか」

その目が底光りしている。昌幸はもう決めている。むろん、命をかけている。

「それは……」

信幸は言葉を溜める。

「家康の首、でござる」

言い切ったが、瞳は陰りを残した。

昌幸は鋭い。その心中を察し、アハと乾いた笑いを放った。

「おぬしらしいな、良いぞ、豆州」

声音が変わる。何かを振り切るようだった。

「どちらにせよ、お主は徳川につくのだ。もし、おのれが納得いかねば、そのまま家康のもとで働け。わしを全力で討て。構わん構わん」

そういって昌幸は手のひらをヒラヒラと振った後、向き直った。

「だが、わしは、勝つ」

確たる口調である。

「いいか、豆州。おのれは家康のもと全力で勤めよ。家康は鋭いぞ。微塵《みじん》も油断ならぬ。なに、おのれならできるであろう」

信幸ももう否定しない。ハと、頷いた。

「頃合いをみて寝返る。真に家康の首がとれるかもしれんぞ。豆州、おのれの心が躍り、寝返りたくなるほどに、わしが勝ってみせる。よいか、わがいくさ、とくと見ておれ」

信幸は頷き、信繁は微笑を瞳に浮かべる。

こんな父を見るのは、初めてかもしれない。

父昌幸の生き様は波乱に満ちている。激動、苛烈《かれつ》といっていい。

そもそもは強大を誇った主家武田の凋落《ちょうらく》に端を発している。

武田が壊滅的打撃をうけた長篠《ながしの》合戦で、当主だった長兄の信綱《のぶつな》、次兄昌輝《まさてる》を同時に失った真田家を、三男の昌幸は継いだ。そのとき昌幸は、すでに武田親族の名家を継ぎ、武藤《むとう》姓となっていたのに、主武田勝頼《かつより》の肝いりで出戻ることとなったのだ。

そこから急激に衰えてゆく武田を支えた。だが、結局、武田は織田信長に滅ぼされた。父の代から粉骨砕身して仕えた主家と訣別《けつべつ》し、昌幸は信長へと服した。断腸の思いだった。

しかし、天下人のはずの信長は、わずか三ヶ月後に、横死した。かの「本能寺の変《ほんのうじ》」である。愕然《がくぜん》とする昌幸の中で、なにかが音を立てて崩れ落ちた。

乱世なのだ。大樹にすがっても、先が見えぬは同じこと。なら、己の力で自立し、生き延びてみせる。「表裏比興のくわせ者」真田昌幸の誕生だった。

その後は変転に次ぐ変転。北条、徳川、上杉、大勢力に挟まれた信州で生き抜くのは生半可なことではない。だまし、すかし、裏切り、謀殺《ぼうさつ》、そして合戦。考えられることはすべてやり、打てる手はすべて打った。その間に、城を作り、兵を育て、民へ施した。

真田家が今あるのは昌幸のおかげである。その崇拝する父が、今、面を明るく輝かせて己の夢を語る。ついに時が来たのだ。

父の激闘を見続けてきた息子兄弟に、反論の余地はない。

「いいか、これは一世一代の大勝負。わしと豆州、上田と沼田はな、表は敵対し、裏では一心同体でなければならぬ。そのために繋《つな》ぎ役をおく。誰にも知られず、わしと豆州を繋ぐ者を、な」

「十蔵ですな」

「いや、違う」

「では?」

む? と、ここは信幸、信繁、二人して小首をひねる。

「そのための者を、新たに置く」

「豆州、その者を小姓として使え。その奴のことは誰も知らぬ。顔も素性もな。その者は、侍にもなり忍びともなる。つねに報《しら》せをかわし、時を見て動く」

言い切る昌幸を、兄弟は眉をひそめて見ている。

「よいか、真田の家を賭《か》けた大勝負ぞ」

昌幸は決意を固めるように、拳《こぶし》を握りしめていた。


「――源吾よ、それがおまえだ。おまえがその役をになうのだ」

十蔵の長い語りは終わりに近づいていた。

「沼田の伊豆守様の周りは新参者も多い。怪しまれはせぬ。大殿の縁者として、伊豆守様のお近くに控えよ。伊豆守様はやがて徳川につく。敵の中に潜りこみ内情を探れ、それを逐一、上田に伝えよ」

この日のため、真田昌幸が練りに練った戦略。ついに、その指示は来た。その第一令が、今日、この場である。

淡々と語る十蔵の前で、源吾は無言である。

視線を床板の上に落とし、きつく眉根を寄せている。

「沼田に」

つぶやくように言った。

「それは、どなたか他の方に。私は、願わくば――」

源吾、両拳を床に落として、面を下げる。キッと眼光を輝かせる。

「大殿とともに、徳川と戦いたく」

十蔵は厳たる顔をさらに固め、源吾を見ていた。

（不満、か）

この若者が十蔵に逆らうとは、よほどのことである。それほど、譲れないのだろう。

わかる。源吾は上田で戦いたい。そのために、この真田郷の奥深くで心技体を磨いてきたのだ。それに、源吾は沼田の信幸と馴染《なじ》みがない。無理からぬことである。信幸は十年前に沼田に分家している。戦うなら慣れ親しんだ主家とともに、と思うのは、若者として当然だろう。

「源吾よ」

十蔵の顔に静かな壮気が宿る。グイとにじり寄り身を乗り出す。覗き込むように源吾の鼻先まで面を近づけた。

「あせるでない。いずれ伊豆守様とて、徳川を討つ。そのときのため、おまえが陰でお支えするのだ」

厳しい声音だった。

そのためにこの少年を育ててきた。この役は源吾しかできない。それは、十数年にも及ぶ、昌幸と十蔵の謀《はかりごと》であった。

「この役、戦うよりよほど難しい。おまえの腕を見込んでこそだ。わからぬお前ではあるまい」

目の前に、源吾の幼さを残した顔がある。

大役であり、難役となろう。ただの忍び働きではない。表向きは敵味方に分かれる殿様父子を繋ぐ役目である。己の身上を明かさず、敵方にある信幸を守り、時に忍びとして駆ける。並みの者では務まらない。

「もう一度言うぞ。これは大殿直々のご下命。この役ができぬとあらば、わしもおのれと縁を切る。どこへなりとゆけ」

十蔵は刺すように見ている。源吾は口を真一文字に結んでいる。

やがて、小さく肩を落とした。

「わかりました」

低く応じる。

「お役目、務めます」

深々と面《おもて》を伏せていた。

気負い

（その小僧が）

十蔵は彫深い顔の落ちくぼんだ目を光らせている。

視線の先の源吾、齢十七。表では、真田家の縁者、昌幸の肝いりで付けられた信幸付き小姓。真田の姓を与えられ、真田源吾と名乗る。

「源吾よ」

呼びかければ、源吾は頬を引き締めて頷く。

「向後、伊豆守様は徳川について働くこととなった。かねての段取りどおり、源吾は、伊豆守様のもとにあり、逐一、徳川の動きを上田に知らせるのだ」
ハ、と源吾は頷く。
「して、源吾、大殿、左衛門佐様の他に陣抜けした者はいるか」

「おりませぬ、まだ事を知らぬ大名も多いかと」

「知れば、陣を抜けて去るか」

「大殿ほどきっぱりと陣を払う者もないでしょう。ただ、家康につくか、思い迷う輩《やから》は数多いると見受けます」

源吾の受け答えは即妙である。諜報《ちょうほう》に油断はない。

「十蔵様、徳川はいかに動きましょうや」

「まずこの野州《やしゅう》に集う大名を己が味方に引き込まねばならぬ。伊豆守様を持ち上げ、参陣大名に触れ回るだろう。父と袂《たもと》を分かって徳川についた律儀者、とな」

「いかさま」

「そして、外様《とざま》大名たちの心を獲《と》りに、くる」

「仕掛けますか」

源吾は身を乗り出してくる。

「いや」

十蔵は首を振る。

「今、余計な動きをすれば、大殿の策に狂いが生じる。よいか、源吾、伊豆守様と心を合わせよ。このたびの戦乱、真田の御家《おいえ》すべてをかけたいくさとなる。伊豆守様は徳川についたが、相手はあの家康、微塵も油断ならぬ。すでに網を張っているに違いない。伊豆守様の身辺に気をつけよ。くれぐれも気を抜くな」

十蔵は厳然と言う。源吾はハと頷いた。

上田へ戻る十蔵が出て行くと、あとには源吾一人が残る。

一人、炉端に座り、やや首を垂れている。

その目は炉でチロチロと燃える火を睨みつけている。

赤い炎の中に、熱き想《おも》いが燃え滾《たぎ》っている。炎は小さいが、情念は大きくなるばかりである。

真田は徳川と戦う。これは至極当然な流れである。天下は豊臣秀吉によって統一された。それがなければ、真田と徳川は戦いつづけたであろう。

今や秀吉はいない。そして、豊臣と徳川が対決する。なら、豊臣について家康を討ち滅ぼす。

(徳川を討つ)

ついに来た。待ちに待ったその機会が。

「母上」

そうつぶやき、ギリと奥歯を嚙《か》みしめると、体の内で闘志が燃え盛った。

頰が紅潮している。耳まで熱い。源吾は、その火照りを逃がさぬよう口元を引き締め、両の拳を握り立ち上がった。

小屋を出て宵闇《よいやみ》の中、駆け出す。草地を蹴り、野を飛ぶようにゆく。疾風《はやて》のごとく速い。

ほどなく、真田信幸率いる沼田勢の陣屋が見えてくる。

木柵が編まれた陣地に入るや、足の運びが緩くなり、面貌も変わっている。

初々しい若武者の態で、陣を固める足軽に目礼しつつ、さくさくと歩んでゆく。どこから見ても、殿さまの用向きで出掛けた若小姓である。

篝火で明々と照らされる陣内の行く手に大きな茅葺《かやぶき》の屋敷が見えてくる。大将信幸が陣屋としている豪農屋敷である。信幸付きの小姓である源吾をとめるものはいない。

「伊豆守様」

奥の間の前で跪いて呼びかけ、そのまま、入ってゆく。いかなときでも源吾は目通り可、とされている。

「おう」

座卓に向かっていた大柄な侍が、振り向く。

「源吾か」

真田信幸は沈毅《ちんき》な目を向けていた。

父に似て小柄な次男信繁に対し、こちらは長身で勇壮な体軀《たいく》、鼻筋が通った美丈夫である。真田伊豆守信幸、当年三十五。

若いころは勇武で鳴らし、いくさとなれば一騎駆けも辞さない猛将だった。

だが、成人後、何度かの病いを経て言行が落ち着き、人柄が重厚になった。三十代半ばの今、父から分家した一城の主として十分な風格が身についている。

源吾は主君へ深々と一礼する。

「さきほど、内府《だいふ》への使いが戻ってきた」

信幸が、昌幸、信繁の抜け陣を家康に報じた使いへの返答である。

「いたくお喜びのご様子で当方けなげと、褒めてくれたぞ」

悠然と笑みながら、ちこう、と手招きしてくる。源吾が近づけば、

「十蔵はなんと」

低い声をより低くして問うてくる。

源吾は十蔵との密談を報じる。すなわち、徳川は油断ならぬ、と。

うむ、と信幸は頷く。

「では、父上と左衛門佐を討つように、沼田に使いをやろう」

昌幸、信繁は、上田に帰るのに沼田経由の吾妻《あがつま》街道を使うはず。「そこで討て」というのだ。

だが、さすがに、これからの指示では間に合わない。昌幸たちは、無事上田につくであろう。すなわちこれは狂言である。

徳川は見ている。

源吾の調べでは、すでに徳川方の小諸《こもろ》城主仙石秀康《せんごくひでやす》が、昌幸たちを捕捉《ほそく》するため碓氷峠《うすいとうげ》を閉鎖するべく人を走らせている。沼田の信幸とてこれに合わせねばならない。

源吾は小さく頷く。話が早い。才知抜群の父のせいで小ぶりに見られるが、信幸は十分な将である。特にその決断の速さは、並みではない。

(む)

と、信幸に向けていた源吾の顔がにわかに強張《こわば》った。

その様に、信幸もかすかに眉をひそめている。

源吾、にわかに身を翻し、中庭に面した障子戸《しょうじど》をスイと開けた。

夜の涼やかな空気が入ってくる。晩夏の虫が近く遠く鳴き、篝火の灯りがゆらゆらと揺れている。

別段変りもない、いつもの夜の景色に見える。

(いや、いた)

確かに気配がした。それは、もちろん徳川の忍びだろう。

「いたかね」

後ろから信幸の声が響いた。落ち着いている。

「虫の声が風流だ。開けておこう」

信幸はそう大きく言い放った。さすがの胆力である。
源吾は、ハイと頷き、開け放った障子から濡《ぬ》れ縁《えん》に出て、左右を見た。
こころなしか、虫の合唱音が大きくなったように感じる。
源吾には、その中に真田を探る異音が混じっているように思えている。
囁いている。
見ているぞ、聞いているぞ、と。
（いくさは、はじまっている）
微塵も油断ならぬ、そう言った十蔵の顔がよみがえる。
鋭い眼光を残して、踵《きびす》を返している。

張り巡らす

「今度安房守罷《まか》り帰られ候処《そうろうところ》、日頃の儀を相違《あいたが》へず、立たれ候事、奇特千万《せんばん》に候。猶《なお》、本多佐渡守《さどのかみ》申すべく候の間《あいだ》、具《つぶさ》にする能《あた》はず候。恐々謹言」

このたび、安房守（真田昌幸）が抜けて領地に帰ってしまったところを、日頃の義理をたがえず、当方に味方すること、大変に素晴らしきことでございます。おって、本多佐渡守（正信《まさのぶ》）から申しますので（ここで）詳しく述べるのは控えます。

「これでよいか、佐渡」

徳川家康は祐筆《ゆうひつ》が書いた書状を一瞥《いちべつ》して、突き出す。

受け取った白髪瘦身《そうしん》の老将は丁重に受け取って読み上げ、

「よろしゅうございます」

含むように笑う。

野州小山《おやま》は奥州《おうしゅう》街道の宿駅である。

街道脇のこんもりと盛り上がった小丘のうえに、城がある。

小山城は古くは祇園《ぎおん》城とも呼ばれた。地の旧族、小山氏が拠点とした城跡である。小山氏は戦国末期、北条氏とともに秀吉に滅ぼされた。その小山城跡に木柵を張り巡らし、陣小屋を建て、軍兵《ぐんぴょう》が駐屯する陣地が作られている。

総大将は江戸内大臣《ないだいじん》徳川家康。宿陣するのは、三万を超える大軍である。

七月二十四日、その本陣の陣屋最深の一間で、家康と腹心本多佐渡守正信が向かい合っている。

「真田安房の件はさもあろうな」

「いかにも」

「息子の伊豆守は残った」

は、と、正信は即応する。

「けなげ、けなげ、だがな」

家康は白髪交じりの眉をひそめる。

「油断ならぬわ」

鼻を鳴らすと、正信は無言で瞼を伏せる。言葉なき同意である。

「なにせ、真田だからな」

「それでは、こうしましょう。残った真田伊豆守は真田安房の上田城を攻めよ、と」

正信が口元をゆるめてそういうと、家康はおどけたように白髪交じりの眉を上げる。

「貴様も、悪いのう」

いいながら家康は頬に笑みを浮かべている。

（いやいや、上様こそ）

正信はそんな家康を見て、内心ほくそ笑む。

正信が口にするのは家康の心である。家康が言いにくいことを、正信が言う。そして、家康は黙ってうなずく。大概は、それで済む。そんな阿吽《あうん》の呼吸がこの主従にはできている。

「上様、伊豆守はすでに半蔵《はんぞう》の手の者を放って見張らせております。それよりも――」

正信は話を変える。

「大坂こそ大事でございます。まずは、この野州に集った豊臣の大名ども、ですな」

まだ正規の報せこそないものの、家康は知っている。上方ですでに乱がおこっていることを。そして、その飛報はここ小山の家康本陣をめざしていることを。

報せが届いてからが勝負である。

まずは家康が大坂方豊臣勢を打倒しうる兵力を確保する。ために、上杉征伐に参陣した豊臣大名をすべて家康傘下に収める。

それがなされねば、真田どころではない。四面を敵に囲まれた家康こそ生首となる。

「わかっておる」

家康は身を乗り出す。

これまでさんざん二人で語り、練りに練ってきたことである。

豊臣政権の転覆、家康の天下取り。ここ数年、いや十数年に及んで描いてきた戦略を今こそ形にするのだ。

と、その時、

「失礼いたします、上様」

戸外から小姓の甲高い声が響く。

二人の密談中に声掛けできるのは、よほどの大事に限られている。

「ただいま、火急の使者が来着しました」

家康、正信、ムと、目を見合わせる。

「誰《だれ》だ」

家康が急《せ》かすように応じる。

「上方伏見から、鳥居元忠《とりいもとただ》殿の組下、浜島無手右衛門《はましまむてえもん》殿」

ついに、運命の使者が来たか。

家康、正信、同時に頷いている。


信幸率いる沼田勢は、犬伏《いぬぶし》の別れののち行軍を止め、佐野《さの》に留《とど》まっている。これはむろん、徳川本陣の了解のもとである。

二十四日夕刻、その真田陣を家康の使いが訪れている。

使者は、信幸宛《あて》の家康書状と共に、「明日、小山の徳川本陣にて参陣諸侯を招いた大評定《だいひょうじょう》が行われる、参加せよ」と告げた。世に言う、小山評定である。

信幸および陣内に微塵も動揺はない。信幸は父昌幸と袂を分かって徳川につくということを、家臣、将兵に知らしめている。沼田勢は、皆、粛々と翌日の仕度をし、迷うこともなく就寝した。

夜半、刻限を見計らって、源吾は陣を忍び出た。

今の源吾は、忍び装束である。行く先は、野州宇都宮《うつのみや》である。

宇都宮へは佐野から北東へおよそ十里（約四十キロ）、源吾の脚力なら、一刻もあればゆける。

上杉征伐に参陣した諸侯の軍勢は、先鋒《せんぽう》が喜連川《きつれがわ》まで進出し、主力は宇都宮城下に宿陣していた。

徳川勢を除いても五万に近い軍兵が関東平野の北に駐屯している。この陣中を探るのが、源吾の役目である。

雨が降り出していた。

暗天から落ちる雨滴は徐々に大粒となり、やがて盛大な音をたてて野州の山野を叩き始めた。

樹林の向こうに、宇都宮城の篝火が点々と灯り、雨に滲《にじ》んでいる。

周囲は漆黒の墨汁の沼にはまりこんだような暗闇である。雨粒が木々をうつ音が絶え間なくザアザアと響いている。

驟雨《しゅうう》の下、各陣は騒《ざわ》めいている。

本日、上方からの使いが、各陣屋に飛び込んだ。

這うような足取りで、あるいは早馬で、参陣各将に報せはもたらされた。

上方決起、大坂城に大軍が集結、徳川家臣鳥居元忠率いる伏見城が重囲に落ちた。

ついに、囁かれていた家康打倒の報せは、公となった。

そして、それを追うかのように、明日の小山評定へと召喚する徳川の使者が来た。

さて、殿様はいかに動くか、御家はどちらにつくのか。

このまま陣に残り実力者家康を担いで働くのか、豊臣秀頼のいる上方へはせ参じるのか。各家、色めき立ち、陣内で激論を交わしている。

源吾は樹林に潜み、物陰に隠れ、闇に跳躍し、各陣を探った。

雨は天恵である。すべての動きは雨だれに紛れ、物音は雨音がかき消してくれる。

陣小屋の裏に潜み、耳に全神経を集中させ、中の音を探り出す。

雨音の合間に、ざわざわと談合の声が響いている。

(どこも浮き足立っている)

陣地を哨戒《しょうかい》する警固の足軽《あしがる》すら、ひそひそと囁きあう。

東の徳川か、西の豊臣か。

漏れ聞こえる声は、大坂へ、というのが多い。

それはそうだ。中身がどうだろうと、形の上での天下人は豊臣家。この上杉征伐とて豊臣秀頼の命を受けた家康の旗振り、というのが大義である。

このままなら、明日の評定は紛糾するであろう。たとえ、家康自らが呼びかけても、である。

(だが)

源吾は、陣中で他と違う動きをする者を見つけた。

豊前中津《ぶぜんなかつ》城主、黒田長政である。

長政は、自陣の家老たちと語らうこともなく、細川忠興《ただおき》、藤堂高虎、浅野《あさの》幸長《よしなが》、加藤嘉明《よしあき》といった大名たちの陣を練り歩き、最後に福島正則の陣屋から出たあと、小山の方角へ馬を走らせた。

（あ奴が走狗か）

秀吉死後、石田三成ら奉行衆と対立した武断派大名たちの首魁《しゆかい》である。この野州の陣でも、しきりと諸大名と談合し、家康方へ引きずり込む調略をしている。

（伊賀者《いがもの》がいる）

忍びの気配がある。陣を見張る徳川の忍びであろう。

その間を縫って探り続けているものの、動きは限られる。見つかって己が真田の者と知られることも許されない。

源吾は険しい顔で、陣の合間を忍び続けた。


ひとしきり陣をめぐると、源吾は宇都宮を後にした。

佐野の真田陣につく頃、すでに夜が明けようとしている。

雨はやみ、霧が出ている。水気をたっぷり含んだ濃密な大気は、樹林から湧き出《い》でる白い霧と混ざって急速に視界を閉ざしてゆく。

源吾は、陣外で小袖姿に着替え、信幸の陣屋へと入ってゆく。

「伊豆守様」

障子の外で呼びかけると、信幸は起きていた。

「源吾か」

源吾は室内にはいり、平伏する。

「宇都宮の諸大名の陣、大坂決起の報と本日評定の使いを受け、夜更けまで談合しておりました」

小声で報じる。

「徳川は黒田長政を使って、福島正則を抱き込む模様。他は、細川、藤堂、浅野、加藤、山内《やまうち》ら、家康加担の様子」

「評定では、それらを真っ先に立たせて、他の日和見《ひよりみ》どもを味方に引き込むつもりだな」

「伊豆守様」

流れるようなやりとりが、源吾の問いかけで切れた。

「このままで良いのでしょうか」

源吾の問いかけに、信幸は身を乗り出してくる。

「なにを案じている」

「今、この野州の陣に集いし大名ども、家康無二と思う数名を除いて、内心は、徳川か、豊臣かと迷っています」

源吾は疑念を口にする。

「徳川はそれを見越し、陣中に仕掛けをほどこしました。本日の評定にて、その仕掛けを形にするべく動くつもりでしょう」

「うむ」

「ならば、それを阻止するべく……」

と、そこまで話したところで、源吾の黒目が動いた。

にわかに立ち上がるや中庭に面した障子を、ダン！　と開けた。そのまま跳躍、庭に飛び降りるや、佩刀《はいとう》を引き抜いている。これらはまったく同時、一瞬の出来事である。

四囲は豆乳を垂らしこんだような深い霧に覆われている。庭の草木すらさだかではない。これほどの霧もなかなかにないだろう。

源吾、目を凝らし、霧の中を見渡す。白い世界に研ぎ澄まされた感覚を放つ。

いる。かすかな蠢《うごめ》きがある。

斬《ざん》、と、剣を横に払った。

人影がフワッと跳躍するのを感じた。

「ほう」

声の方角からすると、曲者《くせもの》は垣根の上に立ったようだ。中庭の景色は頭に叩き込んでいる。

「見えるのか」

いや、見えてはいない。天性の勘である。気配で捕捉して斬《き》る。斬ったはず、だった。

「侍じゃない、な」

くぐもった声が、霧の中、響いてくる。

源吾は応じることもなく、ツツツと音もなく、駆けている。

敵は霧に身を潜めるのに長けている。このままでは霧に紛れて逃げる。隙《すき》を与えてはならない。

声の方角に向け跳躍し、上段に構えた刀を振りおろす。今度は音もなく、軽やかに。

うっ、と小さくうめいた声が遠のいた。

「しかも、かなり出来る」

響いた声にかすかな動揺が見えた。が、斬れていない。今度は源吾が垣根の上に立っている。

「若いな、せいぜい尽くすがいい」

乾いた声がみるみる遠のいてゆく。

それきり、気配はかき消えた。

源吾は構えた佩刀を下ろす。呼吸に乱れはない。

「源吾、くせ者か」

信幸は濡れ縁にでている。

霧が急速に晴れている。この霧も、忍びの術である。

「申し訳ありません、逃しました」

源吾は庭に跳び下り、佩刀を鞘《さや》に収める。

朝日が差し込んでくる。その中に信幸の大きな体と、凛《りん》とした顔が浮かび上がる。

「ほうっておけ、探られて痛いことはない」

信幸は大きく朝の空気を吸って、伸びをした。
ハ、と振り向きながら、源吾は考えている。
(なぜ)

敵は源吾の必殺の一撃をかわした。だが、反撃することはなかった。

余裕がなかったのか、いや、十分あった。気配からして相当の手練れだった。

それに、なぜか、最後の言葉には殺気がなかった。

(伊賀者、霧の使い手)

知っている。

敵が徳川配下の伊賀者なら、忍びの中でその名が轟く者がいる。

霧だけではない。伊賀一の業者、その者が霧をまとったなら、取れない首はないといわれるほどの男が。

(伊賀の賽《さい》――)

源吾の脇下にじんわりと嫌な汗がにじんでいる。

伊賀者

その頃、「くせ者」は水気を含んだ草を踏み、疾駆している。まるで一匹の獣がしなやかに原野を駆け抜けるようである。

伊賀の賽、と、世に呼ばれている。むろん、実名ではない。

賽は、徳川お抱え忍び衆頭領服部半蔵《はっとりはんぞう》の命で、真田信幸につけられている。やることはいたって容易《たやす》い。父と訣別し徳川についた真田伊豆守信幸、その動きに少しでも怪しいところあれば報じる。それだけだった。

（敵ではなく、味方となる者を見張るとは）

少々呆《あき》れつつ、ここ数日、陣屋に張り付いて信幸の動向を探っていた。

が、べつだん、怪しい所はない。信幸は、上田の父と繋がることもなく、大坂からの使者を受けるでもなく、豊臣につくべく諸侯と談合することもなかった。

陣屋の周囲を忍びが固めてもいない。忍びの使い手といえば、父の昌幸が知られている。忍び衆はすべて昌幸が連れて帰り、信幸のもとにはいないのか、と思った。

そんなところに、妙な動きをする小姓姿の若者を見た。

霧を纏《まと》う術を見破られたこともない。そしてあの身ごなし、常人ではない。あの霧の中で正確に斬り込んできた。並みの忍びなら真っ二つ。よほどの業者《わざもの》である。

(忍び、なのか)

まだ若い。幼いといってもいいほどだった。

(俺にもあんな頃があったか)

少年期は誰にでもある。忍びの技を身につけ、使いこなし成長する。あとは経験である。経験と共に精神も研ぎ澄まされ、技に磨きがかかる。

ただ、そこで命を落とす者、怪我《けが》を負い不具となる者も多い。いや、その方がほとんどである。無傷で残った者だけが、手練れとなる。賽もその一人だ。

と言っても、賽はそんな親心で闘いもせず、逃げたわけではない。

(くだらない)

真田忍びをみつけたとて、殺す気も起こらない。

伊賀一の手練れといわれた賽の心は、今、いびつにうごめいている。

(伊賀忍びも、終わったな)

そんなことを思っている。

真である。伊賀は、一度、滅んでいる。世に言う、天正伊賀の乱。それに続く信長の伊賀攻めで、伊賀の国は焦土と化した。四万を超える織田勢に攻め込まれ、老若男女なで斬りにされた。忍び侍が支配した伊賀の事実上の滅亡だった。

賽も父母兄弟を殺された。その頃の賽はまだ物心ついたばかりの少年だった。

山林に潜み、野を走り、窪地《くぼち》に伏せ逃げ惑い、ある河原で倒れた。野垂れ死に寸前だった。寂しい河原は、まるで三途《さんず》の川のほとり「賽の河原」のようだった。朦朧《もうろう》と気を失いかけたとき、突然、体を揺り起こされた。伊賀忍びの残党に助けられたのだ。

同朋《どうほう》に尋ねられたとき、賽はそれまでの名を捨てた。国は滅び、家は焼かれ、家族は死に絶えた。もう実の名など必要ない。「伊賀の賽」は、そこで生まれた。

「賽」という名は、飢餓と死への恐怖の中から生まれた因縁。おのが胸に刻み込んだ宿命の名だった。そして、逃げた。逃亡は賽にとって己を鍛える荒行、命がけの修練だった。

世に潜んだ伊賀者に救いの手を差し伸べたのは、徳川家康であった。

もとより伊賀服部家を家臣としていた家康は、生き延びた伊賀忍びを拾っては召し抱えた。家康は自衛の力を蓄えるため、信長と同盟を結びつつ、密かにそんなことをした。表に出ぬ忍びの者だからこそできたことだった。

伊賀者は徳川忍び衆の頭領、服部半蔵正成《まさなり》につけられ、家康の勢力拡大に暗躍した。賽もその一人であった。

四年前、半蔵正成は死去した。「鬼半蔵」と呼ばれ、家康の立身をささえた名物男の後は倅《せがれ》の正就《まさなり》が継いだ。三代目服部半蔵、石見守《いわみのかみ》正就である。

(つまらぬことになった)

愚物であった。父と比べるのも馬鹿らしいほどだった。

先代半蔵正成は伊賀者を手下と見ず、同志として尊重してくれた。

弱小時代から徳川に仕えた服部正成。長き苦労を家康と共にした先代は、生きる厳しさを知り、人心洞察に長けた才人だった。忍びとして、頭領として、そして侍としても仰ぐに十分な傑物であった。

しかし、息子となると、また違う。当代正就は新参の伊賀者を下忍として使うことを当然とした。

(だけじゃない)

つまらないのは、頭領への不満からだけではない。

徳川お抱えとなった伊賀者たちも覇気がなくなった。

その昔、伊賀は天下に逆らった。あの信長に屈せず、最後の最後まで手ごわい抵抗をみせた。

（忍びは誰に支配されることもない。そうではないか）

金で雇われることはあっても、侍のような主従関係などない。それが「忍び」であった。だから信長も徹底的に滅ぼさんとしたのだ。

徳川に庇護されたのは一時《いっとき》のこと。その恩も先代正成への勤めで果たした。

（そろそろ、おさらばかね）

そんなところに、この動乱である。


真田陣を後にした賽はそのまま、小山の徳川本陣まで駆け戻った。

小山、佐野間はおよそ五里（約二十キロ）。道なき道も自在に駆ける賽にかかれば、庭先と言っていい。

徳川陣は巨大である。小山城の跡地を基礎としているため、その大きさはケタが違う。陣の内外を固める足軽の数も半端ではない。兵も、さすが家康の本陣を守るだけあって、他家のように浮き足立っていない。皆、厳しく面を固め、きびきびと動いている。

柵内の陣屋の周囲に潜むのは、服部半蔵正就率いる伊賀者である。

忍びの結界が張り巡らされている。他家の忍びは近づくことができない。

賽はその中をヒタヒタと進んでゆく。

陣屋の一間に頭領服部正就はいた。朝餉《あさげ》の香りがする明るい部屋である。

土間に跪けば、のっぺりとした顔を向けてくる。

「賽か」

のどかに呼ぶ声に賽は面を伏せ、

(こんな暖かい部屋で)

胸中、吐き捨てる。

「おい、賽」

「は」

その呼びかけすら、わずらわしい。配下の伊賀者は懸命に本陣を守り動いている。なのに、この正就、まるで殿様のような振る舞いである。

「真田伊豆守の様子はどうだった」

「べつだん怪しいところなく。本日の評定に出立する仕度をしておりました」

顔を上げて喋りながら、賽はまともに報じる気がない。

「さもあろうな」

正就はニマニマと満足そうに頷く。その生白い顔に、吐き気を覚えていた。

こ奴はこの節所でもぬくぬくと暖かい場所から偉そうに指図するだけか。

憤懣《ふんまん》を体内で爆発させたあと、全身が一気に脱力した。

面を伏せると、こめかみに指を当てた。鈍痛が額を鈍く襲っている。

(またた)

脳裏に、あのときの「賽の河原」の光景が浮かびあがる。

いつもそうだ。殺意が頭をかすめるとき、あの日の河原が眼前に現れる。

賽はそこで息も絶え絶えに石を積みあげている。崩れても崩れても、永遠に積みあがらない小石の塔を積んでいる。背後に地獄の鬼が迫っている。賽の積む石の塔を突き崩そうと身構えている。救いに来るはずの地蔵菩薩《じぞうぼさつ》は永遠に来ない。

「繋ぎに近寄る忍びはおらなんだか」

正就は、続いて尋ねてくる。

（忍び、か）

あの若武者。いたといえば、いた。

「いえ――」

だが、もう報じる気にもならない。そこまで今の賽の感情はこじれている。

「おりましたら、この手でひっ捕らえてここに突き出しましょう」

「おうおう、言うわ」

正就はカハと笑った。

「まったく、佐渡守様はなぜにあの伊豆守なんぞを見張れというか。やることは山ほどあるというのにな」

同感である。いや、そう、思っていた。

だが、あの小姓、あれはなにか役をなしているのか。なら、やはり真田は怪しいではないか。

（どうでもいい）

賽は、正就の後の言葉のほうに気が萎《な》えている。

確かにやることは山ほどある、が、それをしているのは、配下の下忍たちだ。この正就なぞ、なにもしていない。

なにを報じても正就が己の手柄に独り占めするだけだ。馬鹿げている。

「まあ、賽よ、念のためだ、評定まで見張れ」

面を伏せた頭上から正就の声が響く。間延びしたその声に苛立《いらだ》ちが膨張する。

今後も、この苦労知らずの阿呆《あほう》息子に顎で使われるのか。

(俺ほどの者が)

内心、毒づく。

(去るか)

ついに、そんな想いに行きついている。

思えば、去るにはこの天下分け目の騒動、ふさわしいではないか。

各地の大名とて、家の存亡を賭けた決断をしている。賽はどうだ。親も子もない。徳川との縁も所縁《ゆか》りもない。まして、この阿呆の頭領に未練もない。

特に守るものはない。我が身一つでどこにでもいける。

(いいじゃないか)

賽はそんなことを考えつつ、踵を返している。

小山評定

陽《ひ》が昇りきった頃、真田伊豆守信幸は、数騎と十名ほどの徒士小者《かちこもの》を連れ、自陣を出た。目的地は、むろん、小山、徳川本陣である。

深夜の雨から一転、空は晴れ上がり、大気は澄んでいる。坂東平野《ばんどう》が北に果てる佐野表。一行は左手に山並みを見ながら粛々と進んでゆく。

「伊豆守様」

道すがら、源吾は小者と代わって、信幸の馬の口を取った。

「これで、よろしいのでしょうか」

顔は前を向いたまま、ささやくように言う。

「なにがだ」

信幸も前をみて馬を進めながら応じる。

「今日の評定の件です」

源吾の言葉に、信幸は馬上で小首をかしげた。

「家康の仕掛けは済んでおります。このままゆけば、評定後は、皆、徳川加担となるでしょう」

「うむ」

「ならば、評定の始まる前に、騒ぎでもおこせば」

信幸はやや眉根を寄せている。眉太く凛々《りり》しい顔は、それだけでかなり不機嫌そうに見える。

「今日なら、小山の本陣に堂々と入れます。仕掛けをしても捕まらねば、私が真田の者と知られませぬ。我が身一つならば、逃げることもできましょう」

源吾なりに考え抜いたことである。

このままでは、家康の思い通りに事は運んでしまう。もとより強大な徳川、今この野州に集った大名たちの軍勢が与力すれば、その勢威はさらに増す。

その前に評定を分裂させ、混乱させる。家康が軍容を整えるのに手間取れば、その隙に昌幸は会津上杉、上方との連携を強固にすることができる。上田の守りを固めることも、隣国を攻めることもできき、いくさを優位に進められる。

これまでも何度か、小山の徳川本陣に忍び入ろうとした。だが、警戒が厳しく、なせなかった。

(陣に入れば)

入り込んでしまえば、こちらのものである。さすがにこれだけの大名が集い、従者も多数入れれば、警戒も粗くなるだろう。

ために、源吾は、飛び道具、めくらまし、焙烙玉《ほうろくだま》などの武具を持ってきている。

(できる)

一人とはいえ、仕掛けをして、あとは逃げるだけである。身軽さ、すばしっこさなら誰にも負けない。

「おまえ、その後どうする。わしの小姓でいられなくなるぞ。それは父上が望んだことか」

信幸は、にべもない。源吾、渋く顔をゆがめる。

「いらぬよ」

信幸はそれきり押し黙った。源吾も黙るしかない。

確かにそうだ。だが、この小山で、なにもやらずにいてよいのか。

主君を見上げてみるが、信幸はもう目もくれず、ただ前を見て馬を歩ませている。

二人、黙々と、小山へと進んでゆく。

たどり着いた徳川陣は、人馬の波であふれている。それはそうだ。この野州に集う数十の大小名がおのおの従者を引き連れ参じているのである。

城に隣接する須賀《すが》神社境内が評定場との触れがでている。

評定場に入れるのは大名本人だけ。従者は皆、二の丸跡の陣地内で待たされている。

陰暦七月下旬は、まだ夏の名残りがある。雨もあがり、陽も中天に昇れば周囲に暑気がただよう。

野外で待たされる従者たちは、日を避けるように、木陰へとたむろする。

源吾は、手で首元を扇《あお》ぎながら立ち上がる。傍目《はため》には立小便でもしにいくようである。

樹林の中にはいるや、スッと身をかがめ、大樹の陰に身を潜める。

(探ってやる)

このままなにもせず、帰るわけにはいかない。せめてこの評定のなりゆきと徳川陣の様子を探り、持ち帰る。それぐらいはせねばならない。

日の光の下では、忍び装束は目立ってしまう。小姓姿のままで、陣内を進んでゆく。

諸大名の中間《ちゆうげん》、小者が入り混じる二の丸内は、なんの心配もない。

二の丸外周の木柵の前に立つや、左右を見て身をかがめる。

次の瞬間、柵を越えている。

土塁の間の空堀を一気に駆け下り登り、対岸の木柵をまた跳び越える。目にも止まらない。この程度の身ごなし、源吾には遊びに等しい。

古城だけにところどころに残る繁《しげ》みを縫って、須賀神社へと近づいてゆく。

ものの数町ほど歩いてゆくと、樹林の合間に、それは見えてきた。

境内に小さな木造の仮御殿が急造され、そこが本日の評定場のようである。

丸太と薄板、幔幕《まんまく》で仕切られただけで、御殿というより、小屋である。

（なんだ）

さぞ警戒堅固かと思いきや、特に見張り番が哨戒する気配もない。神社の境内《けいだい》だけあって周囲の樹林も生い茂り、身を隠す場も多い。

源吾は古木の影に身を潜めた。

評定場の四囲は開け放たれている。

数十の大名たちの頭の向こう正面の左脇に本多正信、右脇に本多忠勝が座っている。家康の謀計と武略を担う、二人の本多である。

つめかけた大名たちは、どの者も顔を渋く強張らせている。しきりに頭を動かして周囲を見回したり、パタパタと扇子で扇いだり、落ち着きがない。

（迷っている）

遠見ができる源吾の目には克明に見えている。

予想通りである。東西どちらにつくか。内心決めている者もいるのだろうが、ほとんどの者が場の雰囲気に呑まれ、互いを探りあい、心を泳がせている。

「おい、おまえ」

不意に背後から声を掛けられ、動きをとめる。

「ああ、これは」

源吾は眉根を下げて、振り返る。

三間（約五メートル）ほど後ろに立つ男は、具足姿ではない。小袖に袴の裾《すそ》を括《くく》り上げ、腰に大小を無造作に差している。いささか場違いなほどの軽装だった。警固の者でもなさそうである。

「助かり申した」

源吾にあせりはない。

「これは相すみませぬ。徳川様の立派なご陣屋が物珍しく出歩いておりましたら、このようなところに来てしまいました」

いかにも困窮という顔で、頭をさげる。格好も今は小姓の形《なり》である。

「迷っておりました」

少年のごとき源吾がそんな顔をすると、童《わらべ》が苛《いじ》められているようである。

「嘘《うそ》をつけ」

が、相手は冷たく言い放った。

「真田の忍びだろうが」

言われた瞬間、源吾は佩刀を引き抜いている。

気配なく背後に近寄られたことで、警戒はしていた。忍び、しかも手練れである。どこかで見られていたのか。

(殺すしかない)

正体を知られた以上、生かしてはおけない。タタタと間合いを詰め、サアッと刃を横に払う。

相手は、バアッと後方へ跳びのいている。

「待て、待て、あせるな」

男は苦笑している。その様子に微塵も殺気はない。

「今朝がた、あったな」

うっ、と源吾、目を見開く。

次の瞬間、跳んでいる。宙で大上段に剣を振りかざし、男に向け飛び降りる。

「伊賀の賽か！」

叫び、斬《ざん》、と、振り下ろす。

「そうだ」

着地したところに賽はいない。見上げれば、頭上の木枝に飛び乗っている。

「惜しい、その身ごなし、太刀筋。下忍なら、何十人でも斬れるだろう。だが、俺は斬れない」

賽は手に持った枝の葉を口にくわえて、ネチリと噛んだ。

「怒りが刃《やいば》を鈍らせている。今、俺の心に邪心はない。水のように澄んでいる。だからこそ、おのれのその怒りと恨みに満ちた動きがすべて見て取れる」

源吾は無言。考えている。この男、見張り役なら、なぜ加勢を呼ばない。

「誰しも様々想いはあるだろう、だがな、技を揮《ふる》うときは無心。それでこそ、身についた技が描きされる。業者《わざもの》が相手ならなおさらだ」

「黙れ」

源吾は剣を握り直し、身構える。

頭にあの夢がよぎっている。母が倒れる、あの光景が。

（徳川の伊賀者が）

激情が全身を震わせる。

「おのれはなにを憤る。なにを慌てる。俺はお前を害するつもりはない。家康の評定を見たければ見ればいい。どうせ、家康はこの評定の中身を隠すつもりもない。見ろ、あの開け放たれた小屋を」

源吾はチラリと評定の間に視線を流した。

気付いている。いや、わかっていた。

神社の境内に作られ、四囲を開け放たれた小屋での評定、まるで周囲に見てくれ、と言わんばかりである。秘匿する気が皆無なのだろう。

「もう家康の仕掛けは十分に済んだ。自信があるのだ。この評定の有り様を広く世に喧伝《けんでん》したいのだ」

「黙れというに！」

源吾は渾身《こんしん》の力で大きく跳んでいる。

迷いを振り切るように斬った。木の枝ごと斬った。

「そんなに徳川が憎いか。まだ小僧だな」

ザアアと枝が地に落ちた。

「命を無駄にするな」

声だけが樹林の合間に響いた。そのまま気配は消えている。

着地した源吾は荒い息を吐いて、肩を上下させている。

（くそっ）

ペッと地に唾を吐いた。

また、逃げられた。いや、見逃してくれた、のか。

（馬鹿にしやがって）

心底、腹が立った。なぜか。それは、相手の言うことが正しかったからだ。

伊賀の賽の言うとおりである。昨晩、家康の謀は進み、今日の評定で諸将は家康を担ぐことを誓うのだろう。

（やはり、仕掛けるべきだった）

いぶかしんでも、昌幸からも、信幸からも、なんの指示もなかった。源吾はただ徳川の調略が進むのを眺めるばかりだった。

このままでは敵は強大になるばかり。そして、合戦、となる。

「さて、各々がた、本日のお集まり、ご苦労でござる――」

遠く声が響いた。

振り向いた視線の先で、今、小山評定が始まろうとしていた。


伊賀の賽は、そのまま小山の徳川陣を後にした。

皆、評定に気を取られている。賽の出奔など気づかれても何日か後だろう。

小山まで真田信幸一行を見張っていたが、相変わらず、怪しい動きはない。

(ま、あったとしても、特に、な)

もはや、服部党から抜けると決めた、なら、やることはない。

ただ、気にはなることはあった。

(忍びのくせに、一端の武家の面、か)

変わった小僧だった。

真田は忍びも使いこなす。一族あげて、家康なり大坂なりにつくかと思えば、親子で道を分けた真田昌幸、そして伊豆守信幸。そんな家に仕えるとはどんな気分か。あの小僧に聞いてみようかと思った。

が、取りつく島もなかった。

（六文銭《ろくもんせん》、か）

真田の旗印「六文銭」は三途の川の渡し船賃。三途の川の河原とは、賽の河原。そんなところにも奇妙な縁を感じた。

（変わった奴ら、だ）

徳川の忍びであるなら敵でしかない輩がなぜか好ましく思える。

賽は、クスリと笑みをもらした。

さあ、どこにゆくか。そんなことを考えている。

宛てなどない。伊賀の賽は、今、野に放たれた。

一歩、二歩、三歩。

そして、大きく地を蹴って、跳躍している。

■二章　両者対峙

昌幸と信繁

小山評定《おやまひょうじょう》の数日後、源吾《げんご》は、上田《うえだ》城二の丸の侍屋敷の一間でうずくまっていた。

ここは、真田《さなだ》昌幸《まさゆき》が、十蔵《じゅうぞう》に与えた屋敷である。

前に十蔵が胡坐《あぐら》をかいている。

今の十蔵は表の顔、小袖肩衣《こそでかたぎぬ》の侍、すなわち、真田家臣筧出雲守《かけいいずものかみ》十兵衛《じゅうべえ》である。

この筧邸、一見、侍屋敷だが、実は、数多《あまた》の忍びが出入りし、忍び衆を束ねる忍び屋敷を兼ねている。部屋には、一見、窓も戸もない。壁の一角が引き戸になっており、出入りができる。極めて内密の談合をなすときに使う、忍びの間である。

先に、小山評定を見届け、信幸《のぶゆき》のもとを離れた源吾は上田城下で十蔵と会い、事の次第を告げた。

十蔵はいつもと変わらず寡黙に受け止め、源吾をこの部屋へと上げた。

なんの話かと思いきや、十蔵はまったく口をきかない。

そのうち、隠し戸が、サアッと開いた。

うっ、と源吾は目を見張る。

真田昌幸が身をかがめて入ってきて胡坐をかく。続いて次男の左衛門佐信繁《さえもんのすけのぶしげ》。さらに、もう一人若武者が続く。三男の藤蔵信勝《とうぞうのぶかつ》である。

昌幸、信繁、信勝という主家の父子三人、そして頭領の十蔵。これら重鎮を前に、源吾は低く平伏する。

昌幸は髷《まげ》をといた白髪交じりの総髪を後ろになびかせ、口をへの字に結んでいる。一方の信繁、信勝は穏やかだが、無表情である。

しばらく沈黙がある。

「源吾だな」

昌幸が厳かに口を開く。源吾、ハと、さらに面《おもて》を下げる。

「面を上げよ」

その言葉に少々戸惑いつつ、源吾はゆっくりと頭を上げる。

目を上げて、昌幸を見た。源吾は家臣ともいえぬ忍びの者である。これだけ直近で昌幸と相対するのは初めてである。

昌幸もまた直視している。その淡く輝く瞳がまっすぐに源吾の顔を射抜いている。

不思議な顔をしていた。

昌幸がいつも家臣、領民に見せる顔は、快活、鷹揚《おうよう》、どこまでも屈託なく明るい。

だが、今の瞳の色はなにを意味するのか。まるで、何かを語り掛けるようであった。

しばし、二人は黙っていた。密室を奇妙な沈黙が支配していた。

やがて、昌幸が小さく頷《うなず》くと、その頬《ほお》が緩んだ。それは笑みのように見えた。

すると、

「源吾」

横から声を掛けてくるのは、真田信繁である。

「会津《あいづ》征伐の諸侯はほとんど家康《いえやす》についた、というのだな」

春風のように穏やかな声音である。

真田左衛門佐信繁、齢《よわい》三十四。ただの真田家の次男坊ではない。

従五位下《じゆごいのげ》左衛門佐の朝臣である。かつて秀吉に仕え、その馬廻《うままわ》りとして大坂《おおさか》城に出仕し、豊臣《とよとみ》の姓を与えられ、自身も一万石《ごく》を超える禄《ろく》を食《は》む大名格の武人である。

昌幸に似て小柄。顔つきも極めて穏やか、性格は温厚。一族、家臣の信望も厚い。昌幸と別に家を持った信幸とは違い、本家でその家宰となり、表で為《な》せないような仕事も一手に請け負っている。

二十《はたち》そこそこで秀吉《ひでよし》のもとへ出されて以来、信繁はほぼ上方《かみがた》にいた。それでも、上田に来れば、家臣、領民、忍び衆にまで分け隔てなく声をかけて回る。素朴で、まめ、源吾のような若者の面倒見もいい男である。

信繁と会うのは久しぶりだ。侍姿になってからは初めてである。

「は」

源吾は、即応する。

あの後、評定は予想通りだった。

福島正則《ふくしままさのり》、黒田《くろだ》長政《ながまさ》らを筆頭とする大名たちは立ち上がり、家康加担を叫んだ。皆、その勢いに呑《の》まれ、次々と家康についた。

そして、上杉《うえすぎ》征伐を取りやめ、石田《いしだ》、大谷《おおたに》らを討つべく、西上を決めた。遠州掛川《えんしゆうかけがわ》城主山内一豊《やまうちかずとよ》が、己《おのれ》の領地ごと城を家康に差し出すと言い放てば、東海道《とうかいどう》の城主たちは我も我もと続いた。瞬く間に、尾張《おわり》までの道は開けた。

これより、江戸内大臣《えどないだいじん》である家康を総大将と仰ぐこの軍を東軍とよび、大坂を本拠とする豊臣勢を西軍と呼ぶこととなる。

「伊豆守《いずのかみ》様は、まずは沼田《ぬまた》に戻り、上田と会津の繋《つな》ぎを断つように、と」

信幸の沼田領は、昌幸の上田と大坂方の上杉領の合間にある。沼田に戻り、この通行を遮断し、西軍の連携を断つのが、信幸の当面の役目である。

源吾は見たまま、聞いたままを報じる。

小山評定は徳川《とくがわ》の思惑通りに進んだ。信幸も特に疑われることもなかった。源吾は忠実に信幸を守り、小山の様子を見て帰った。それだけである。

「よし」

信繁は頷いた。

対して、昌幸は上座でニマニマと笑みを浮かべている。もう、いつもの昌幸である。

(いいのだろうか)

源吾の思考は淀《よど》み、困惑で瞼《まぶた》を伏せている。

そんな源吾の前で、昌幸と信繁は目配せする。

「さて、源吾」

今度は、昌幸が口を開く。

「わしは、このいくさに賭《か》けておる。こたびはこの真田安房守《あわのかみ》昌幸、渾身《こんしん》かけた大博打《おおばくち》よ」

昌幸の口ぶりは極めて明朗である。身を乗り出し、顔をせり出す。

「よいか、しくじることは許されぬ。気を引き締め、役を果たしてくれ」

少々真顔である。源吾は言葉もなく平伏する。大殿の昌幸からそういわれては、否《いや》も応《おう》もない。

「あとは左衛門佐から聞け」

昌幸はそういって、傍らの信繁に向け頷くとニンマリと笑った。

「期待しておるぞ」

立ち上がり、去ってゆく。

後に、信勝、十蔵と続いてゆく。


部屋には、信繁と源吾が残る。

信繁は微笑を浮かべた顔を向けているが、源吾は黙然と面を伏せたままである。

まだ、胸のわだかまりが解けない。

「源吾、立派になったな」

そんな源吾を前に、信繁の声音は柔らかい。

「見事な武者ぶりだ」

幼子《おさなご》の頃《ころ》遊んでくれた人懐っこい笑顔に、固まった源吾の心もほどけそうになる。

が、信繁は片眉《かたまゆ》をひそめて、身を乗り出してくる。

「言いたいことがありそうだな」

切り込んでくる。源吾はハッと背筋を伸ばしている。

「いいぞ、言ってみろ。おのれのような者の言葉こそ、大事なのだ」

そこまで言われては黙ってはいられない。その方が無礼である。

「左衛門佐様、これでよろしいのでしょうか」

思い切って口を開いた。

「家康は宇都宮《うつのみや》、小山で諸大名を籠絡《ろうらく》し、己の味方に引き入れました」

今回の評定で、家康は己の意のまま評定を決し、豊臣大名たちを膝下《しっか》に引きずり込み、大いに勢威を強めた。そして、東海道を制する戦略も見事に進めた。

「私が見た限り、諸侯は前夜まで東か西かと迷っておりました。ならば、忍びを散らして陣を乱し、談合の邪魔をしてしまえば、評定は成り立たず、敵方の結束もなかったのでは」

口を開けば堰《せき》を切ったように言葉が連なる。

そうではないか。いくさ前の仕掛け、謀略、それこそ、真田昌幸の真骨頂。ために、忍びを抱え、育て、鍛えてきたのではないか。

天正《てんしょう》のいくさでは、智謀と腹芸の限りを尽くし、大勢力の間を縫い、手玉にとり、生き残った。そんな達人の域にある策謀がまるでなされていない。ただ大敵に対して敢然と反骨を見せた。今の昌幸はそれである。

単に秀吉の恩に報い、秀頼《ひでより》へ忠誠を誓う。「表裏比興《ひょうりひきょう》のくわせ者」真田昌幸は、そんな青臭い輩《やから》ではないはずだ。

「確かに、敵の忍びが見張っておりました。ですが、やりようはあったはず」

最後は面を伏せた。言わずにはいられない。

信繁は穏やかな面貌《めんぼう》を向けたまま、無言。ただ相槌《あいづち》だけ打っていた。

（いいはずがない）

源吾は面を上げて、待つ。次の言葉を待っている。

長い。

果てしないと思えるほど、長い沈黙である。若い源吾には耐えがたい。

（む……）

いい加減に焦《じ》れてきた。フッフッと胸底からなにかが湧《わ》き出している。床に置いた手の平の指先が小刻みに震えてくる。

やがて、信繁は穏やかに頷いた。

「いい」

それだけである。微笑で源吾を見つめている。

源吾は拍子抜けと共に、肩を落とす。

（なにが、いいのか）

次の瞬間、来たのは憤りである。カッと目を見開いた。

「左衛門佐様、ならば！」

ついに、叫んでいる。おもいきり面を伏せ、床に向けて叫ぶ。

「私を上田にお戻しください。私は徳川と戦いたいのです」

言葉が丹田《たんでん》の底からとめどなく溢《あふ》れてくる。

「徳川は今や大きく膨れ上がりました。上田が戦うには大小数多の仕掛けが必要、一人でも多くの忍びがいりましょう。私は……」

グワッ、と衝撃が全身をゆさぶった。

にじり寄ってきた信繁に右肩を摑《つか》まれ、驚きで面をあげた。

「なるほど」

信繁は頷き、摑んだ肩を放すと、ポンと軽く叩《たた》いた。そして、ニコリと笑った。相変わらず穏やかな笑みだった。

「外で話そう」

信繁は立ち上がり、部屋をでてゆく。源吾も慌てて立ち上がる。

厩《うまや》から駿馬《しゅんめ》二頭を引き出し、「ついてこい」と、軽やかに跨《また》がる。そのまま手綱をひく。

二の丸を抜け、さらに、三の丸と出て、城下へと進む。

既に秋を感じさせる信州の空は高い。突き抜けるように青く澄んでいる。

「徳川に恨みがあると聞いている」

信繁は振り返り、秋風のように涼やかに問いかけてくる。

源吾は一瞬、言葉を呑んだが、

「はい」

口元を引き締め強く頷く。

信繁も、うむと頷き、また前を向く。カツカツと馬蹄《ばてい》音をひびかせ、ゆく。いたるところで、普請《ふしん》が行われている。

もとより実戦を想定し作りこまれた上田城。そして、昌幸はことあるごとに城に手入れをしている。まさに名工が己の作品を磨き上げるがごとくである。

今、仕掛けをしているのは城下である。市中戦を想定し、城下町が東に向かって開ける大手口の外の民家、大小の通りに柵《さく》をかけ、時に路地をふさいでいる。

この普請を仕切っているのが、信繁である。信繁は作事の具合を確認するように、辺りを見渡し、馬を進める。

と、またも振り向いた。

「どうだ、源吾」

「どう……とは」

源吾は言い淀《よど》む。

「いや、すまん、聞き方が悪かったな」

信繁は楽しそうである。

時折、作事をしている将兵が気づいて一礼する。それに、ひとつひとつ頷きながら、信繁はゆく。どうみても小姓《こしょう》然とした源吾を気にする者はいない。

「馬上からの景色は、どうだ?」

その言葉に、え、と眉をひそめ、改めて周囲を見渡す。

ゴクリと生唾《なまつば》を呑《の》んだ。

二騎の行く手、周りで、人々が忙しく動いている。竹矢来《たけやらい》を編む兵、丸太を運ぶ人夫、握り飯を配る女衆、皆、声を掛け合い、活気にあふれている。

「どうだ、今のおぬしは、真田源吾、真田の侍だ。忍びの者としてみる景色とまた違うだろう」

言われてみれば、まるで違うように感じる。

これまでは、路傍から馬上の昌幸たちを見上げていた。己の周りしか見えていなかった。

それが今、この街のすべて、家柱の一本、戸板の一枚、握り飯の米一粒すらも己の体のように思えてくる。

「父上はな、この街を、民を、すべて背負っておる。わしも、兄上も、そしておまえも、皆を、な。それが真田なのだ」

言葉はずしりと重く響いた。

領主とはそういうものなのだろう。この目に映るもの、すべての将兵、民の命、どころか、町も自然も、すべて昌幸の采配《さいはい》の下にある。いくさとなればなおさらである。

対して、自分はどうか。

（俺《おれ》は、俺のためだけに生きてきた）

そうとしか思えない自分がいる。

話しながら進めば、ちょうど城下町をでた。

「そう思えば、一陣の風すら愛《いと》おしいものだ」

信繁は馬腹を蹴《け》った。源吾も慌てて続く。

二騎、田園を駆け抜け、なだらかな坂を駆けあがってゆく。

青々と光る草原を風のようにゆく。初秋の澄んだ空気が、源吾の頬に吹きつける。

胸に詰まったわだかまりが少しずつほぐれてゆく。

いつしか馬腹を蹴る足も軽くなっている。

上田平に叫ぶ

上田平を見晴るかす小丘の上で、信繁は馬を降りた。

この辺りは染屋原《そめやはら》という。その昔、信濃《しなの》が武田《たけだ》領だった頃、信玄《しんげん》配下の武将が城館を置いていた。

丘陵《きゅうりょう》の頂上にその跡がある。

二人、崩れた土塁の前に立ち、眼下を見渡した。

「だいぶ、すっきりしたようだな」

「はい」

少し、気分が晴れた。

「おぬしは、小山の評定をつきくずして、敵の出鼻をくじけば良かったというたな」

信繁は前をみたまま言う。

「それは確かにそうだ。徳川は大きい。なら、少しでも家康を担ぐ者を減らして、敵の力をそぐ。これはいくさの理《ことわり》、それが調略というものだ」

独り言のように続ける。

「だが、それはな、隣国の大名との城の取り合い、領土の奪い合いのときに妙なる策なのだ」

徐々に声に力がこもる。

「こたびは、天下分け目の決戦。徳川と豊臣が天下の権をかけたいくさを真田安房守昌幸の色で染めるのだ。そんな博打を打つなら、相手は大きいほうがいいのさ。見よ、小山の評定で、東国の大名どもは、すべて徳川に与《くみ》した。むしろ、このような中で、真田程度の小者が徳川についても、大して喜ばれもしまい」

源吾は瞠目《どうもく》している。いわれてみればそうだ。小山評定は信幸も参加していたが、並みいる大名たちに埋もれ、目立つこともなかった。

（でも）

確かに、小勢で大軍を打ち破るほうが得る物は大きい。だが、果して、その大敵を破ることができるのか。

「真田のみが徳川に逆らい、それを討つ。小気味いいではないか」

信繁の声音に一切の淀みはない。その自信があるからこその挙兵、というのか。

（では）

その方策こそ聞いてみたい。いや、ぜひ、聞きたい。今なら聞ける気がした。

「左衛門佐様、いくさの方策をお聞かせください」

思い切って口を開いた。

信繁はまたニコと笑い、頷く。そして、指をさす。

「みよ、この景色を」

その先に上田平の沃野《よくや》が広がっていた。

中心に上田城がある。

もとは松尾《まつお》の山城を本拠としていた昌幸が、北国《ほっこく》街道を扼《やく》する要衝に築いた。

当時、徳川の傘下にあった昌幸は城の縄張りを受け持ち、その全身全霊をこの城にかけた。領地を追われ一時は牢人《ろうにん》となって再起した父真田幸綱《ゆきつな》の志、日の本最強と言われた亡君武田信玄の教え、そして、武田、織田《おだ》という強者に従い戦った己の経験、すべてを注ぎ込み作り上げた。

尼《あま》ヶ淵《ふち》という断崖《だんがい》の上にたち、南の千曲川《ちくまがわ》を天然の堀としたこの城、平地に築かれながらも要害堅固。そして、東に広がる城下町、そこに住まう民、すべてが上田の城だった。

事実、上田は、天正の合戦で徳川の攻めを見事撃退し、真田昌幸の戦歴に燦々《さんさん》と輝く勝利をもたらした。

三層の天守、その脇《わき》の御殿の金箔《きんぱく》塗り瓦《がわら》が陽光に煌《きら》めく。真田の様な小領主の居城としては、あまりに豪奢《ごうしゃ》である。これも秀吉が昌幸を認めていたからこそ、できた。

真田の城を強くする。それは、対徳川を想定した秀吉の秘策であった。昌幸ならやる、やってくれる。上田城には、人心洞察の達人、秀吉の想《おも》いも深々と込められている。

その偉容、来歴。まさに、戦国の名城と呼べる城だった。

「父上は、この上田に敵を引き込んで戦うおつもり」

信繁の穏やかな面上の瞳《ひとみ》が爛《らん》と光った。

「父上のもと、あの城、この山河、そこに住まう民、すべてが戦う。真田が負けることはない。わしはそう思うぞ」

信繁は指先をゆっくりとめぐらしてゆく。まるで念を込めるようだった。

南の千曲の大河、川向こうの山並みをなぞってゆく。

そして東には、神川《かんがわ》の急流が白く波打って見えていた。天正合戦ではこの神川に徳川勢を追い詰め、濁流に突き落とした。

最後に北。北には太郎山《たろうやま》を主に峻嶮《しゅんけん》が連なる。砥石《といし》、矢沢《やざわ》、松尾、真田の山城がそびえ立っている。その向こうに、この地の民が崇拝する四阿山《あずまやさん》が顔を見せていた。

「お前も、そう、思わんか」

源吾、しぜんと頷く。一度頷くと小刻みに何度もうなずいている。

上田で徳川を迎え撃つ。勝てる。この城に、土地を知り尽くした将兵、そして、名将真田昌幸の采配。真田の力を見せつけるのだ。

「わしは、父上の手足となって働く」

源吾、ハイと頷く。

「父上は、これまで、すべて一人でやってこられた」

信繁は諭すように言う。

「父上は武田信玄公の小姓として育った。そして、勝頼《かつより》公のもとで、侍大将、奉行《ぶぎょう》、信州《しんしゅう》侍の旗頭として働いた」

そうである、昌幸が武田家臣として担った役は数限りない。己の領地である信州小県《ちいさがた》の治政はむろんのこと、武田家奉行として甲州《こうしゅう》の行政、信濃侍の旗頭として上州《じょうしゅう》攻略の先手《さきて》、攻め取った沼田領の支配、未完に終わったが勝頼が築いた新府《しんぷ》城の縄張りと普請奉行、さらには武田忍びの掌握などなど。

長篠《ながしの》で信玄以来の家臣を数多失った武田は人材が枯渇していた。昌幸は一人何役もこなして武田に尽くした。

「武田滅びし後は、当主として家を背負い、兵を動かし、策を張り巡らした」

自立を選んだあとの昌幸は、領地と民、城と家臣を背負った当主であり、戦略戦術を練る軍師であり、軍勢を率いる侍大将だった。

なにもかも一人でやってきた。そうするしか、なかった。

「だから、こたび父上にはおもうまま振舞っていただく。総大将として大きくな。目先の仕事はすべてわしがやる」

信繁はニコと笑った。決意が込められた男の笑顔だった。

「わしは決めた。むろん、わしも兄上もそれぞれ想いはある。それが人だ。だが、真田は大家ではない。われら一族があちらこちらと別の方を向いては大敵に当たれぬ。こたびは皆が心を一つにして戦う」

しかし、源吾が上田で戦いたいという思いは変わらない。上田が大敵を引き受けるならなおさらである。

信幸は徳川についた。しばらくは徳川方として働くだろう。それが戦略である。

源吾は押し黙った。

「兄上のもとでなく、上田で働きたい、ともいうたな」

もう信繁の顔に笑みはない。真顔で見つめている。

「おまえも、そうであって欲しい」

「……」

「父上のため、兄上を支えてくれないか」

信繁は一歩踏み出してくる。

源吾、言葉なく立ち尽くしている。

心は十分に唸《うな》りを上げている。熱き血潮は大きく波打っている。

この大乱にかける真田昌幸の気概。それを支える一族の絆《きずな》。

対して、源吾は、といえば。

母の仇《かたき》を討つ。徳川を倒す。そのために生まれたと思っていた。それしかなかった。

「お前の想い、これはわかる」

見透かしたように信繁は続ける。声音はもう穏やかである。

「母への想い、捨てよとはいわぬ。しばらくこう思うのはどうだ。お前ももう真田の侍。母だけでない、お前の親はこの信州上田平全《すべ》てなのだ、とな」

源吾はゴクリと生唾を呑んだ。

「上田が、我が親」

「そうだ。おまえは、上田が生んだ男だ」

信繁は頷くと、一歩、前に踏み出す。

睨《にら》みつけた眼下に上田平が拡《ひろ》がっている。

そして、大口を開け、胸をそらし、息を大きく吸い込んだ。

地に足を踏ん張り、拳《こぶし》を握り、下腹に力を込める。

「オオーッ！」

突然、上田の城、千曲川に向け力いっぱい叫ぶ。

オオオーッ
信繁は叫ぶ、大きく、高らかに叫ぶ。

源吾、唖然《あぜん》として、その背中を見ている。

「気分がいい」

振り返った。

「おまえもやらんか」

そういって、手招きする。源吾も大きく踏み出す。

同じように、仁王立ちする。

オオーッ

雄叫《おたけ》びを清風が乗せてゆく。

叫べば、すべての鬱屈《うっくつ》は吹き飛んでゆく。

街だけではない。この原野も、自然もすべて真田なのだ。

(俺も、真田か)

信繁を振り返って、面を伏せる。

「力の限り、尽くします」

そう言えば、信繁はニコと笑った。

「ありがとう」

心に沁《し》み込むような笑顔だった。

「源吾、おまえは、我らと兄上を結ぶ懸け橋だ」

上田平から吹き上げる風が、頬を撫《な》でている。

「わしも父上も、兄上を信じている。おまえも信じて従え」

「はい」

全身で答える。

真田源吾、両の拳を握り、大地を踏みしめていた。

沼田城にて

「今度《このたび》、安房守別心のところ、その方忠節致さるの儀、誠に神妙に候《そうろう》。然《しか》らば小県のことは親の跡に候の間、違儀なく遣はし候。その上身上何分にも取り立つべきの条、その旨を以て、いよいよ如才に存ぜらるまじく候。仍《よ》って件《くだん》のごとし」

こう家康がしたためた真田伊豆守《いずのかみ》信幸への書状の日付けは、七月二十七日。小山評定の二日後である。書状は松代《まつしろ》真田藩の秘蔵を経て、現世に残っている。

これにて家康は自分についた信幸に、離反した昌幸の領地信州小県郡を安堵《あんど》した。さらには、その身を取り立てるのでより励むようにと、くぎを刺した。

といっても、昌幸は上田に健在である。

すなわち、この安堵状で家康は昌幸を「つぶす」、そのあかつきには、その領地を信幸にまかせる、と約束したのである。

真田伊豆守信幸はしずかに瞼を伏せている。

その前で、源吾は書状を読み終えた。

今の源吾は、折り目正しき小袖姿。まさに、真田信幸近侍の若小姓である。

信幸の居城、沼田城の天守最上階で二人は向き合っている。

「この書状、どう思う、源吾」

源吾、キッと眉根を寄せ、目を光らせた。

「家康は大殿を滅するつもり。そして、己の腹がいたまぬよう、その領地を褒美として、伊豆守様に与えるのです」

胸中に湧いてくる怒りの炎を抑えている。

「いかにも家康らしき、やり口」

「そうだな」

そんな源吾を前に、信幸はフッと微《かす》かな笑みを浮かべる。

「いいか、源吾、父上は内府《だいふ》に逆らって敵に回ったのだ。わしは内府についた。真田一族としては功罪相半ば。その罪科の方には目をつぶって、上田の領地をわしに任せてくださる、これは内府としては、十分な仕置きぞ」

悠然たる口調で立ち上がり、南へと歩んだ。

「しかしな、源吾、家康がこのようにまっとうに振舞い、わしに好意をみせる。これこそ危ういのだ」

そのまま、利根川《とねがわ》を見下ろす窓際に立った。

思えば、この城は上田に似ている。

上田が千曲川に面した断崖の上に立つなら、沼田は利根川の河岸段丘の上にそそり立つように聳《そび》えている。こちらも五層の天守を持っている。関東でこんな豪壮な天守を備えた城は他にない。沼田領二万七千石には分不相応な巨城である。

沼田城も、秀吉が関東を治める家康の領内に打ち込んだ楔《くさび》なのである。そして、城主真田信幸は、家康の養女を娶《めと》った婿《むこ》である。これほど数奇な星の下にある男もないだろう。

その信幸は、こめかみに沈鬱《ちんうつ》を浮かべている。

「家康はまったくわしを信じていない」

振りむけば、光を背にした巨軀《きょく》がさらに大きく感じられた。

「律儀に尽くすわしに、このように律儀に応じる。それが家康の仕掛けなのだ。良いか、家康はわしの一挙一動を見ておる。少しでも怪しき動きを見せれば、潰《つぶ》しにかかる」

源吾、ごくりと生唾を呑み込む。

時折、この殿様の底知れぬ度量を感じ、身が震える。それは畏怖《いふ》にも似ている。器が大きい。というより、器の形すら見えない。

源吾が物心ついたころ、すでに信幸は沼田城主である。上田で生まれ信州で育った源吾、上州沼田の信幸とは、馴染《なじ》みどころか関《かか》わりすらなかった。

それに、陽気で策略が面ににじみ出るような昌幸、穏やかで素朴な信繁に比べて、信幸は沈毅《ちんき》で心の奥底が見えない。

「父上と会ったか」

「は」

「左衛門佐とは」

「会いました」

源吾の即応に、信幸はかすかに口の端を上げた。それだけで全てがわかるようだ。

「上田はどうであった」

「上から下までいくさ仕度で沸いております」

「そうか」

それだけである。深く訊《たず》ねることもない。

昌幸と信繁、そして信幸の三者で方策の筋はできているのだろう。そして、順調に進んでいるのだ。

「伊豆守様、向後は、いかがしますか」

問いかける源吾に対して、信幸は居住まいを正した。

「わしは、おそらく、東山道《とうさんどう》をゆくことになる」

そうだ。家康は、小山評定のあと、信幸を沼田城に帰している。福島正則、黒田長政といった外様《とざま》の将は早々に西へと向かわせたのに、である。

その後、家康は江戸、息子の秀忠《ひでただ》は野州《やしゅう》宇都宮にとどまっている。

おそらく、家康は東海道を西へ。そして、秀忠が東山道をゆく。

なら、沼田の信幸は東山道の秀忠軍に属することになるだろう。

「上田をどうするのでしょう」

「それはわからぬが、なんとしても、上田にゆかせねばなるまい」

信幸は淡々と応じる。

「父上は上田に徳川勢を引き込みたい。家康、秀忠がなにを狙《ねら》い、どう動こうとも、だ」

「はい」

「相手の出方をみて、心中を読み、忠を尽くしつつ、上田にゆかせるよう導く。これをなすことこそ、わしの役目だ」

(むずかしい)

複雑な役回りだ。いさぎよく戦いを挑む方が、簡単に感じる。

その顔色を読み取ったのか、信幸は凜々《りり》しく締まった片頬をゆがめる。

「お前の仕事でもあるぞ」

微笑をたたえた瞳でにらんでくる。

思わず源吾、背筋を伸ばしている。

若き総大将

小山評定の後、徳川家康は外様の諸侯を西へ向かわせ、自身は、会津上杉の手当てをするとして、しばらく小山に残った。

ようやく八月五日に江戸へ戻った家康は、今度は江戸城で動きを止めた。

その間、西軍は上方から軍勢を発し、伊勢《いせ》、美濃《みの》、北陸へと侵攻。敵対する城を攻め落としながら、じわじわと東に軍を進めていた。

東軍の主力は、尾張清須《きよす》に集結した福島正則、黒田長政、池田輝政《いけだてるまさ》、細川忠興《ほそかわただおき》らの三万七千である。

東西両軍は、東は清須、西は大坂方織田秀信《ひでのぶ》の岐阜《ぎふ》城、濃尾《のうび》の国境にて睨みあう形となった。

福島ら外様の東軍諸将は躍起になって、江戸へ使いを飛ばした。「家康、なぜ出て来ぬ」と。

それでも家康は動かない。まるで力を温存するかのように、江戸城に籠《こも》り続けていた。

先んじて動いたのは、息子の秀忠であった。

八月二十四日、野州宇都宮で待機していた秀忠は、家康からの下知《げち》を受け、大軍を率いて西へと進発した。

江戸中納言《ちゅうなごん》徳川秀忠は蒼天《そうてん》のもと、軍を歩ませている。

齢二十二と若い総大将、しかも、初陣《ういじん》の若武者である。

軍勢は巨竜がうねるごとく街道を埋《うず》めて進んでいる。率いる兵は三万八千。こんな大軍を初陣で率いた若者も、極めて稀《まれ》である。

八月二十六日高崎《たかさき》を経た徳川勢の二十八日の目的地は上州国境の松井田《まついだ》城である。

前方に妙義山《みょうぎさん》のゴツゴツとした山並みが見えだしていた。

関八州《かんはっしゅう》である上州までは徳川の勢力圏である。これを越えれば信州。いよいよ外界へと出る。しかも徳川に与しない真田昌幸のいる東信濃である。

陰暦八月も末ともなれば、季節はすでに秋である。

若き貴公子は、緑から赤に変わろうとする山並みを睨んで、生真面目《きまじめ》に手綱を握る。その全身から瑞々《みずみず》しい気が発されている。

「佐渡《さど》」

馬を歩ませながら、振り返る。背後の馬上に本多佐渡守正信《ほんださどのかみまさのぶ》がいる。

「真田は、どうでるか」

秀忠は口を真一文字に結んで問いかけてくる。

「上田に我らを引き寄せて戦うつもりでしょう」

正信は低く、しかし、ゆるぎなく答える。

「そうだな」

秀忠は真剣に瞳を輝かせて頷く。その顔を見て、正信も固く頷き返す。

実直、それに勤勉、まじめな若殿様だ。

思えば、父家康も若き頃はこうだった。だが、あまりに過酷な人生がいつしか家康を老獪《ろうかい》にした。

（いや、老獪にならざるをえなかった、のだな）

正信は胸中で独《ひと》り言《ご》ちる。

瞼を閉じれば浮かぶのは、江戸を発《た》つ前に見た家康のしかめ面である。


「佐渡、そろそろゆかねばならん」

家康は正信を手招きして、皺《しわ》の浮いた顔を寄せてきた。

「は、上様」

異論はない。

八月二十三日、西軍の岐阜城が落ちたとの急報が入った。

東軍の尾張清須と、西軍の美濃岐阜。木曽川《きそがわ》を挟んでにらみ合い、家康の出馬を待っていた均衡が、ついに崩れた。

「まさかに、これほど早く岐阜城を落とすとは」

家康は小刻みに首をふる。

そうだ。そうさせたのは、家康主従なのだが、これは意外ななりゆきであった。

清須に集った東軍諸侯は完全に焦れていた。それはそうである。小山では、あれだけ皆を焚《た》きつけ、西へ走らせた家康が江戸を動かないのである。

諸将は苛立《いらだ》ち、家康がつけた井伊直政《いいなおまさ》、本多忠勝《ただかつ》ら軍目付《いくさ》けに恫喝《どうかつ》同然に詰め寄った。

福島正則にいたっては、「内府は我らを劫《こう》の立替とするつもりか」という暴言まで吐いている。捨て石にするのか、という意味である。

家康はそれを聞いても、出陣しない。江戸でやることが山ほどあった。

北の上杉を抑えるべく、岩出山《いわでやま》の伊達政宗《だてまさむね》、山形《やまがた》の最上義光《もがみよしあき》、その他、奥羽《おうう》の諸大名への手当て。

そして西軍についた者たちの切り崩し。東軍大名への念押し。並行して、江戸に集まってくる全国からの諜報、飛報を受け、吟味し、随時、対応する。

その全てが揃《そろ》うまで、出陣などありえない。

家康は江戸城奥の間に腰を据え、ひたすら書状の披見と発信につとめた。

「いくさなど、足軽《あしがる》のつつき合いだ。わしが戦場で寝ていても勝つとなるまで、いくさになど出られるかよ」

正信の前で爪《つめ》を噛《か》みながら、家康は吐き捨てた。

「福島ら、よろしいので？」

「ほっておけ」

尾張からくる使いは泣きそうな顔で首《こうべ》を垂れるが、家康はにべもない。

「敵につくなら、つけ。戦場で寝返られるよりよほどいい」

正信は感心した。いかに福島正則ごときが吠《ほ》え立てようと、まるで動じることがない。

果ては清須への使いに「あなた方ははたして味方なのか、味方ならば働きを見せてみよ」とまで、言わしめた。突き放したのである。

（さすがのご器量）

尾張の東軍諸将は憤怒をぶつけるように美濃へと攻め込み、二日で岐阜城を攻め落とした。

報せを受け、さすがに家康は腰を上げる。

まさか、これほどに早く落ちると思わなかった。岐阜城と言えば、美濃国の要、あの信長が手塩にかけた名城。城主織田秀信は信長の嫡孫ではないか。

聞けば、敵西軍は最前線の拠点である岐阜にろくに援軍を送っていなかったらしい。岐阜城主織田秀信は、ほぼ自軍の兵のみで戦い、しかも劣勢を知りつつ城を出て決戦し敗れたという。

どうやら西軍は家康主従の想像以上に統制がとれていないようだ。見かけは大樹かもしれないが、根幹が腐っているのである。

ならば、遠慮の必要がない。それに、これ以上、外様の諸将が奮戦し武功を挙げてしまうと厄介である。「内府頼みにならず」となりかねない。

西軍は伊勢に大軍を回しており、美濃には一万程度の軍勢しかいないという。

岐阜を落とした東軍主力は四万ほど。下手をすれば、己たちのみで合戦しかねない。

そして、大垣《おおがき》には敵の主将石田三成《みつなり》がいる。福島正則あたりが独力で三成の首など挙げてしまうと、とんでもない禍根となってしまう。

「そうですな。上様が江戸をでた、という報を与えて、待たせませんと」

正信は淡々と言う。

「わしは、東海道をゆく。秀忠には東山道をゆかせる」

は、と正信は頷く。戦場である美濃にいたる大道は、東海道、東山道。

七万におよぶ徳川の大軍は二手に分けて進ませねばならない。海沿いの比較的平坦《へいたん》な東海道は家康。山越えが多い東山道は秀忠。まず順当である。

「でな、佐渡よ」

家康の目がギラリと底光った。

「お主は、秀忠につけ」

「は？」

正信はめずらしく眉をあげ、呆《ほう》けた声をだした。

家康と正信はここまで共に語り、天下取りの絵をかいてきた。当然、「戦場へは共に」と言うのかと思いきや、息子につけ、という。

「よろしいので？」

「よい、東西の諸将への仕込みはあらかた終わった。あとはいくさよ、いくさなら、平八郎《へいはちろう》、兵部《ひょうぶ》がおる」

「家康の過ぎたるもの」と称《たた》えられる本多中務大輔《なかつかさのたいふ》忠勝、通称平八郎、「井伊の赤鬼」井伊兵部少輔《ひょうぶのしょう》直政、徳川の武を象徴する名物男二人は、東軍大名たちと先行し、美濃にて家康の出陣を待っている。

この二将は確かにいくさでは頼もしい。

「これが、こたび従軍の者だ」

そう言って家康は、あらかじめ書き記してあった従軍諸将の名簿を広げた。

頷きつつ、正信は名簿を目でなぞってゆく。やがて、ぎょっと目を剝《む》く。

（これは、偏っている）

榊原《さかきばら》、大久保《おおくぼ》、酒井《さかい》、平岩《ひらいわ》といった譜代であり歴戦の侍大将とその兵は、ほぼ秀忠軍に組み入れられている。家康が江戸から率いてゆくのは旗本の徒士《かち》武者ばかり。いくらなんでも偏りすぎである。

さらには、正信さえも秀忠に付ける、という。

「これまで国内でいくさもなかったゆえ、遅くなったが、秀忠は初陣よ。万事慣れぬゆえ、目付け役として、しっかり助けよ」

「御意」

そういうことか、さすがの家康も惣領《そうりょう》息子が気にかかるのか。だから無二の友の自分に託すのか。

ただ、正信は武人ではない。策士である。しかも家康専属の策謀家である。

自分にいくさの後見役はどうかと思いつつ、正信は頷く。数多の練達の武将がついている。別段、心配もないだろう。

「しっかりお支えし、中納言様を濃州《のうしゅう》の決戦場にお連れしましょう」

「いや、それは、無用」

「は？」

「そんなことなら、おぬしをつけることもない」

「なんと、それは……？」

「秀忠に預ける三万八千、これはな、決戦で使わぬ」

正信は細面の上の目を細めて、家康を見返す。

決戦に徳川の主力軍を使わない、とは。意図がわからない。

「決戦は、わしが率いてゆく旗本三万で十分だ。こちらは豊臣大名の軍勢な、福島、黒田、細川ら、あれに思い切りいくさをさせる。その方が、徳川にとっても良い」

ほお、と、正信、いぶかし気に頷く。

家康は「わからんのか」といわんばかりに口を開く。

「いくさは勝つ。勝つしかない。ないように、いくさの絵をかいたろうが。佐渡、このいくさはな、戦場で目に見える兵数がものをいうのではない。わしが、この家康がな、かつて秀吉を担いだ大名たちの心をどれほど獲《と》れて、わが下に引き込めたか、それで決まるのだ。わしはそのために、わが生涯をかけてきた。それが、なされる今、秀忠の軍勢がいようといまいと、わしが勝つ。次のいくさ場ではな、わが兵は三万だろうと、十万だろうと同じだ」

珍しい主君の長広舌に、正信、とにもかくにも頷く。

「わかったか、佐渡よ、お主の役目は、秀忠を決戦に連れて来ることではない」

「して、中納言様には、なにを」

「真田よ」

おっ、と正信は細めていた目を見開く。

そういえば忘れていた。真田昌幸は上田に帰ったまま、その後、目立った動きはない。ないので特に気にも留めなかった。

上方、西国、会津、大敵は蠢《うごめ》いている。それに真田の周りの大名は皆家康についている。手当ては終わったと、頭から消し去っていた。

「上様、真田ごとき、兵は二千そこそこ。信濃の大名衆に囲ませれば上田から動けませぬぞ」

正信は宥《なだ》めるように言った。

「先のお話の通り、伊豆守を攻め手に加えて、親子でかみ合わせましょう。どちらも力を出せず、にらみ合うだけでしょう。上方を均《なら》せば、向こうから降《くだ》ってきましょう」

「佐渡、甘い。それだけでは、すまん」

家康の即応に、正信、口をギュウとすぼめた。

「真田昌幸、つぶす」

おお、と正信は瞠目する。

（よほど、恨みに思っておられる）

正信からすれば、真田など大したことはない。いかな知略縦横のくせ者といえ、たかが信州小県一郡程度の小領主である。このたびの敵は、上杉、毛利《もうり》といった百万石超えの大大名、そして、豊臣家だ。日の本の国を舞台にした大戦で、雑魚《ざこ》を気にしている場合ではない。真田など放《ほう》っておき、後で潰せばいい。常道なら、そうである。

（だが、上様は違う）

違うのだ。家康と真田昌幸の悪縁は切っても切れない。まさに、因縁《いんねん》の敵なのだ。

「だいたい、あの上田城、な」

家康の声に怒気が混じっている。

「徳川の城ではないか」

唸るようにつぶやいて、家康は右手の小指を口に寄せ、爪をギリリと嚙んだ。

（そうだ）

正信は少々慄《おのの》きながら、主君の悪癖を見ている。

上田城はもともと信濃を制した家康が、隣接することとなった上杉に備えるため、人と金を出し、真田に作らせた城である。それを昌幸は、いけしゃあしゃあと己のものにして、徳川に反旗を翻した。

「小ざかしい。この期に及んで堂々とわしに背を向け、敵についた。ついたくせに、上方へ参じず、のうのうと上田城で待っている。どこまで馬鹿にするのか。秀吉もわしに勝った強《したた》か者などと言いふらして、安房めを重んじた。いいか、あの天正の負けいくさよ。あれを打ち消さねばならん。大坂に勝ってから降らせるなど、甘い。それでは根絶やしにできん。いくさよ。いくさで攻めつぶすのだ。この機を逃してはならぬ」

家康の断固たる言い切りに、正信は頷く。

（上様こそ、そうだからな）

元は三河岡崎《みかわおかざき》の小城主からのしあがった家康だからこそ知っている。

ああいう小勢ながら土地と結びつき、己を貫いて生き残り、しかも、勝利という戦歴を持つ男こそ、やがて手ごわい敵となるのである。

「あのとき、わしは、秀吉へ備えるため、七千しか兵をだせなんだ。それをあの安房守が」

家康は憎々し気に顔をしかめ、眉根を寄せる。

信長死後の動乱、その後の上田攻め。昌幸の巧緻《こうち》を極めた戦略戦術に、徳川勢は翻弄《ほんろう》され、手痛い負け戦をくらった。

今回は三万八千もの大軍。真田の二十倍近い兵である。家康こそいないが、徳川本軍ともいえる歴戦の勇士たちがゆく。

（それは落とせるだろう）

規模が違う。造作もないことだ。

「よいか、佐渡、治部少輔《じぶのしょう》らは、わしが我が名で討ち払う。おのれはな、あの真田を、真田安房守を、粉微塵《こなみじん》にすりつぶせ」

家康の声が底響く。

「真田安房の頼みは、上田城、あの城ぞ。前もそうだった。佐渡、同じ手を食うな。それさえ封じれば、あの程度の小勢、小城、大したことはない。いくさ前に策を封じて攻めるのだ」

その執拗《しつよう》な剣幕に、正信は顎を引いて頷く。

「しかと――」

それしか言えない。そう応じるしか、なかった。


こうして正信は単身江戸を出て、駆けに駆けて秀忠の軍勢と合流した。

正信は思い出しつつ、目の前の若き貴公子の横顔を見つめている。

はたしてこの若者が、家康のような古強者《ふるつわもの》に成長するのか。

（いや、そうはならんわな）

人生の土台が違う。無理というものだろう。

だからこそ家康は、正信をつけた。真田という仇敵《きゅうてき》を、叩き潰すために。

「中納言様、容赦なく、まいりましょう」

うむ、と貴公子は顔を引き締める。

「攻めつぶす」

家康は秀忠へも長文の書状を送り、諄々《じゅんじゅん》と説いた。

この東山道軍の目的地は上方ではない。上田だ。真田をつぶす。そのための大軍、そして、練達の将兵なのだ、と。秀忠は、家康の意を十分にわかっている。

（そんなところは、いいのだが）

勇武に逸《はや》る若者なら、父とともに天下分け目の決戦を戦いたいとごねるところである。

事実、家康四男で、後継者の対抗馬である松平忠吉《まつだいらただよし》は家康と共に東海道をゆく。あちらはさぞ鼻息荒く、戦場を目指しているだろう。

だが、こちらの実直すぎる貴公子は、父の厳命を律儀に受け、その役に全力を尽くそうとしている。根っからの好人物なのだ。

（勝たせねば、ならんな）

鎧袖一触《がいしゅういっしょく》で真田を屠《ほふ》る。家康が落とせなかった上田を攻めつぶして、この若君を上方へ凱旋《がいせん》させる。

「そのとおり、中納言様、ぬかりなく」

「わかっている」

もはや、禅問答の師弟のごとくである。

主従、互いに言い聞かせるよう繰り返しながら、馬を進めてゆく。

大久保彦左衛門

秀忠の大軍は、そのまま碓氷峠麓《うすいとうげふもと》の松井田城へと入った。

上州から参陣の将が続いて入城し、山裾の小城は軍兵でごった返した。

そして、信州の徳川方の将が続々居城を発したとの報が飛び込んでくる。それらと歩調を合わせるべく、松井田での滞在は三日間である。

入城の翌日、秀忠は、家老の大久保忠隣《ただちか》に耳打ちして、ある男を城中の一室へ呼んでいる。

「若様」

いかめしい髭面《ひげづら》が、くしゃりとつぶれた。

秀忠は、その前で相変わらず生真面目に頷いている。

「小諸《こもろ》城を目指すのは、真田と戦う、というおつもりで間違いござらんな」

口から唾を飛ばすのは、大久保彦左衛門忠教《ひこざえもんただたか》。齢四十一の熟練家臣で二千石取り。徳川家臣団の中でも最大の威勢を誇る大久保一族の一人である。

秀忠は、先程、次の目的地は信州小諸と触れを出したばかりだ。

東山道は碓氷峠を越えると追分《おいわけ》にて分岐する。左は街道を南下し、佐久平《さくだいら》を諏訪《すわ》方面へ。右手は小諸を経て上田へと至る北国街道である。東山道をそのままゆくなら小諸は通らない。その小諸を目指すことに、この嗅覚《きゅうかく》の鋭い三河者は反応している。

「良いですか、あの天正のいくさの二の舞となってはなりませぬぞ」

彦左衛門、もとから巻き舌のダミ声である。しかも三河弁まるだしである。普通にしゃべっても柄が悪く聞こえる。

「まあまあ彦左殿、そのためにお呼びしたのでござる。中納言様直々のお召しにござるぞ。まずは落ち着いてくだされ」

横合いから声を掛けるのは、大久保忠隣。彦左衛門の兄大久保忠世《ただよ》の息子である。甥《おい》ではあるが、忠隣のほうが年長、しかも大久保宗家の忠隣は家康任命の秀忠の筆頭家老である。

彦左衛門はそんな甥になだめられても、苦々しくゆがめた顔をそむけた。

「ええい、われにとっても、徳川の御家《おいえ》にも思い出すも忌まわしい」

その様をみて、上座の秀忠と忠隣は目を見合わせ、(やれやれ)と首を振った。

依怙地《いこじ》な偏屈者、典型的な三河武士である。だが、こういう者の言葉こそ、敗戦の真の理由を知るのにふさわしい。秀忠が「ぜひ」と所望して、甥の忠隣を介して、彦左衛門を呼び寄せた。

初陣の秀忠なりに生きた教材の話を聞いて、いくさを学ぼうとしている。こういうところはまさに真面目実直な二代目である。

今日は側《そば》に、本多正信はいない。いや、正信どころか、譜代家臣、誰《だれ》もいない。

場は、秀忠と彦左衛門、そして大久保忠隣の三人である。彦左衛門が人前で語るのを嫌うだろうと、外させた。特に、正信は駄目だ。正信などいようものなら、この男が己の過去など語るはずがない。

「彦左よ、こたびは必ず勝つ。勝たんがため、真田の手を封じる。だから、天正のいくさを見たお主の話を聞いておきたいのだ」

秀忠が真摯《しんし》そのものに身を乗り出せば、彦左衛門も居住まいを正す。

偏屈ながらに、御家に忠実な男である。こうして若殿が己を頼り、腰を折ってくるならさすがに素直になる。むしろ嬉《うれ》しいのだ。

「さすれば――」

口を尖《とが》らして語りだす。

この男のくどい述懐は、彦左衛門の自書である「三河物語」に克明に残されている。

徳川勢七千余は、「上田の小城など揉《も》みつぶす」と、一気呵成《いっきかせい》に攻め寄せた。二の丸まで攻め入って火をかけようか、というところで、味方に配慮して火をかけずにいると、真田勢が城内から打って出てきた。さらに真田昌幸は支城である砥石にも伏兵を詰めていた。正面と側面に敵を受けた徳川勢は壊乱した。

彦左衛門はチッチッと舌打ちしながらしゃべり続ける。身内にしか語らない苦い敗戦の記憶、「三河物語」にも門外不出、他人に見せるな、と断りをいれるほどである。

だけに、いざ語りだすと止まらない。場には一族の忠隣しかいないことと、秀忠がうんうんと素直に頷くのも拍車をかけている。

「平岩主計《かずえ》も鳥居彦右《とりいひこう》も保科弾正《ほしなだんじょう》も、みな、下戸《げこ》が酒を飲んだようじゃった」

どの者も将兵が仰ぎ見る家康譜代の重鎮である。彼らを指してこうまで言えるのはこの男ぐらいだろう。

「なぜ、皆、すみやかに退《ひ》かなかったのか」

秀忠が疑念を口にする。そう思うのももっともであろう。砥石から上田まで一里半（約六キロ）ほどある。いかに前面で城兵と戦うとはいえ、手際よく退いてゆけば、追いかけてこられまい。当時の真田勢は今より少ないはずである。

「真田は神川を上流で堰《せ》き止めていたそうです」

横から忠隣が口を挟めば、彦左衛門は不機嫌そうに口を閉ざした。

「我が勢が上田にむけて押し出すや、堰を切って、川を氾濫《はんらん》させたとのこと」

彦左衛門が黙ったので、忠隣が言葉を繋ぐ。忠隣の父大久保忠世もこの天正上田合戦に大将の一人として出ている。父からこの敗戦の経緯を聞かされたのだろう。

上田の東を流れる神川が氾濫しては、逃げられない。西には上田城、北からは砥石の伏兵、南は千曲川。かくして、徳川勢は逃げ場なく突き崩され、川に落ちた。

「どいつもこいつも、慌てすぎなんじゃ。逃げ場ないとはいえ、真田は寡兵。しっかと地に足付けて働けば返り討ちにできたはず。各々が持ち場を忘れて右往左往しては、勝てるいくさも勝てませんわい！」

ついに、彦左衛門は声を荒らげた。

そこからは、彦左衛門ら大久保党が味方を叱咤《しった》して奮闘した話と、同僚たちへの愚痴が続いた。秀忠と忠隣は適当に相槌を打った。

「よくわかった、彦左、かたじけない」

区切りのよいところで秀忠は話を終わらせようとした。

「よいですか、若様」

だが、彦左衛門は膝《ひざ》をにじり寄らせて来る。

「くれぐれも、同じことをしてはなりませぬ。そのためには」

彦左衛門の目は殺気を帯びるように光った。

「あの佐渡めに軍配を任せてはなりませぬ」

秀忠は、む？　と口を結ぶ。

「良いですか、いけませんぞ」

秀忠、とりあえず頷く。頷かねば話が終わりそうにない。

ああ、ああ、もう良いですと、横から忠隣が制した。これ以上は得るものがなさそうである。

忠隣が肩を抱くようにして共に立ち、彦左衛門を下がらせてゆく。


室内には秀忠のみが残った。

彦左衛門と忠隣が去ったのと反対側の戸がスルリと開く。

本多佐渡守正信がススと入ってくる。

「佐渡も嫌われたものだな」

秀忠が苦笑を浮かべると、いやいやと正信は白髪頭を叩きながら胡坐をかく。

正信は、三河以来の譜代家臣に毛嫌いされている。

無理もない。若気の至りとはいえ一揆《いっき》で家康の首を狙い、果ては出奔した男である。

それに、武功がない。武骨一途《いちず》な三河武士たちが、この細身の謀臣を評価するはずがない。さらには、家康が正信を傍《そば》に置き、友のように接するのも火に油を注いでいる。

正信は慣れている。なにより、彦左衛門のような家中一の偏屈者とやり合っても意味がないことを知っている。

「しかし、佐渡、ひどい話だ」

秀忠は呆《あき》れたように言う。

「それは負けるはずだ。いきなり総攻めするなど」

初陣の秀忠ですら知っている。いや、実戦を知らないからこそ、常日頃周りから聞かされている。

「城攻めには、十倍の兵がいる」と。

なのに、兵数に勝るとはいえ、七千ほどで力任せに攻め寄せた。しかも、支城の砥石は放ったままである。真田が兵を置いていることなど、調べればわかるはずだ。神川の堰き止めとても、そうだ。

奢《おご》り以外の何物でもない。負けるべくして負けたのだ。

「千鳥《ちどりが》掛けの柵、とは、なんなのだ」

秀忠は彦左衛門の話にたびたび出てきた耳慣れぬ言葉について尋ねる。

「それは」と、正信は応じる。

千鳥掛けの柵とは、左右交互に斜めに置かれた柵で、進むには良いが、退くときに大きな障害となる。徳川勢は城下町に置かれたこの柵の中におびき寄せられ、城兵に攻め返されると逃げられず、死傷者の山を築いた。真田が仕掛けた罠《わな》である。

「まるで、猪《いのしし》が狩られるようではないか」

秀忠は呆れるように、口をあんぐりと開けた。

「こたびは、そのようなこと、あってはならぬぞ」

はい、と正信は頷く。

それは家康にもさんざん言われている。今回は大軍のうえに、これらの手を全て封じ、上田を殲滅《せんめつ》する。万に一つも死角はない。

「お任せあれ」

先ほど彦左衛門は「任せるな」と言ったが、正信、自信満々である。

「なぜとめる」

松井田城の本曲輪《ほんぐるわ》内をゆく大久保彦左衛門は、なおも甥の忠隣に嚙み付いている。

「上田を攻めるのはいい。だが、佐渡のいうことを聞いてはならん」

「彦左殿、ちと声が大きい」

忠隣が肩を押さえて宥め続けているが、彦左衛門の怒りはやまない。

「新十郎《しんじゅうろう》、よいか、あ奴など、鷹狩《たかがり》でしか役に立たぬぞ」

「わかっておる」

忠隣とて徳川家臣中ではうるさ型だが、この彦左衛門の前では抑え役である。

「上様といい、なぜわからぬか。若様まであの口だけ男に誑《たぶら》かされてはならぬ」

家康が正信を重んじるのが気にくわない。さらには、こたび、甥の新十郎忠隣が筆頭家老をつとめる秀忠の軍目付けとされたのが、もっと気にくわない。

大久保党がどれほど家康のいくさで血を流してきたか。それこそ、一族総出で体を張って家康を守り立ててきた。なのに、戦場で役に立たぬ正信を重んじる。納得せよというほうが無理である。

生粋《きっすい》のいくさ人の彦左衛門、家康と正信の謀友の仲など、窺《うかが》い知れるはずない。

この彦左衛門の大久保党と本多正信は、後に江戸幕府成立後も仲たがいを続けてゆく。

「いくさがあ奴《やつ》の采配など、断じて許さんぞ！」

彦左衛門は歯を剝き出しにして、がなり立てる。

そのやりとりを櫓《やぐら》の陰で聞いている小さな人影が一つ。

影は、二人の大久保侍の背を見つめ、踵《きびす》を返して去ってゆく。

迎え、討つ

一方の、上田。

八月の真田昌幸の日々は、いくさ支度と上方とのやり取りで明け暮れた。

犬伏《いぬぶし》の別れから八月半ばまで上方から昌幸に送られた大坂方の書状は実に十一通に及ぶ。

最後の石田三成書状の中盤にはこう書かれている。

「信濃についてはいうまでもなく、甲斐《かい》までも昌幸が統治していいと毛利輝元《てるもと》（西軍総大将）はじめ各人が言っている」

この書状の日付は八月十日。八月半ばには、上田に着いている。

これにて、昌幸への恩賞は、当初の信濃のうち、小諸、深志《ふかし》、川中島《かわなかじま》、諏訪の四郡から、信濃甲斐の二か国へと飛躍的に拡大した。

八月末、昌幸は家臣一同を、上田城三の丸「お屋形《やかた》」と呼ばれる城内最大の侍屋敷に集めた。

お屋形は、三の丸まで敵を引き込んでのいくさを想定して建てられ、その際、本陣となる陣屋である。周りを水堀、土塁が囲い、兵を詰めておくことができる。

今日は群臣だけではない。昌幸馬廻りの軍兵《ぐんぴょう》も入り、屋敷の周囲で待機していた。

昌幸は広間の板敷に畳一畳だけ敷かせて、大あぐらをかいている。

脇に、左衛門佐信繁、藤蔵信勝、前には娘婿の小山田《おやまだ》壱岐守《いきのかみ》ほか、池田長門守《ながとのかみ》、日置《へき》五右衛門尉《ごえもんのじょう》、高梨内記《たかなしないき》、飯島市之丞《いいじまいちのじょう》ら、譜代重臣が並ぶ。

皆、天正の激動から昌幸と共に戦ってきた古強者である。家臣というより、もはや戦友といっていい。

真田に堅苦しい評定などない。皆、気楽に膝を抱き、主《あるじ》昌幸の顔を覗《のぞ》き込んでいる。誰より才気煥発《さいきかんぱつ》で弁舌巧みなのが、昌幸である。皆、その口上を聞くのを楽しみとし、下知を心待ちにしている。

「さて」

秋の陽《ひ》ざしが開け放たれた広間に満ちている。昌幸は扇子をパラリと広げ、ハタハタと扇いでいる。

居並ぶ譜代家臣を見渡し、ニンマリと笑みを浮かべる。

「左衛門佐、城下の普請はあらかた終わったな」

傍らの信繁が静かに面を下げる。

「ご指示どおりに」

列座の中には、何人か作事奉行を務めた者もいる。彼らも力を込めて、誇らしげに頷いていた。

「よし、皆、ようやった」

では、と昌幸が横目で顎をしゃくれば、小姓が一通の書状を捧《ささ》げてくる。例の石田三成の書状である。

その中で、昌幸が読むのは「甲斐、信濃は真田昌幸に」のくだりである。

列座の一同の顔を鮮やかな驚きが彩る。甲斐、信濃二国といえば、百万石に近い大領である。昌幸は鼻の穴を大きく拡《ひろ》げ、ペチン！　と扇子を閉じた。

「機は熟した。奸賊《かんぞく》、家康を討つ」

その一言で、皆、おおっと沸く。

「徳川の阿呆《あほう》どもが、天正の負けいくさを忘れたか、また、のこのこと上田に出張ってきよるぞ」

皆の口の端に笑みが浮かぶ。どの者も、天正上田合戦を見ている。

「しかも、この十五年で家康もずいぶん肥えよってな、太った身代はなんと二百五十万石ぞ」

カハハと笑う。

「これをぶん捕る。よいか、甲斐、信濃だけではないぞ」

昌幸は大きく目をむいて言い放つ。

「皆に大いに分けてやるぞ、揮えや」

オオウ、と皆、胸を張り、声を上げる。

昌幸の宣言はまだ終わらない。

「では、まず、禰津長右衛門《ねつちようえもん》に小諸六万石を与える！」

皆、瞬時、その意味がわからず固まる。そして、瞠目して胸をそらす。のけぞるほどである。なんとも気前のいい、褒美の前払いである。

「あ、ありがたき、しあわせ！」

禰津長右衛門が全身を震わせ、床にこすりつけるように面を伏せた。

小山田壱岐には松本七万石、丸子三右衛門《まるこさんえもん》には諏訪三万石……昌幸の言葉が続くたび、「ありがとう、ござりまする！」「恐悦至極に存じ奉る！」威勢の良い声が応じる。

こんなやりとり、皆、飽きるはずがない。振舞いは続き、一人一人が全身で応じる。

室内の熱気は屋外に控える兵にまで伝わり、やがて土塁も含めたお屋形全体が鳴動しはじめる。その喧騒《けんそう》は三の丸の全てに響き渡るほどである。

一同は、その高揚のまま、騎馬に跨り城下へと出た。

続いて軍勢が出る。騎馬、長柄槍、弓鉄砲、皆、胸を張り意気軒昂《けんこう》と城下を練り歩く。「馬揃え」城主が行う示威行事である。

民も一人として逃げていない。皆、道端で明るい面を上げて、熱く昌幸以下の勇士たちを見上げている。知っているのだ。天正上田合戦での昌幸の完勝を。

「徳川を討つ。こたびも、勝つぞ！」

昌幸は、右へ左へ、声をかける。手には先程の扇子がある。

「皆、聞け、お屋形様からのお言葉である！」

傍らに馬を並べる池田長門守が、手綱を握りしめて大音声《だいおんじょう》を上げる。

「馬上の者には申すに及ばず、歩行《ほこう》の者、侍、足軽、中間《ちゅうげん》、小者、百姓、町人にいたるまで、このたびの働きについては、敵の首一つに知行百石与うべし！」

民はあんぐりと口を開け、固まる。そして、ゴクリと、息と生唾を呑み込んだ。

その後、どわっと、歓声が沸き上がる。声は津波のように続く。

この褒美の内容はそのまま古記「翁物語」にも記されることとなる。

他では考えられない。度肝を抜くほどの恩賞である。地べたにひれ伏して拝みだす者すらいた。

「わしもやりますぞ！」「徳川の首をとるぞい！」「見とってくだされい！」

皆、張り裂けんばかりに口を開いて、全力で叫ぶ。もう好き放題である。

昌幸はその一人一人の顔を見て頷き、手を振る。

「皆、我が力ぞ、頼みにしておるぞ」

周りは、もはや熱風の渦が巻き起こらんばかりである。

「おおい、真田安房守！」

辻《つじ》の一角から大音声がある。周囲の歓声を割り裂くようなダミ声である。

「我を使え、我を使え！」

巨体である。薄汚れた僧衣に大数珠を肩掛けした六尺（約百八十センチ）ほどの大男、しかも二人いる。

仁王立ちして、がなり上げる。

「聞けや、我ら兄弟、その昔、上方にて勇武を鳴らし、天下人信長に一泡ふかせ……」

一方が禿《は》げ頭を輝かせてわんわんと叫べば、もう一方がさらなる大声をかぶせる。

「ええい、それはどうでもいい。太閤死すや、次を求めてへつらう犬ども、それを誑かす家康の狡猾《こうかつ》。その権勢に靡《なび》かず起《た》ちあがった、真田安房の偏屈、我ら兄弟とそっくりじゃ。さあ、使え、我らを使え！」

二人して代わる代わる叫ぶ。若くはない。双方、充分、年輪を重ねたと見える入道である。

周りの民も、唖然として振り返っている。

昌幸もさすがに気づいて、怪訝《けげん》そうに小首をかしげる。

「なんだ、あの坊主は？」

馬を並べる池田長門守を呼び寄せ尋ねる。

「先ごろ、都から流れてきた者とかで」

「僧兵か」

ちょっと呆れ顔である。

「阿波三好《あわみよし》衆の残党とか申して、頼みもせぬのに普請を手伝ったりしております」

長門守は笑みをこらえた顔で答える。顔つきから、さして迷惑でもなさそうである。

「面白い」

昌幸はカハと笑う。

大入道は二人して、一丈（約三メートル）ほどのいかつい六角棒を頭上に掲げている。

「我ら千人力ぞ！」

「おう、千人力か！」

坊主二人の声に、昌幸は応じる。

「いいぞ、我が勢三千、お主ら二人合わせて、五千になるわ、来い来い。思う存分働けや」

そう叫べば、群衆はさらにどっと沸く。

「上田の民、上田の地、上田城、あわせて、我ら五万にもなるぞ！」

昌幸の言う事はどんどん大きくなる。いや、真田勢など二千そこそこしかいない。

そこは昌幸、人心を知り尽くしている。そして民はそんな昌幸の心も知っている。殿さまと民がこれほど阿吽《あうん》の呼吸という城下もない。

この日、上田は城の内外問わず、沸きに沸いた。昌幸主従、民も含めた人々の士気は中天に達した。もはや、すぐにでも、いくさに臨めるほどである。

「こいや、徳川！」

昌幸は叫ぶ。二度、三度、そして、何度も。

それに、将兵、民が続く。

オウ、オウ、オオウ！

皆、飽きることなく、高らかに叫び続けた。


その夜、真田左衛門佐信繁の姿は、上田城二の丸筧屋敷の一間にある。

燭台《しょくだい》の灯《あか》りは小さい。昼から一転、この場は密談の様相である。

信繁の穏やかな顔を、灯火がつくる陰影が彩っていた。

前に連なり座るのは、十蔵をはじめとした真田忍び衆である。

夕刻、源吾が着いている。信繁は忍びを集め、今後の段取りを固める場を設けた。

「源吾、徳川はどうだ」

忍び装束の源吾に語りかける信繁の声音は、いつもどおり穏やかである。

「はい」

語りだそうと前を向いた源吾は、にわかに緊張する。

底光りする眼光の群れが、自分を睨んでいる。馴染みの面々だが、皆いつになく顔つきが鋭い。視線が身に突き刺さるようである。改めて役の重みを感じる。

「上田を攻めること、間違いなし」

信幸は手勢を率い、松井田で秀忠勢と合流した。源吾はその傍らで徳川勢の内情を探り、上田へ報じる。

徳川の次の進軍先は小諸、そこで信州の諸侯と合流し上田にくる、徳川の上層部は天正の敗けいくさについて執拗《しつよう》に調べている、と諄々《じゅんじゅん》と述べる。

信繁は、うむ、と頷き、身を乗り出す。

「では、我らのいくさ仕立てだが」

居並ぶ忍び衆が顔を引き締める。

「上田城に敵勢を引き寄せる」

一同、固く頷く。

「城下は路地、町家に仕掛けをしてある。これに出来る限り誘い込む。されど、徳川勢が上田を攻めるのは二度目。源吾の話どおり、奴らは前のいくさを知り、轍《てつ》を踏まぬようにするだろう。上田城に引き寄せる、伏勢《ふせぜい》が側方後方をつく。止めておいた神川の堰を崩して氾濫させ、敵の逃げ道をふさぐ。これで前は勝ったが、こたび同じ策は通じない」

「いかがしますか」

「策を講じる。神川の上流に堰を設ける」

源吾は、え？　と小首をかしげる。それは通じないと話したばかりである。

「この作事の支度はしてある。あとはいくさ仕立てだ」

信繁は構わず話を進める。忍び衆は惑うこともなく、黙然と頷く。

「まず、父上が自ら前線にでて、敵をおびき出す」

「大丈夫でしょうか」

「父上がでるというておる。父上自らでるからこそ、敵も追ってくる。しかし、父上が討たれてはならない。敵の目をくらまし、先鋒《せんぽう》衆だけ、城の傍《そば》まで引き寄せる」

「くらます？」

「そうだ、そのために、仕掛けの名人がいる」

そういって、パンと手のひらを合わせると、スウッと板戸が開く。

一人、渋い深緑色の小袖《こそで》姿の男が音もなく入ってくる。

「あ」と、思わず源吾、声が出る。

「伊賀《いが》の賽《さい》」

源吾は顔をしかめて、立ち上がる。

あの小山の陣で出会った男。佐野《さの》から信幸の陣を見張っていた徳川の忍び。忌まわしい、忘れられない顔だ。

「貴様！」

源吾は摑み掛かろうとするが、信繁が右手を上げる。

「源吾、待て、わしが呼んだのだ」

賽は何事もないように皆の間に割って入る。ストンと胡坐をかいた。源吾は納得できない。

「こいつは、徳川の伊賀者だ」

「もう違う」

賽が即答すれば、信繁は頷く。どころか、周りの忍び衆何人かも頷いている。

どうやら事情を知らぬのは、源吾だけのようだ。

（なんだ）

源吾が信幸の下にある間に、段取りは進んでいる。上田は上田で日々、いくさに向け心を一つにしているのだ。

源吾は、自分がその輪の外にいるようで、少々、悔しい。

「よいか、すでに知っている者もおるが、改めて言う。この伊賀の賽は、かつては徳川の忍びであったが、抜けて上田に来た。こたびは、我が手となって働く」

信繁が紹介しても、賽は怜悧《れいり》な顔でそっぽを向いている。その様、ずいぶんふてぶてしい。

源吾は胡散臭《うさんくさ》そうに眉をひそめる。

横で、信繁は変わらず穏やかな笑みを頬に浮かべている。

小諸城軍議

松井田を出た徳川軍は碓氷峠を越え軽井沢《かるいざわ》を経て、九月二日、小諸城へと入った。

小諸城は北東に浅間山《あさまやま》を望み、南は千曲川を堀代わりとする。城主は仙石秀康《せんごくひでやす》、石高は五万石とはいえ、上信《じょうしん》の国境を守る要地の城である。

浅間山麓《さんろく》が千曲川までなだらかに降《くだ》る傾斜を利した城域は広大に拡がる。上田まで西に五里のこの城に、大軍が集結している。

江戸から追いかけてきた徳川譜代の将、与力《よりき》とされた上信の城主たちが続々と城に入る。城内に軍兵は充満し、人馬の波は郊外にまで溢れた。

秀忠は参陣諸将が揃うや、三層の天守を見上げる本丸御殿の広間で大評定を催した。

皆、一間に会した場は極めて明るい。そして鋭気が漲《みなぎ》っている。それは、そのまま、上座にある若き貴公子の意気込みを表していた。

「皆、よく、集まった」

秀忠は甲高い声で切り出した。

「大儀である」

板の間に上段を設けて胡坐をかき、腿《もも》の上の拳を握りしめている。

口元がうずうず動いている。そのまま話し続けそうである。

（おやおや）

その気負った若い殿様の傍らで、正信は内心苦笑する。

若君の気持ちはわかる。己が評定を仕切りたいのだろう。

家康ならこうはしない。秀忠は総大将である。なら、家臣にしゃべらせればいい。どっしり構えて、衆意を聞き、決断する。そんな芸当はまだこの若者には無理なのだろう。

「中納言様」

横から小声で制する。む、と秀忠は口を閉ざす。

「仔細《しさい》は、式部大輔《しきぶのたいふ》から、と」

小声でいえば、秀忠、素直に頷く。

「では、式部大輔」
ハ、と応じて、横で一礼する武人がいる。
榊原式部大輔康政《やすまさ》。徳川四天王の一人と称されるほどの御家の重鎮である。

三河時代から家康を支え、徳川の合戦のほとんどに出陣し、抜群の武功を挙げ続けた勇将である。

それほどの武人でありながら、平時は性温厚、嫌われ者の正信に対して、家中皆に慕われるほど人心を得ている。

家康について上方にも出仕し、他家への出入りも多く、外に向けても十分顔が利く。今や巨大組織となった徳川家臣団でも柱石というべき男である。

齢五十三と見事に成熟した老将は、こたび秀忠の軍事の補佐役として、その武を束ねている。「いくさは、小平太《こへいた》（康政）に」は、家康の配慮である。

正信と康政は十分、意思疎通をしている。すなわち、この東山道軍は、西を目指すふりをして真田を攻めつぶす、ということである。

「おのおのがた」

康政は戦場仕込みの渋辛い声で呼びかける。さすがは、歴戦の名将という風である。

「われらはこれより東山道を進み、木曽路をへて美濃へといたる」

康政の通る声に、参陣諸将が聞き入る。

正信は黒目だけを動かして、その顔を順々にながめてゆく。

右半分には徳川譜代の家臣団が居並ぶ。秀忠守役《もりやく》の大久保忠隣はじめ、平岩親吉《ちかよし》、酒井家次《いえつぐ》、本多忠政《ただまさ》、牧野《まきの》康成《やすなり》……いずれも見慣れた譜代の臣である。これらはなんの問題もない。

（さて、こちらだ）

左側に居並ぶ外様の将をながめてゆく。

もっとも上座近くにいるのは、小諸城主仙石秀康。この城の主である。

白髪の混じった髭面を固めて、大仰に頷いている。「もっとも、もっとも」と、小声のつぶやきすら聞こえる。

この男は、秀吉の徒士武者からのしあがり、一時は讃岐《さぬき》一国の国持ち大名となったほどの寵臣《ちょうしん》。だが、失態を犯し追放され、許されてここ小諸に配された。そんな遍歴を持つ。

秀吉家臣最古参といっていい子飼い大名にもかかわらず、早くから家康にすり寄っている。秀忠の小諸入りにも、わざわざ単騎で追分まで迎えに出てきた。徳川への忠義の証に、ということだろう。次の天下を家康に賭ける意気込みを感じる。言動から、無二の家康党ともいえる。

他は、海津《かいづ》城主森忠政《もりただまさ》、深志城主石川三長《いしかわみつなが》、諏訪高島《たかしま》城主日根野吉明《ひねのよしあきら》……いずれも信州に城を持つ大名だが、骨のある輩はいない。まずまず、大徳川家に逆らう気もないだろう。

（問題は、こやつだ）

最後にもっとも後列に座った男を見る正信の瞳は、底光りしていた。

その大柄な男は、静かに瞼を伏せて、鎮座していた。

真田伊豆守信幸は、まるで空気のように評定の間にいる。特に縮こまることなく、かといって、気を発して主張することもない。極めて自然な様であった。

だが、どうしても目立ってしまう。それはそうだ。この男は父昌幸と訣別《けつべつ》して、徳川につき、そして、今、上田に迫る大軍の中にいるのだ。

誰もがその胸中を気にしている。いったい何を想い、ここにいるのか。

「しかるに、わが勢、行軍するにあたり、沿道の鎮撫《ちんぶ》と上方勢と会津上杉の連携を遮断する役もなす必要があり……」

康政の言葉が進んでいる。核心に迫ろうとしている。

「ついては、北国街道の要衝であり、信州唯一の敵方である上田、これをいかにせんか」

問いかければ、諸将の顔に緊張が漲る。

「あいや、上田など捨て置くべし。打ち滅ぼすべき大敵は上方にあり。一刻も早く東山道を美濃表へと向かうべし」

身を乗り出して言うのは、仙石秀康である。

さすがいち早く徳川へ鞍替《くらが》えした男である。家康の目の届かない信州で戦うなど望んでいない。早く家康と合流して、手柄を立てたいのであろう。

「いや」

甲高い声がさえぎった。皆、声の方、上座を一斉に見る。

「真田など小勢、上田など小城」

若者の勢いに、一同、固唾《かたず》を呑んだ。

「ここは戦陣の血祭に一気呵成に攻め落とす。後顧の憂いを断つのみならず、上方勢の士気を削ぐこともできる」

秀忠は肩を怒らせ、胸を張っていた。総大将である家康の息子が早々と言い切った。後見役の榊原康政、本多正信も真一文字に口を結んで、目を光らせている。

ならば、外様の将に反論の余地はない。徳川譜代家臣も逆らえない。

「しばしお待ちくだされ」

が、正信は口を開いた。お、と皆、振り向く。鋭い視線が己に集中することを感じる。正信は床に両手をついて、身をにじり寄らせた。

「中納言様にお願いつかまつります」

面を伏せたままである。ここは若い総大将を立て、ひたすら恐縮する体である。

「お気持ちごもっとも。されど、我らの討つべき敵は上方にもあり。今、この遠き信州にて、時をつぶすことはならず。ならば、一つここは」

正信は少し言葉を溜《た》めた。

「真田伊豆守殿に上田に出向いていただき、安房守に降伏するよう説いてもらうのはいかがか、と」

正信は面を上げ、上座の秀忠を見ている。見てはいるが、己を見ていた皆の視線が列座の真田信幸に動くのを感じる。

「いかが、伊豆守殿」

クルリと体ごと向き直り、尋ねる。

生真面目一本、経験もない秀忠ならこんな差配はしないだろう。だが、ここはこうだ。

（どうだ）

真田の息子は、どんな顔をするのか。この難題にどう応じるか、真田昌幸の長男の心を確かめてみたい。正信は上目遣いにジロリと見ている。信幸は、暫《しば》し沈黙。

「承知 仕《つかまつ》った」

信幸は大きな体をゆっくりと折り曲げた。

「敵に回りし、真田安房守、真《まこと》に不届き千万。たとえ、一時の気の迷いとて、許しがたき仕儀。されど、かの安房守はわが父。しからば、これは、この信幸の不徳のいたすところに相違なし。拙者が参り、城を早々に開け、中納言様の進軍の邪魔とならぬよう、説き伏せましょう」

皆、ほう、と顔を伸ばした。

（何を言うかと思えば）

正信は鼻白んでいる。こんな戯言《たわごと》に惑わされてはいけない。

降伏などするわけがない。ここに及んで、あの昌幸が「やはり間違っていました」と詫《わ》びるはずがない。

（策か）

少しは困窮し、待ってくれと頭を下げるかと思いきや、動じない男である。

信幸のキリリと締まった眉を覗き込んで、正信の思考は動いている。

「伊豆守、ゆくと申すか」

秀忠が思わずという素振りで身を乗り出している。

「は、機会をいただけますならば」

信幸はがっしりとした体を低く伏せる。

秀忠は正信を見る。いいか、と、目で問うてくる。

正信は小さく頷きつつ、

「中納言様」

もう一度口をはさむ。

「こたびの総大将は中納言様、徳川家の名代として正使は本多美濃守《みののかみ》殿、介添え役として、伊豆守殿とするのはいかがでしょうか」

本多美濃守忠政の姉は、信幸の妻、小松殿。すなわち、忠政は信幸と義兄弟。そして、忠政は、平八郎忠勝を父に持つ徳川譜代中の譜代。この男は適任の目付け役となる。考え抜いた人選である。

（かなり無礼、だが）

自分から信幸を指名しておいて、目付けをつけるというのもどうか。

だが、嫌われようが、憎まれようが構わない。正信の役はこれである。

家康の深意は真田の討滅。昌幸だけではない。徳川の禍根となる真田の血を根絶する。

（いくさの前に敵に回るなら、そのほうがいい）

信幸が叛《そむ》くなら、それもいい。信幸の手勢など七百程度、それごと討つまでである。

列座の面々は複雑にしかめた顔で左右をうかがう。

当の信幸は端整な面を伏せている。傍目《はため》には、ひたすら律儀である。

正信が口をとがらせる向こうで、秀忠は頷いている。

この若殿にはそんな人心の機微はわからない。ただ、実直に物事に向かっている。

「よい。では、両名、頼むぞ」

秀忠は、精一杯、甲高い声を張り上げていた。


評定も終わり、皆ぞろぞろと広間を出る。

伊豆守信幸も従者一人を連れ歩みゆく。

「伊豆守殿」

御殿を出たところで、後から追いかけてきた侍が声をかけてくる。

本多美濃守忠政は猛将として名高い父の平八郎忠勝に似ず、朴訥《ぼくとつ》な顔を向けていた。

「ご同道のお役目、宜《よろ》しくお願い仕る」

忠政は姉が真田家に入っているだけあり、言葉が丁寧である。他の徳川家臣は、昌幸のことを毛虫のごとく嫌うのに、である。

は、と信幸は丁重に頭を下げる。

ちょっと、と、忠政は顎をしゃくって城館の陰にいざなう。

「安房殿は、説得に応じるか」

忠政は縁戚《えんせき》とあって真田家の人々にも詳しい。昌幸のしたたかさについても知りすぎるほどに知っている。

「この使い、果たして意味があるのか」

「美濃守殿」

おもむろに信幸が踏み出した。

「これは美濃守殿にだけ打ち明けること」

信幸の真剣な面持ちに、忠政は背筋を伸ばして、点頭する。

「この大軍でござる。わが父がいかな策士とはいえ、攻められてはひとたまりもない。父は、それがしと袂を分かつ前に、こう言うておりました。上田で兵をあげ、近隣の徳川方の城を攻めとる、と。まさかに、これだけの大軍が攻めくるとは思っていないのです。いかにも老人が考えそうなこと。ところが、中納言様はお攻めになる。槍合わせをしてしまえば、もはや父を救うことなどかないませぬ。落城して討ち死にか、生け捕られても切腹でござる。いくさの前に城を開けて詫びさせれば、温情の余地もあるというもの」

信幸は真摯《しんし》そのものの声音で言う。

「いかに訣別し、敵となるなら討たんと誓いしものの、父は父であります。これはなんとかしたい。中納言様がせっかくの機会をくださりました。阿呆とさげすまれても、ゆかねばなりますまい」

忠政は、顎を引いた。返す言葉がない。

侍として敵ならば討つと胸を張るのは勇ましいが、見る者が見ればあざとい。まるで、徳川についた己を誇示するようである。

しかし、人として親子の情が残ると言うのは、いかにも人間臭い。このような弱さを見せられると、義兄としては否も応もない。

「かしこまりました。しかし、こたびは上方を目指しての行軍、即断で降伏せぬなら、そのときは慈悲も情けもありませぬぞ」

「むろんのことにござる」

　信幸は、固く頷く。


　そのまま両者別れてお互いの手勢が待つ曲輪《くるわ》へと進む。

「あいつ」

　信幸の傍らの従者がポツリとつぶやく。

　従者は前髪を落としたばかりかと思える若武者、むろん、源吾である。

「徳川の犬です。秀忠に告げますよ」

　信幸は歩きながら、む、と頷く。

「いい」

　歯切れがいい。

「父上と呼吸《いき》を合わせるしかない」

　前をむいて歩むまま、小声でつぶやく。

「源吾、上田に走れ」

　最後の声は一層低く響いた。

国分寺会見

翌三日、小諸を発した本多忠政、真田信幸は、真田昌幸と上田郊外の信濃国分寺《こくぶんじ》にて会見した。
会見はつつがなく、すみやかに終わった。その日の日没前、忠政、信幸の両名は小諸へ帰参。会見の結果を、秀忠はじめ徳川首脳へと報じた。

「真田安房守、城を開ける、と申すか」
上座の徳川秀忠は急《せ》き込《こ》むように食いついた。
目の前に、本多忠政、真田信幸が平伏している。
「しかも、すでに頭を剃《そ》っている、だと⁉」
秀忠は、呆れたような声をだした。
会見の内容は、大筋こうである。
忠政、信幸が寺の山門をくぐれば、すでに昌幸は待っているという。
境内《けいだい》に幔幕《まんまく》を張り巡らし、毛氈《もうせん》を敷いた陣が作られている。それが対面の場である。
信幸の大きな背中につづいて幔幕をくぐった忠政は少しのけぞった。
幕間の奥で縮こまり、面を伏せる坊主頭がある。
昌幸である。その剃り上げたばかりと思える青白い禿げ頭が、テカテカと光っていた。

「これはこれは、美濃守殿、ご足労いただき、恐悦至極」

少し面を上げ、また深く下げる。

「豆州《ずしゆう》も、こたびはまたとない仲立ちをなしてくれる。ありがたいこと」

忠政は驚愕《きようがく》の目を見開き、信幸は無言。二人、ともあれ着座し、一礼する。

忠政、信幸は床几《しようぎ》、昌幸は毛氈上に胡坐である。

「では、安房守殿、本日の使いは……」

「ああ、結構結構」

忠政が始めようとすると、昌幸は禿頭《とくとう》を大きく振る。

「なにもいわずとも結構。わしも今や、内府に逆らい陣抜けしたこと、いたく悔やんでおる。まさかにこのような大軍が向けられようとは。いや、いささかも逆らうつもりはない。城は開ける、開ける。そう中納言様にお伝えくだされ」

また、面を深々と伏せる。

忠政は口を「あ」の字に開け、その青光りする頭を見つめていた。

縷々《るる》と述べる忠政、律儀に頷く秀忠の傍らで、本多正信は顔をしかめている。

(しらじらしい)

見え透いた嘘だ。あの真田昌幸である。己の髪ぐらいで敵が騙《だま》せるなら嬉々《きき》として落とし、笑いながら剃らせたのだろう。

「汚れた城を渡すのは心苦しいゆえ、城内を掃き清めたい。支度して開城の日取りをまたお伝えする、と」

忠政は実直に語り続けるが、正信は鼻で笑った。

（すっかり、安房めの狂言に踊らされておる）

父の猛将平八郎とは似つかぬ優しさである。

一方、上座の秀忠も相変わらず生真面目にうなずいている。

この若殿はすべての事象に対し、真摯に向き合っている。頭まで剃ったとなれば、すでに昌幸が降伏したように思えているのだろう。

それはそうだ。経験がない。報じる本多忠政といい、二代目となれば、人は甘くなるものだ。降るというなら、上田を無視して西へ進むわけにはいかない。昌幸は、秀忠勢を足止めし、時を稼ぐつもりだ。さらには、焦らし、苛《いら》つかせたいのだ。

（若いな）

こちらの狙いは別である。上田を攻めつぶすのだ。

正信は黒目を動かして、向かいの榊原康政を見た。

と、相手と目が合った。その目が何かを語っている。二人、同時に小さく首を振る。この武人も真田昌幸の狂言に気づいているのである。

「中納言様、明日、軍勢を上田に進めましょう」

正信は唐突に口を挟んだ。

秀忠はムッと目を見張り、本多忠政は、エッと息を飲む。

忠政としては、降伏の言質《げんち》を得て帰ってきた。約定《やくじょう》は約定。それでは、約定の反故《ほご》である。なんのために、自分は行ったのか、囲むなら向こうが約束を破ってからではないか、そう顔に書いてある。

（甘い、甘い）

もういい。いい加減、堪忍袋《かんにんぶくろ》の緒が切れた。

忠政は不満げに眉をひそめているが、正信には、どうでもいい。この軍勢は上田を攻めるために来た。もとから、開城の約束などいらないのだ。

（さて、こいつはどうでる）

本多忠政はいい。正信は後ろで身を固めている大男を見る。

真田伊豆守信幸は謹直に面を伏せている。その顔色は読めない。

理不尽と言えば、理不尽すぎる物言いである。正信から説き伏せるように言い、その言質も得てきた。それを、問答無用に囲んでしまうというのだ。

「中納言様」

横から仲裁するように口を開くのは榊原康政である。

「開城仕度の間、この小諸で安穏としているようではいけませぬ。明け渡すというなら、すぐにでも受け取れるように仕度するまで。早速、全軍に陣触れを」

家康の意を受け、正信と共謀する康政は諭すようである。

いや、明け渡すなら、わざわざ全軍で上田まで行って囲まずとも良いだろう。

しかし、いくさの名人康政の一言は重い。秀忠はじめ一同、漫然と頷いている。

「いかがかな、伊豆守殿」

正信は冷たい問いを投げた。信幸はズイと面を下げた。

「ごもっとも、でござりまする」

正信は内心呆れた。

（ここまで食えぬか）

どこまでも挑発に乗らぬか。よほどの胆力、いや、父に似た食わせ者か。

「わ、わかった。そうしよう」

若き貴公子はひたすら素直である。

頷く秀忠の横で、榊原康政が振り返れば、小姓が大きな紙片を捧げてくる。

「では、こたびの方策を申し上げましょう」

上田平の絵図面が開かれる。すべて、手筈《てはず》通りである。

いくさの指示は康政から出るようにしている。そうでないと話にならない。

正信が戦略を語っても諸将に押しが利かない。武略といえば、榊原康政である。

「上田城を囲みます」

康政は布陣する将の名を述べてゆく。上田攻めのため練り上げられた方策である。

牧野、大久保、酒井、平岩、依田《よだ》……主力は徳川の譜代の将、脇備えに仙石ら外様の将、と淀みなく配置が決まってゆく。

「別口では、日根野吉明殿、石川三長殿には冠者嶽《かじゃだけ》の城攻めを」

別動隊である。冠者嶽は上田西南の小さな山城である。特に注目に値するほどの城でもないが、真田が兵を詰めたと諜報が入ったので備えを置く。外様の信州大名で良いだろう。

「して、真田殿には、砥石の城を攻めていただく」

康政の言葉が一段高く響いた。

（さあ、どうでる）

正信はここでもジロリと見ている。

天正上田合戦のとき、信幸は砥石城に詰めていた。徳川勢が上田に攻め寄せると城を出て騎馬で上田平へ駆け下り、寄せ手の横っ腹をついた。まさに形勢逆転となる武を見せた。

それを知りながら、こたびはその砥石を信幸に攻めさせる。

(それだけではない)

そのまま、こ奴に砥石を守らせる。そのうえで、徳川の大軍が上田にかかれば、この息子はどうでるか。

(やれるものなら、やってみろ)

これも大きな仕掛けの始まりだ。正信はかすかに口の端を上げている。

「ハッ」

信幸は即答していた。

「それがし、かの城は知り尽くしております。砥石の城、必ずや落として見せまする」

正信はケッと喉《のど》を鳴らす。

(化けの皮、剝《は》いでやる)

内心舌なめずりしている。


四半刻《しはんとき》(三十分)後、源吾は北国街道脇の樹林の合間を疾走している。

街道上は走れないが、なんの苦もない。雑草を踏み、灌木《かんぼく》を飛び越え、小猿が跳ぶように軽やかに駆ける。

幼少の頃から慣れ親しんだ東信濃の地である。上田から碓氷峠など、数えきれないほど往復し、けもの道まで知り尽くしている。

神川を渡れば、右手は信濃国分寺である。三重塔が月明かりに聳え立っている。

（ここで、会ったばかりじゃないか）

昼間、ここで、昌幸と信幸は会見した。源吾は信幸を護衛して、会見の場を見張った。

なのに——


「早急に上田に走れ」

耳打ちしてきた信幸の瞳を覗き込んで、源吾はギリリと奥歯をかみしめた。

（なぜ、そこまで）

徳川に従わねばならないのか。

信幸からの指示はめまぐるしく変わる。いや、信幸が、ではない。徳川の下知が二転三転しているのだ。そのたびに、源吾は上田へと駆ける。

最初は、徳川勢は上田を攻めようとしていること。

二には、信幸が降伏勧告の使者として昌幸に会見を求めること。

そして、本日、会見が成り昌幸は降伏を誓ったのに、徳川勢は上田を囲むらしい。さらに、信幸は砥石を攻める、という。

上田、小諸間は五里弱。体はまったく苦ではない。いや、体力など、どうでもいい。

思うのは、信幸の忍耐、徳川のこの理不尽さである。

（信じていない、か）

そうだ、まったく信じていない。試すどころか、わざと難題を突き付け、逆上させようとしているように見える。

信幸は粛々《しゆくしゆく》とそれを受け、黙々と尽くしている。

「いいか、源吾」

信幸の沈毅なこめかみが張りつめている。

「いかな仕置きを受けようと、わしは徳川の犬とならねばならぬ。それが、真田のためだ。わしの役目なのだ」

「伊豆守様、それで、いいのですか」

「いい」

信幸はそう言って、口元を引き締めた。

「皆が役を背負っているのだ。お前がなすことは、この知らせを一刻も早く上田に持って行くことだ」

そう言って、ポンと源吾の肩を叩く。

「疾《と》く、ゆけ」

反論の余地がない。源吾、疑念を振り切るように立ち上がり、背を向けていた。

(辛抱、か)

しかし、馬鹿にしている。考えれば考えるほど、腹が立つ。

源吾、頭に上った血を無理やり足におろして、蹴散らすように走っている。

思い切り顔をしかめ、夜叉《やしや》のごとく、上田へと駆ける。

ばかし合い

上田城三の丸お屋形では、真田昌幸が宿老《しゅくろう》を集めて、評定、いや、座談、いやいや宴会中である。

「これで敵ども、三日は足止めされるでしょう」

座の中ほどからそんな声が上がれば、昌幸はニカッと笑う。

被《かぶ》っていた袋頭巾《ふくろずきん》をパッと取れば、禿げ頭が灯火に赤く照らされる。

「徳川の若僧が、この禿げ頭にたばかられよるわい」

そう言って、鼻の下を伸ばせば、皆、ドッと笑う。

「そのうち、上方のお味方が家康の首をとってしまうのでは」

「それでは我らの功名どころがのうなりますなあ」

口々に言いあう。

酒も出ている。いつものごとく、座は極めて快活である。とても、四万近い大軍が迫る城とは思えない。

「失礼いたします」

下手の襖《ふすま》が開いて、左衛門佐信繁が入ってくる。

「おお、左衛門佐様、こちらへ、こちらへ」

皆、笑顔を振り向けるが、信繁は軽く笑みを漏らしただけで、上座の昌幸を見つめた。

それだけで、昌幸は立ち上がる。

「皆、ちいっとまっとれや」

信繁を連れて回廊の闇《やみ》へと消えてゆく。


「源吾が小諸から参りました」

別間に入ると、信繁が切り出す。その低い声に、昌幸は、うむと頷く。

「兄上の報《しら》せでは、徳川全軍は明日、上田平に布陣するとのこと」

簡潔にそう言い放った信繁に、昌幸は、ほう、と面を伸ばした。

「若僧に入れ知恵する者がおるか」

感嘆するように言うが、まだ顔に余裕がある。

信繁は小さく折りたたまれた一枚の紙を広げてゆく。そこに徳川勢の布陣図が描かれている。信幸からの報せは詳細である。

見下ろすや、昌幸の顔がぎょっとゆがむ。

「秀忠の本陣は染屋原か。そこまで出てくるか」

染屋原は上田城から東へわずか半里。徒歩でも四半刻という至近さである。

西から見ればすでに神川を渡ったところにあり、ここを占められては、神川を防衛線とすることはできない。

昌幸と信繁の戦略では、秀忠の本陣は、おそらく神川の東。まず神川沿いで小競り合いをして、秀忠勢を上田城下へ引き寄せるつもりだった。

「父上、徳川は本気です」

信繁の声は鋭い。

「豆州は」

「兄上は、砥石の城を攻めるとのこと」

「なに？」

「我らに伏勢を置かせぬためでしょう」

上田から北東の山岳地帯の麓には真田郷が拡がっている。

千曲川流域の上田が低地なら、真田郷は高原といっていい。そこを上田から出る街道が走っている。

道は途中で分岐し、左へ進めば、川中島、森領へ至る信州道。右が鳥居峠《とりいとうげ》を越えて信幸領である岩櫃《いわびつ》、沼田へと至る上州道である。

地理的要衝である真田郷を囲む山々には古くからの砦跡《とりで》を含め、大小の山城が点在している。

その一つが砥石である。砥石城は、かつて北信を代表する猛将村上義清《むらかみよしきよ》が拠《よ》り、武田信玄を撃退した堅城である。

南に上田平を見下ろし、東に真田郷を押さえる砥石は、上田のもっとも大事な支城である。規模的にも位置的にもここを押さえれば、真田領の北半分を制したのに等しい。

そして、そこを信幸に攻めさせるのに、敵の作為が感じられる。昌幸が兵を籠《こ》めるなら、真田勢同士の合戦となるのである。

「砥石の兵を朝までに引き上げさせよ」

昌幸の答えは早い。

「左衛門佐、敵はまんざら阿呆ではないな」

「いかにも」

「砥石を落とした豆州はどこに置かれると思う」

「二つ、考えられましょう」

うむ、と昌幸は頷く。

「一つは上田攻めの先鋒として前面に置くこと」

順当といえる。上田城と真田勢に詳しい信幸を寄せ手の先鋒とする。そして、親子をかみ合わせる。先鋒なら奮戦せざるを得ない。信幸の心を確かめるのに最適な役目である。

「もう一つは、砥石を守らせ、後詰《ごづめ》とすること」

砥石の城を落としたのなら、信幸は一つの手柄を立てている。正面から父と戦わぬよう、予備隊とする。こちらはある意味、温情といえる役目である。

「先鋒か、後詰。どちらと思う？」

「こればかりは」

信繁の顔も厳しく固まる。

さすがに相手がいることだ。それに、昌幸も信繁も十分に感じている。この徳川の動き、一筋縄ではいかない。昌幸の手を封じ、さらには信幸のことも信じていない。さらなる奇手があるように感じられる。

「言えるのは、兄上のお立場は大変に難しい、ということでしょう」

いくさとなり、秀忠が出てくる。どこかで、信幸が矛を返して徳川勢を討つ。それが昌幸の秘策である。だが、容易にはいかないようだ。

昌幸は、瞬時、瞼を伏せた後、すぐに開けた。

「いいだろう」

満面に笑みが浮かぶ。

「徳川の若僧、思ったより、歯ごたえがありそうだ」

「兄上には、なんと」

「豆州にはな、己の役をまっとうせよ、と言え」

「それだけで？」

「いい」

昌幸は厳と顔を引き締めた。

「よいか、左衛門佐、いくさはもう始まっている。どうも徳川はな、わしを八つ裂きにしても飽き足らぬようだ。ならば、相手も必死よ。なりゆきは刻々と変わる。あとは、各々が敵の動きを見極め、働くしかない。それが、いくさぞ」
ハ、と信繁は面を伏せる。
「豆州を信じておる」

昌幸、信繁、固く頷き合う。


広間に戻った昌幸は、上座に立った。

一同、注目する。

「皆、やったなあ！」

昌幸、目をむいてベロンと舌をだし、大手を広げた。

「思うたより早う、徳川が来るわい！」

座の者皆、アッと瞠目する。しかし、昌幸の声は明るい。

「やったぞ、皆の功名が逃げも隠れもせず、向こうからノコノコとやってくるわ。さあ、各々、存分に働けや」

諸手を上げて、笑いながら叫ぶ。その剽気《ひょうげ》っぷりに、列座の者、一斉に笑顔になる。

「おおう！」

興奮して片膝立ちとなった者すらいる。

皆、昌幸を崇拝し、慕っている。殿様の揺るぎない様に、全ての者が快活に応じる。

「さあ、仕度じゃ、仕度じゃ」

昌幸が手を叩いて追い立てれば、皆、オウ、オオウと立ち上がる。


そのころ、搦手《からめて》門から、数騎の騎馬武者が弾丸のように飛び出している。

左衛門佐信繁は先頭を切って、馬に鞭《むち》をくれる。

月明かりの下、北へ、砥石に向けて、疾風のごとく駆けてゆく。


翌九月四日、小諸の秀忠は、先に信濃川中島の自城に戻した森忠政に対して、こう手紙を出している。

「真田安房守こと、頭を剃り罷《まか》り出、降参すべきの旨、真田伊豆守をもって種々詫言《わびごと》申し候《そうろう》間《あいだ》、命の儀相《あい》助くべきと存じ、昨日使者をもって申し入れ候のところ、今日に至って存分に申し候の間、放免に能《あた》はず候。然《しか》る間、急度《きっと》働くべきの条」

真田昌幸が頭を剃ってきて、降参すると真田伊豆守を通じて色々と詫言を言ってきた。命を助けてやろうと思い、昨日使者を送ったが、今日になって勝手を言い出したので許すことをやめた。近いうち、必ず攻めるつもりである。


書状を携えた使い番が出た後、秀忠は出陣した。

大軍は右手に浅間山の雄大な景色を見ながら、西へ、上田へと進んでゆく。

徳川、そして、昌幸。

双方は、ばかし合いの末、くるりと手のひらを返した。

神川堰き止め

「おおい、それはここに置け!」

小具足姿の軍兵、人夫たちが、声を掛け合い、木や石を運んでいる。

神川は、四阿山を源流として、真田郷の脇を縫い、上田平を貫いて千曲川に流れ出《い》でて終わる。

千曲川から二里(約八キロ)ほど遡《さかのぼ》り、砥石城の麓を過ぎた辺りに、今、真田兵が出て、川を堰き止める作事をしている。

「この堰がいくさで大いなる役をなすぞ」

時折、作事頭が大声を張り上げると、皆、オウと応じる。

その周囲を二十名ほどの足軽が守っている。

この辺りは四阿山から湧き出る源流と、鳥居峠からくだってくる支流が合流して、ちょうど水量が増える場所である。

すでに堰は粗方《あらかた》できており、川水が堰き止められつつある。

「もう少しだぞ」

そんな声が明るく響いた、そのとき。

ガアーン、と鉄砲音が周囲にこだまする。

作事に励んでいた者、警固の足軽は、うわっと頭を抱え、身を屈《かが》めた。

次の瞬間、ヒュンヒュンと宙を飛び落ちるのは、数十の矢である。

「敵だ、徳川勢だ」

叫びが交錯し、人夫たちは逃げ出す。

「オオーッ」

周囲から一斉に鬨《とき》の声が上がるや、樹林から鎧《よろい》武者が湧き出てくる。次々と現れる兵は二百をゆうに超えている。

真田の足軽は槍《やり》を構えるが、これでは多勢に無勢である。

「いかん、退け、退け」

真田の将は、抵抗もそこそこに刀をさやに収める。

「皆、逃げよ、退け！」

潮が退く様に逃げて行く。

「追うな、追うな」

走り出てきた徳川の物頭《ものがしら》がなり立てる。

「もういいぞ、敵を討つのが役目ではない」

そういう間に、兵は河原に充満する。

さきほどまで真田勢の活気が満ちていた河原は、あっというまに徳川兵に制された。

物頭は、出来かけの簗堤の上に立った。

木だの石だの、中には壊れた舟や戸板なども積まれている。一時的な堤である。とにかく川を堰き止めればいいのだ。

「よおし、ぶち壊せ！」

物頭は右手の刀を大きく振った。

大きな木槌《きづち》やら丸太、鉤爪《かぎづめ》がついた縄やらを持った兵が一斉に取りついて、ヨオッと声を合わせる。

各々、得物《えもの》を打ちつけ、鉤を引っかけて河原から引き始める。
ギ、ギイッと軋みを上げて、堰が崩れてゆく。
一部が崩されるや、堤は割れ、木屑《きくず》となって川に流されてゆく。

林間からゆっくりと歩み出てくる白髪の侍がいる。

「思うた通りぞ」

本多正信は流れゆく残骸《ざんがい》を見詰めニヤと笑い、独り言つ。

九月四日、正信は手勢を率いて先行し、真田領へと入った。

神川を遡って探ってみれば、真田勢が堰き止めの作事をしていた。

「ま、それぐらいしか、できんわな」

上田程度の小城、そして、小県程度の小領地、策を張り巡らすにしても限りがある。

まさかに千曲の大河を堰き止めることはできない。仕掛けを施すとすれば、城の東を流れ、山から流れ下るこの神川に決まっている。前回もこれでやられたのだ。

正信は一仕事終えた兵の間を歩みゆく。

「皆、ようやった」

正信が叫べば、周りの徳川兵がオオーッと叫びを上げる。

(同じ手なぞ、食うかよ)

兵たちの喚声の中、正信は崩れた堤の残骸を蹴り上げ、ニヤリと笑った。


それを山間の樹林の陰から見ている二人の男がいる。

一人は警固の足軽を指揮していた真田の将である。

望月主水《もちづきもんど》という真田信繁の小姓である。先程まで甲冑を着て武装していた主水は今や兜も脱ぎ、小具足姿の軽装である。

前にいるのは、作事の人夫を仕切っていた頭である。

「いい塩梅《あんばい》だな、甚八《じんぱち》」

主水が口の端から白い歯を見せれば、甚八と呼ばれた人夫もニンマリと薄汚れた面をゆがめる。

二人頷くと、踵を返して、その場から消えてゆく。

砥石城、制圧

九月五日早暁、真田伊豆守信幸は手勢を率いて砥石城へと攻め寄せた。

砥石は東太郎山《ひがしたろうやま》の南東尾根の山腹に築かれた、典型的な戦国の山城である。

城に城兵の影はない。沼田勢は皆、拍子抜けして山道を登り、城門をくぐる。

「もぬけの殻、とは」

いぶかし気に囁《ささや》きながら、城内に入ってゆく。

信幸旗下の将兵は砥石の重要性を十分に知っている。

いかに割ける兵が少ないとはいえ、攻める信幸勢とて七百である。二百も兵があれば要害堅固の砥石城、激戦となったであろう。


本城とよばれる主郭へ入った信幸を追いかけるように、徳川の使い番が駆け込んでくる。

信幸は大櫓の広間で使者を迎えた。

源吾は小姓姿である。部屋の外で警固をしながら、室内の会話に聞き耳を立てる。

さて、昌幸は砥石を信幸にとらせた。次は徳川だ。信幸に何を命じてくるのか。

チラと部屋を覗き見る。

傍らで、秀忠からつけられた徳川家臣が眼光鋭く信幸の横顔を見ている。

正面には秀忠の使者である。

（雁字《がんじ》搦《がら》めだ）

当然と言えば当然だが、本軍と別働する信幸の傍らには徳川の目付けがついている。信幸の軍功を見定める役目といえばそうだが、明らかに見張り役である。

「真田伊豆守殿は、砥石城の守備をなすべし」

使者は厳めしい顔をさらに険しく固めて、言い放つ。

「中納言様は」

「明日早暁、上田城総攻めとのこと」

「拙者は」

「ただ砥石を守るべし、と」

「後詰は」

「必要なし」

使者が高飛車に首を振る前で、信幸は静かに面を伏せていた。

使者を返した信幸は近臣数名を連れて本城を出ると、尾根を南へと歩いた。

砥石は、主郭である「本城」を挟んで、北に「枡形《ますがた》」、南の尾根に「砥石要害」という三つ尾根の頂に構えた曲輪が連携している。

信幸は南への城道を渡り、砥石要害へと入ってゆく。その最南端に建つ櫓に登って、南を見下ろした。

上田平が眼下に広がる。上田城の金瓦の甍《いらか》が陽光にきらめいていた。

「ここからの景色も久しぶりですな」

傍らで、家老の出浦昌相《いでうらまさすけ》が感慨深そうに言う。

この男は、元は昌幸と同格の武田家臣、信濃衆であった。武田崩れと本能寺の変の動乱で昌幸配下に入り、真田家臣となった。昌幸の信頼のもと、信幸を守り立てるよう命じられた付け家老である。

昌相の言うとおり、沼田領主となった信幸、そして、配下の家臣には実に久々の、懐かしき、砥石城である。

信幸は口元にかすかに笑みを浮かべ、頷く。

「しかし、我らが、上田を攻めるとは」

反対側からかすかな嘆息とともに身を乗り出すは矢沢頼幸《よりゆき》である。

こちらは、信幸の祖父幸綱の弟矢沢頼綱《よりつな》の息子、真田一門衆である。父頼綱が沼田城代であった縁で信幸の下にある。

信幸は、前を向いたままである。

「我らの故郷ではございませぬか」

頼幸は真田の血族である。だけに、この景色を見れば、感情が波立つのだろう。

「殿……」

「矢沢殿」

一歩踏み出した頼幸の肩を抱くように、昌相が押しとどめた。

わかっている。

家臣は皆、一度は信幸に食い下がった。だが、信幸は厳然と説いた。「沼田真田家は、徳川について武運を開く」と。

沼田衆は皆、その悲壮な決意を知り、信幸に従っている。

振り返れば、信幸たちの背後に数間ほど置いて、徳川の目付けが目を光らせている。

この状況でいまさら蒸し返すのは愚である。

「皆」

信幸は二人を見て、口元だけで笑った。

「今日は休め」

その言葉に、昌相と頼幸はじめ家臣たちは無言で頷き、下がってゆく。

家老一同と徳川の目付けが去れば、櫓には信幸と小姓のみが残る。

信幸はそのまましばらく南を見ていた。

小姓、すなわち、源吾は、その大きな背を凝視している。

「源吾」

信幸は下界を見下ろしたまま、呼びかけてくる。

「はい」

「お前なら、どうする」

む、と源吾、言葉に詰まる。

「いい、申せ」

信幸の声が底響く。

「いくさが始まったら、城から出て、秀忠の本陣を背後から衝《つ》きます」

信幸は無言。少し目を伏せた。

（それが伊豆守様の役目のはず）

源吾は息をつめて見つめる。何を考え淀むのか。それ以外、なにがあると言うのか。

信幸はやがて小さく頷き、口を開く。

「お前は見ておらんがな」

そう言って、眼下に広がる景色を見下ろした。

「あの天正の合戦のとき、わしはこの砥石を守っておった」

指さす。その方角は上田の東、国分寺あたりである。指を上田城の方へと動かす。

「徳川勢が神川を押し渡って上田城に掛かったという知らせを受けて、神川の堰を切って、城から打って出た」

指先を左に少し戻す。高台に徳川の本陣が設けられている。周囲は今や大軍勢で埋め尽くされ、色とりどりの幟旗《きし》が林立している。

「徳川勢は城から染屋原の辺りにさがってきた。その横腹をわしは衝いた。敵を神川まで追い落とした」

知っている。真田家臣、足軽から中間小者《ちゅうげんこもの》、どころか、民までが誇らしげに語り継ぐ真田昌幸伝説の勝ちいくさである。

「そして、こたびも手勢を率いて、砥石を守っている。それはいかなることか」

源吾は口をすぼめて上田の方を見る。謎《なぞ》かけのようなことを言う。

「いくさとはな、ただ目の前の敵を討てばよいのではない」

信幸はそう言って、源吾の瞳を射抜くように見つめてくる。

源吾、ゴクリと生唾を呑んだ。まるで蛇に睨まれた蛙《かえる》である。

あの感覚である。信幸の放つ気に底知れぬ力を感じてしまう。
（な、なにが言いたいのか）
なにごとも腹蔵なく語ってくれる信繁とはまるで違う。
「よく見よ。そして、考えるのだ」
そう言って信幸は眉根を寄せ、また上田城を見た。
源吾は無言で面を伏せる。
伏せることしか、できない。

■三章　上田合戦

霧隠れ

九月四日に小諸《こもろ》を発し、神川《かんがわ》を越えた徳川《とくがわ》の大軍は上田平《うえだだいら》に充満した。

翌五日、軍勢は城の東に広がる城下町の外を囲うように連なり、全布陣を終えた。

徳川秀忠《ひでただ》の本陣は、予定通り染屋原《そめやはら》に置かれている。ここはかつて、源吾が信繁とともに上った丘陵《きゅうりょう》である。

上田の南は千曲《ちくま》の大河が滔々《とうとう》と流れている。城からすれば、南を守る天然の堀だが、反面、こちらに逃げ出ることはできない。

真田領北の拠点砥石《といし》城は真田信幸《さなだのぶゆき》によって制圧され、今や徳川方である。

上田西の冠者獄《かじゃだけ》には別働隊が向かい、真田が置いた伏兵を抑え込む。

城の搦手《からめて》側、西北の川中島《かわなかじま》方面は森忠政《もりただまさ》の海津《かいづ》城があり、背後から真田領を睨《にら》んでいる。

上田城は、今や完全に四囲を塞《ふさ》がれる形となったのである。

九月六日、まだ夜は完全に明けていない。

伊賀《いが》の賽《さい》は、薄闇《うすやみ》の中、黙々と藁《わら》の束を運んでいる。

「おい、伊賀者よ」

呼びかけてくるのは六郎《ろくろう》という真田忍びである。

背後には、藁や雑草、枯れ葉、枯れ木が山と積まれた荷車がある。

「伊賀の賽、だ」

「ああ、伊賀の賽様、ね。呼びにくいな」

「だまって運べ」

「これを燃やして、本当に霧がでるのか」

「信じないなら、やらぬがいい」

賽は眼《め》も合わせることがない。

ここしばらく、領内を駆け回り、落葉、枯葉、藁、薪《たきぎ》、木枝とかき集めてきた。今、ここにそれを集約して、一気に燃やそうとしている。

六郎は、クッと苦笑する。藁束を軽々と持ち上げながら言う。

「いや、信じないわけじゃないがよ」

「ただ燃やすだけじゃない」

賽は藁束を置き、片手に持った布袋に手を突っ込み、中から粉末をつかみ取る。

薬草、獣肉などを配合して作った特殊な粉薬である。草の上に、塩でも撒《ま》く様に振りかけてゆく。

伊賀忍び秘伝の技に己《おのれ》の経験を併せて作った薬である。常人がつくれるものではない。

「こうして火をかけるのさ」

草木と共に燃やせば煙の量が増え、臭《にお》いが消える。もとより霧の濃い朝に合わせ焚《た》き込めて風で流す。いわゆる煙幕となる。

「霧の術、ってのは、意外と地味だな」

「忍術なんて、派手なものではない。おまえも知ってるだろう」

賽は動かす手を止めない。六郎に横目を流し、口の端を上げてつぶやく。

「それより、風だ。本当に風はでるんだろうな」

「吹くさ、西北の風がな」

「風が吹かねば話にならぬ」

「まかせろ、上田に生まれて三十年のこの海野《うんの》六郎様が言うんだ」

九月初頭のこの時期、夜明けに、太郎山《たろうやま》から上田平へ秋風が吹き下ろす。

賽は真田忍びに執拗《しつよう》に確かめ、信繁《のぶしげ》と諮《はか》った。

「本当は、もう二、三日後が良かったが」

そう六郎は口を尖《とが》らせる。賽もそう聞き、それに合わせ仕度していた。信繁にも最良の風の日にいくさとなるよう依頼していた。

だが、徳川勢の侵攻は思いのほか早かった。相手のいることである。多少の齟齬《そご》は仕方がない。

「まあ、案ずるな。しかし、ありがたいね、伊賀忍びの技をご披露いただけるとは」

六郎は感心するように言う。

（そうだ）

賽もそう思う。なぜ、自分がこの秘技を、ここ上田で、しかも真田忍びの前で、真田のために使うのか。己でも不可思議である。

（なんでかな）

賽は惜しげもなく秘薬を振りまきながら、その理由を己の胸で探ってみる。

上田に来たのは、半月ほど前である。

小山《おやま》の陣を抜ければ、しぜんと西に足が向いていた。

(六文銭《ろくもんせん》、な)

あれ以来、どうも気になった。どんな家か。どうせ暇だ、見るぐらいはいいだろう、そんな気分だった。

牢人《ろうにん》姿に身をやつして、白昼堂々、城下に入った。いくさ支度で慌ただしい真田領。人の往来も盛んで、特に身を潜める必要もなかった。

目を見張った。

(なんだ、この活気は)

侍だけでない。城下町の隅々に散って作事をしている者たちの顔。足軽小者《あしがるこもの》、人夫、町民、浮浪者まがいの形《なり》すらいる。さらには、それを援《たす》ける女たちまで。

皆、生き生きと声を掛け合い、各々の役についている。いささかも怖気《おじけ》づくことがない。

(これが、四面に敵を抱えた城下か)

啞然《あぜん》としながら歩いていると、普請《ふしん》を視察する貴人を見かけた。

こざっぱりした小袖《こそで》に、渋い茶色の袖なし羽織。その姿は、あまりにも無防備だった。従う近習小《きんじゅこ》姓《しょう》がいなければ、平侍かと思うほどである。

(真田左衛門佐《さえもんのすけ》)

忍び働きで上方《かみがた》に潜伏したこともある賽は、その男を知っていた。

真田家の次男坊である。

しかし、いくら自領の城下とはいえ、いつでも襲えそうなほどの軽装である。

と、いぶかしんで見ていたら、いきなり振り返った。

賽は編《あ》み笠《がさ》を少し下げたが、向こうは無造作に歩み寄ってくる。

「そこな、ご牢人」

信繁は穏やかに微笑《ほほえ》んで尋ねてくる。

「どうだね、上田は」

「いや、なかなかな、ご盛況」

賽は笠を取り丁寧に一礼する。侍姿で使う偽名を名乗ろうと口を開く。

「それがしは、豊後《ぶんご》国は大友《おおとも》家に仕えた者にて……」

「どこの間者《かんじゃ》だ」

途中で遮られたが、動揺はない。毅《き》然《ぜん》と応じる。

「なにを申されるか」

いかにも心外、といった態《てい》で言った。対する信繁もまた動じることはない。

「国境いの見張りから、見知らぬ牢人が城下に入ったと聞いた。今のこの世で上田にくる侍が望むことは、ただひとつ。あの徳川に逆らう真田のもとで一旗あげたい、それにつきる。ところが、目の前この男、仕官も求めず、陣借りも所望せず、城下をそぞろ歩きする。間者以外の何者でもない」

「いや、それがしは……」

「敵でないことはわかっている」

「え？」

「その物腰、胆力、相当な業者《わざもの》だろう。敵なら逃げるか、襲い掛かる。しないなら、少なくとも敵ではない。いや、豊臣《とよとみ》方か上杉《うえすぎ》なら間者を放つこともない。さすれば、いくさの臭いを嗅《か》ぎにきた、はぐれ者か」

賽は言葉に詰まる。この男、柔和な面《おもて》の内で、なんたる慧眼《けいがん》か。

「わしの名を知っているな」

そう問いかけてくる。

「真田左衛門佐信繁様」

「いや、違う」

「は？」

「幸村《ゆきむら》」

「？」

「もっとも気に入っている名だ」

信繁は穏やかな笑みを浮かべ続けている。

「今のおまえのように牢人姿で諸国を探るときの名の一つだ。他にも数多《あまた》ある。だから、おまえが名乗ろうとした名は意味がない。わしは知りたくもない。それよりな、どうだ、真田は、上田は」

そうか、己の身上を明かさなくていいのか。妙に気が楽になった。

「お見事ですな」

「面白そうか」

「まあ、はい」

「では、手伝ってくれんか」

「は?」

「腕は立つんだろう?」

賽は口元をゆがめ、言葉を溜《た》めた。

「人並より、は」

「いいじゃないか。人手がいるのだ」

「それは、仕えよ、と」

「それは、おまえ、しだい」

「は?」

「気が向けばそれもいいだろう」

「気が向けば?」

「はぐれ者なら、どうともなるだろう。これまでの因縁《いんねん》を捨てたなら、誰《だれ》もおまえを縛ることもない。おのれ次第で、どうにでもなる。明日のおまえを決めるのはおまえだ」

信繁の穏やかな瞳が賽を捕らえている。妙な気分である。知らずと調子を合わせている己に気づく。

「そうですな」

しぜんと、答えていた。どうせやることもない。いいか、そう思い始めていた。

「真田に仕えろというつもりはない。だが、このいくさは面白そうだろう。そう感じたなら、見てみよ。己でもっと面白くしてみせよ。気に入ったら、残ればいい。つまらんなら、去れ」

賽は小首をひねった。なんと答えていいかわからない。

「まあ、いいさ」

信繁はそういって無造作に背を向けた。

「ついて来い」

そのまま小柄な背中についていった。

そして、この真田の次男坊がめまぐるしく動くのを見た。

上田城での評定《ひょうじょう》、城下の普請、城外の物見《ものみ》、忍び衆からの報《しら》せの吸い上げ、そして、下知《げち》。信繁は各場に赴いては、己の目で見て明快に指示を出す。終始、その顔は穏やかだった。

受け手も皆明るい。一礼して、きびきびと動いている。

将も、兵も、民も、忍びも。男も女も。

それぞれやることは違う。だが、どの顔も生き生きとしていた。

(なんだ、こいつら)

信繁の背中、上田の町を見るごとに、冷めていた心が動きだしていた。

見るだけではない。己もなにかやりたくなった。伊賀を追われて二十年、こんな感覚、久しくなかった。

心の底が熱くなった。疼《うず》くほどである。


(俺《おれ》らしくない、が)

賽は一通り仕込みを終え、辺りを見回す。

六郎が忍び衆に指示を出しているが、真田忍びは数人しかいない。

他は、民である。真田の軍兵《ぐんびょう》は主に城に詰めている。ここの仕掛けをしているのは町人、百姓である。皆、逃げもせず、せっせと仕掛けを手伝っている。

真田の兵は少ない。対して、徳川の大軍を迎え撃つ仕掛けは大きい。戦闘でないところは、こうして民の力で補っているのだ。

（しかし、今日は合戦だろうが）

なぜ、逃げない。民などいくら領主を慕おうと、いくさとなれば逃げ散るものだ。賽がこれまで見てきた国はことごとくそうだった。

負ければ、民など蹂躙《じゅうりん》されるだけだ。男は殺され、女は犯され、子供は売られる。家は焼かれ、家財は奪われる。それが、いくさではないか。しかも攻め来るのは、二十倍近い大軍である。

「飯、食いな」

おう、と、六郎が身を翻す。近在の女房たちが、朝餉《あさげ》を配っている。

（おなごすら逃げない、か）

「ほら、あんたも」

女に差し出された握り飯を、賽はほおばる。

うまい。妙に、うまい。いや、味だけではない、気分がそうさせるのか。こんなうまい握り飯を初めて食べた気がする。それほどに、うまい。

賽は湯気をたてる握り飯をじっと見つめた。

「なぜ、逃げない」

独り言のようにつぶやいた。

女がエッと振り返る。色黒の年増《としま》女である。

「あたりまえだあ」

前歯が欠けていて舌足らずである。今度は賽が、え、と顔をしかめる。

「皆、お殿様が好きなんだあ」

賽は目を見張る。

「なにが、そんなに」

「あのお方には民とか侍とかねえんだ。わいらみんなのお屋形《やかた》様なんよ」

女はなにがおかしいのか、ケタケタ嬉《うれ》しそうに笑って言い、賽の二の腕を摑《つか》む。

「あら、あんた、いい男ねえ」

覗《のぞ》き込んできた女の瞳《ひとみ》が潤んで、賽は目をそらした。

「ほら、吹いてきたぞ」

六郎の声が響いて、賽は振り返る。

立ててある幟旗《きし》が、ユラユラと揺れ出している。

九月初旬、清秋である。山から吹き下ろす冷たい風が頰《ほお》を撫《な》でてくる。

「よし、火をつけろ」

油もかけてある藁草が勢いよく燃え出す。モクモクと無臭の煙が湧《わ》き上がり、風にのって東南へと流れ出す。濃霧が流れるように、行く手が白く煙る。

「すごいな、こんな術、初めてみた」

ヒョーッと息を吐いた六郎が、呆《ほう》けたように叫ぶ。

「俺も初めてやった」

賽のつぶやきに、六郎は、は？　と目を剝《む》く。

人の目をくらます術だ。まさか、いくさで使うとは。

「一人でこんな大仕掛けの術、できないさ」

軍勢を包み込むとなると、よほどの粉薬と藁草がいる。とても一人でできることではない。

藁草から薪、枯れ葉、枯れ枝等々、焼く物のかき集めは、真田忍びと領民の助力があったからできた。そして、賽もまるで樵《きこり》か狩人《かりゅうど》のごとく、上田平、太郎山、真田郷から四阿山《あずまやさん》辺りまで回って材を集め、日夜、粉薬を調合した。

いつのまにか、人と心を合わせ、力を尽くしていた。

なんだか、わくわくした。生まれて初めて、かもしれない。

「そうか、我らの力あればこそ、か」

うふっ、と六郎は自慢げに顎《あご》を撫でる。

「ま、そうかな」

「じゃ、新しい術だ。忍法、霧隠れってのは、どうだ」

六郎は得意げに言う。

「悪くない」

賽、口の端を上げて頷《うなず》き、左右を見る。

風がやや弱い。いくさ仕立てに精妙な呼吸合わせがいる。

(ここは、もういい)

「では、六郎、ここは頼む。次の仕掛けがある」

地を蹴《け》って駆け出す。

「俺の名、憶《おぼ》えてんだな」

六郎のおどけたような声が後ろで響いていた。

勇む心、怯む心

この日、徳川勢の先鋒《せんぽう》は牧野康成《まきのやすなり》である。

昨日から上田の城下町の外れに布陣し、時が来るのを待っている。

大将牧野康成は、家康《いえやす》旗下に数多い三河《みかわ》者である。

永禄《えいろく》九年（一五六六）、齢《よわい》十一で家を継ぎ三河牛久保《うしくぼ》城主となって以来、家康の合戦に出続けている熟練の武人、今や、上野《こうずけ》国大胡《おおご》城主二万石《ごく》と大名並みの男である。

その康成は腕組みして、陣前に組まれた竹矢来《たけやらい》の前をゆきつ、戻りつしていた。

「この霧、なんとかならんか」

思わずこぼす。

未明から濃厚な霧が徳川勢の周囲を取り巻いている。西北の山々から流れ出る霧は夜明けとともにその濃度を増しているように思える。

「信濃は山国だからな」

特に九月は朝夕の寒暖差激しく霧がでやすいと聞く。山おろしの風がその濃霧を運びおろせば、盆地に吹き溜《だ》まり、平野を覆いつくす。

康成は三河生まれの三河育ち。海に近い三河では、このように濃厚な霧は出ない。

「父上、これでは何も見えませぬな」

横にならぶ息子の忠成《ただなり》が苛立《いらだ》って言う。

忠成は二十歳《はたち》の初陣《ういじん》である。秀吉の天下統一以来、徳川勢が戦ういくさがなかったので、すっかり初陣が遅くなった。

逸《はや》るのも無理はない。歴戦の父はそんな息子をみて、苦笑する。

「まあ、落ち着け」

康成は今回のいくさの方策を頭に叩《たた》き込んでいる。真田の策に乗ってはならない。出陣前の評定で繰り返し言われ、肝に銘じている。

こちらは明らかな大軍である。そして、上田を完全に包囲している。もとより、千曲川や矢出沢川《やでさわがわ》といった河川に囲まれた上田城。東を押さえてしまえば、城方に逃げ場はない。

霧が晴れたら、刈田《かりた》をして挑発する。それが本日の牧野勢の役目だ。刈田は籠城《ろうじょう》の兵を挑発するのに鉄則ともいえる戦術である。

実りの秋である、上田城外の田には、稲がたわわに実って穂を垂れている。

(別に稲などいらぬ、が)

こちらは、兵糧《ひょうろう》に困りはしない。真田以外の関東甲信越《こうしんえつ》はすべて徳川方である。物資には事欠かない。

だが、真田にとっては、貴重な稲である。なにせ、上田城内には、多くの領民も入っている。彼らが手塩にかけた稲を敵に奪われるのだ。

敵が出てくれればいい。出て来ずとも、城方には不快極まりない。城内に不満が溜まれば、士気が鈍る。それで十分である。

「逸るな、逸るなよ」

康成はたえず声を掛け、血気をむき出す息子を宥《なだ》め続ける。

「アッ」

前線に設けた竹矢来の外にいた兵が、呆けた声を上げた。

「敵兵、なりや！」

続いた物頭《ものがしら》の叫びに、康成はちょっと顔をしかめた。

目を凝らして見れば、霧の中を馬の鼻先と、兜《かぶと》の前立《まえだて》が見え隠れしている。

（物見か）

騎馬武者は真白き襖《ふすま》に描かれた墨絵のごとく浮かんでは、消える。

牧野勢の鉄砲足軽が、柵《さく》の前でさっと構える。すると、敵勢は霧の中に消えてゆく。

「相手にするな！　どうせ、陣に掛かってはこぬ」

康成はがなり立てる。どうやら二、三十騎だ。奇襲をかけてくるには小勢に過ぎる。

ところが。

二度、三度とそんなことが続いた後、敵勢はパ、パアンと撃ってきた。

「いい、いい。こらえろ」

康成はチッと舌をならす。特に被害もない。

だが、この視界が利かない中、撃たれるかもしれないという心理は、兵に異常な緊張をもたらす。

足軽たちの歯嚙《はが》みの音が聞こえるようである。

「むう……」

凝視する康成の眼には、先頭で輪乗りする袋頭巾《ふくろずきん》をかぶった武人が、浮き上がっていた。

上州《じょうしゅう》に城を持つ康成はその顔を知っていた。そこからこの男の不幸が始まった。

「真田安房守《あわのかみ》か！」

思わず大声で怒鳴れば、周囲の兵が一斉に色めき立つ。

「真田なりや！」

甲高い声が、そこかしこから続く。

「放て、放て」

パアン、パアンと鉄砲音が響く。抜け駆けではない。緊張の極限にあった鉄砲足軽は驚きとともに、放ってしまっている。

しかし、まだ距離がある。敵勢は一斉に手綱を引く。

「待て！」

康成は怒声を上げ、なお身構える鉄砲組をとどめる。

まだ、大丈夫だ。目の前をうろつく敵を鉄砲で打ち払うぐらいは許されるだろう。

だが、相手は敵の総大将である。しかも、逃げるかと思えば、その場で馬を止めている。

「父上、いかがしますか」

硝煙の臭いを嗅いでしまった忠成は目を血走らせている。康成は束の間《つかのま》、逡巡《しゅんじゅん》する。

（どうする）

後方をチラとみる。霧で閉ざされ、なにも見えない。

いや、出てきているのは真田昌幸ではないか。今、目の前に敵の総大将が剝き出しの裸同然でいる。これは抜け駆けの功名どころではない、千載一遇の機会ではないか。

（しかし）

この霧だ。もし敵の伏兵があれば策なのだ。それにかかるのがもっともいけない。秀忠始め首脳陣が口を酸っぱくして言っていたことである。

「父上」

精気はち切れんばかりの息子は、今にも陣外へ駆け出しそうである。

「父上！」

老巧の康成はなおも考える。考えている。策ではないか。いや、しかし。

その向こうで、馬上の真田安房は頭巾をとっていた。

頭を丸めて降伏すると言っていた禿頭《とくとう》が、霧の中で揺れていた。

康成、チッと大きく舌を鳴らした。

「討つ」

あっと、息子の顔が喜悦で明るくなる。

が、この時まだ康成は冷静であった。

「忠成、騎馬勢を率いて追え。わしは徒士《かち》を連れて後詰《ごづめ》する。いいか、深追いはするなよ。離れすぎるな。敵を見失ったら、とどまり、戻るのだ。忘れるな」

これぐらいならいいだろう。

うまくいけば、息子の初陣がとんでもない大手柄となる。

父子二人、同時に頷けば、息子は跳ねるように駆け出していた。


徳川秀忠は染屋原の本陣である。

高台に土塁や空堀が残ったこの場所は、陣屋を築くのに最適であった。

昨日の昼過ぎ、本陣から上田平を見渡した秀忠は、思いのほか上田城が近いその景色に目を見張った。

左手には神川の流れも遠望できた。天正《てんしょう》合戦では徳川勢が落ちて、多数おぼれ死んだ因縁の川である。秀忠はもはやそれを越え、上田に迫っている。

染屋の本陣から上田城外まで、三万を超える人馬が連なる。その壮観に秀忠は満悦した。「負けるはずがない」そう鼻息荒く、独《ひと》り言《ご》ちた。

そして、評定で念を押した。「前と同じ手は食ってはならぬ」と。

物頭に見せるべく絵図を描いて回した。例の「千鳥《ちどり》掛《が》けの柵」の絵である。目に焼き付け、見たら入るな、策にかかるな、と徹底した。

布陣後も、再三再四、使いを飛ばしている。「抜け駆け禁物」と。

この大軍である。二十倍近い兵で囲んでいるのだ。あとは足並みを揃《そろ》えて攻める。力攻めで落とせぬなら、兵糧攻めに切り替えてもいい。

そうだ、もう敵の手も封じた。そして、さらなる網も張り巡らしている。

若き貴公子は、本陣の床几《しょうぎ》の上で、鼻の穴を拡《ひろ》げて、前を睨み続けている。

だが、今は何も見えない。四方見渡しても、白く煙った世界である。濃密な霧が四囲《しい》を支配している。

(この霧は)

口元をゆがめて頭をめぐらす。

視界が利くと利かぬで、これほど、雰囲気が変わるのか。

初めての戦場、しかもこの霧。見えぬとなれば、霧の中から、突然、鎧《よろい》武者が刃《やいば》を振りかざして襲ってきそうな気にもなる。

自信満々のはずの貴公子の心は今静かに戦慄《おのの》いている。

「今、なにか聞こえたか」

秀忠は口を尖らせた。遥《はる》か彼方《かなた》で鉄砲音が聞こえたような気がした。

傍らにいるのは榊原康政《さかきばらやすまさ》である。

「散発で終わるのは、物見の小競り合いでござる」

耳当たりの良い渋辛声は、いきり立つ若者を落ち着かせる。

そのとおり。遠く響いたように感じた銃声は、その後、続かない。

「しかし、見えんな」

瞬時落ち着いた心が、利かぬ視界でまた焦りだす。

「下手《へた》に動けば、敵の策にかかりまする」

康政は諭すように言う。

うむ、と秀忠は固い表情で頷く。その肩が大きく上下する。

(勝たねばな)

一方の康政は若殿の気持ちを十分わかっている。

今まで数多の戦場を踏んできた。康政が若き頃参じた元亀《げんき》天正のいくさなど、寡兵で大敵に挑むような合戦ばかりだった。

こたび味方は大軍である。時と策さえ間違えねば、負けることはない。

秀忠は初陣である。焦りは禁物だ。康政はそう己に言い聞かせている。

(しかし)

この霧、尋常ではない。

(信濃《しなの》はこれほど霧深いのか)

この分では、あと何刻待たねばならないのか。

康政は少々顔をしかめて腕組みしている。

五里霧中

「追えや」

牧野忠成は全力で馬に鞭《むち》を入れる。

前方の霧に見え隠れする真田昌幸《まさゆき》の馬の尻《しり》を追う。

時折、手綱を引いては、馬上、弓を射る。しかし、昌幸たちはその射程のほんのわずか向こうを逃げて行く。

「若様、ちと」

後ろからかけてくる近習の呼びかけに、忠成は顔をしかめた。

(出過ぎたか)

父の言葉が頭をよぎる。忠成とて我を見失ってはいない。

「とまれや」

忠成は片手を振りかざした。

オオーッ
不意に右横手に喊声《かんせい》が響いて、手綱を引く。

「伏兵か！」

霧の中に突然、人影が浮かび上がる。

「オオオラア」

先頭で叫ぶ法師武者二人は霧の白壁から飛び出してくるようだった。

「徳川の犬ども、我が鉄槌《てっつい》をうけろや！」

駆けながら、ブウンブンと長大な六角棒を振りまわす。

騎馬勢は側方からの攻めに弱い。馬がすぐに向き直れない。

「怯《ひる》むな、小勢ぞ」

忠成、絶叫して馬首をめぐらすが、敵は横手に迫り、馬の脚を狙《ねら》って得物《えもの》を振り抜いてくる。

キィエエエ！

悪辣《あくらつ》ともいえる笑みと、耳障りな奇声とともに坊主は荒れ狂う。

よく見れば、槍《やり》を振り回す真田兵は十ほど、後から出てくるのは、粗末な胴丸《どうまる》や脛当《すねあて》をつけただけの民である。皆、竹槍やら鎌《かま》やらを振り上げている。

真田昌幸が時に使う民兵である。「上田軍記」では、天正上田合戦にも随所で「郷民」と書かれた民が戦っている。地元での合戦だからこそ使える兵である。

民は、さすがに先頭切って押し出しはしない。侍たちの後ろを駆けてきては、礫《つぶて》をなげたりしている。ただ、前面の坊主二人の勢いがもの凄《すご》い。つむじ風を巻き上げるように暴れまわる。

「三好《みよし》党の摩利支天《まりしてん》と言われた我らの武を見よや！」

爛々《らんらん》と光る目で、力の限り馬脚を叩くのでたまらない。

叩かれた馬だけでない。周囲の馬も怯え、狂奔して、騎手を振り落とす。

振り落とされた侍が地べたに転がると、例の民兵が一斉に群がって竹槍で突き刺す。鎌で首を掻《か》く。

「百石！」

意味不明な雄叫《おたけ》びと、牧野勢の断末魔の叫びがそこここで交錯する。

（いかん）

忠成が絶望しかけたその時、

「若様！」

後方から十文字槍を風車のように回して飛び込んできた武者がいる。

「掃部《かもん》か！」

贄《にえ》掃部は牧野家の旗奉行《はたぶぎょう》、家中きっての猛者《もさ》である。

阿修羅《あしゅら》のごとき形相で、右を突き、左を払い、真田勢を追い散らす。

後方から援護の矢がバラバラッと舞い落ちれば、真田勢は一斉に頭を抱え、踵《きびす》を返す。

牧野勢の本隊が前進してきている。ドドッと軍勢の足踏みが聞こえる。

「逃げろや」

敵勢はあっさり霧の向こうに消えて行く。抵抗して踏みとどまることは一切ない。

「くそっ、追え……」

「追うな！」

言いかけた忠成を駆け寄ってきた牧野康成の声が遮る。

「深追いするなというたろうが。これ以上飛び出すな。もはや真田安房は逃げた。味方の出足が揃うのを待て」

厳たる声音だった。

傷は浅い。単なるこぜりあいである。負けというほどでもない。

（しかし）

康成は四方をぐるりと見渡し、小首をかしげる。

依然として牧野勢にまつわりつくように、深く濃い霧が垂れ込めている。

なぜ晴れない。夜は完全に明けている。そろそろ霧が流れ出していい刻限である。

（退《ひ》くか）

味方も霧が晴れぬ限り動かないだろう。こんなところで、敵に囲まれたら――そう思い至って、康成ほどの武人の下腹がブルッと震えている。

霧の向こうから無数の眼に見られているような気がする。

オオーッ
突然の鯨波《げいは》の声にビクッと肩をすぼめた。

「なんだ、なんだ」

ウオオォーッ！　四方から響く声、声、声。

続いて、鉦《かね》、太鼓が一斉に鳴り響く。

「敵だ。備えよ」

将兵は一斉に身構える。だが、敵は来ない。

オオーッ、ウオオーッ
「なんなんだ」

騒音だけが周囲を駆け巡る。

牧野勢は得物を手にしたまま、キョロキョロと辺りを見回す。

何も見えない。ただけたたましい喧騒《けんそう》が響くばかりである。


霧の向こう、上田城下の樹林、田畑の畦道《あぜみち》、家屋の陰では、真田忍び、上田の民らが潜んで、鬨《とき》の声を上げている。

この辺り、城下東の大宮《おおみやす》諏訪大明神《わだいみようじん》（科野大宮《しなのおおみや》）の古社が近い。身を潜める物陰はいくらでもある。

オオーッ
叫んでは、鉦を、太鼓を叩きならす。竹木を打ち合い、鎌、鍬鋤《すきくわ》の金具をキンキンと打ち合う。小石の詰まった袋を揺らし、空に向け鉄砲を放つ者もいる。

数は多くない。だが、牧野勢の四方を囲む絶妙のところに潜んで、騒ぎ立てる。

「オオオオオ！」

先ほどの入道二人の声は馬鹿でかい。

ダミ声は耳障りな異音となって霧の中をこだまする。

「坊さん、すげえ声だな」

小柄な忍び装束の若者は、傍らで鉦を叩きながら、ケケケと笑う。

「清海《せいかい》！」

「ああ？」

「伊佐《いさ》！」

「なんだって⁉」

「名じゃ！」

ああ、と、若い忍びは首をすくめる。

「暴れ足りん！」

「声でいいなら、いくらでもだせる！」

入道は代わる代わる言って、眉《まゆ》太き般若《はんにゃ》のごとき顔をしかめる。

そして、オオオオオ、と絶叫する。忍びの若者は耳をふさぐ。耳達者な忍びには気が狂いそうなほどの騒音である。

「俺は、こ、す、け、だ！」

耳の穴に布きれを詰め込んだ小助《こすけ》は小助で、小さな体を震わせ叫ぶ。そして、ガンガンガンガン！

鉦を叩き続ける。

総攻めへ

にわかに前方で起こった喚声に、徳川勢二陣に控えた酒井《さかい》家次《いえつぐ》、大久保《おおくぼ》忠隣《ただちか》らは一様に立ち上がっている。

「敵襲か！」

周囲の将兵も皆、一斉に身構える。

だが、見えない。依然として、濃霧が視界を遮っている。

(どうする)

本陣を振り返っても、何も見えない。使い番も来ない。一方で、騒擾音《そうじょうおん》は明らかに高まっている。

(敵の奇襲を受けているのでは)

酒井も大久保も、徳川家を代々支える譜代の重鎮である。

酒井家は先代酒井忠次《ただつぐ》が徳川四天王に数えられるほどの譜代きっての名門、三河時代は、牧野家含む東三河衆の筆頭である。大久保忠隣は、先述のとおり、家康指名の秀忠守役《もりやく》であり、その筆頭家老であった。

救わねばならない。徳川家臣の上役として見捨ててはおけない。真田がこの霧を利して奇襲してきたのなら、先鋒牧野勢は窮地にあるだろう。

不意に、ボオオゥと法螺貝《ほらがい》の音が鳴り響く。

見えてはいない。だが、その音は、前進の合図に聞こえた。

「進めや！」

もう止められない。いや、敵襲なら迎え打つのは当然だろう。酒井、大久保の両名、千切れんばかりに采配《さいはい》を振った。

前進したのは酒井勢、大久保勢だけではない。

依田《よだ》勢、平岩《ひらいわ》勢、外様《とざま》の仙石《せんごく》勢、万を超える徳川勢がひしめき合って押し出した。

そのとき、牧野勢は混乱している。

いや、乱れているというよりその場に竦《すく》んで動けない。

「円陣だ、輪になれ！」

侍大将たちが口々に言う合間にも、

「真田が、敵がくる！」

バラバラッと矢が舞い落ち、霧を衝《つ》いて、真田の騎馬勢が突っ込んでくる。

うわっと槍を構えるが、敵勢はくるりと馬首を返して、さってゆく。

まるで嘲弄《ちょうろう》するように赤い六文銭の幟旗《のぼりばた》が霧の中に浮かんでは消える。

「うろたえるな！」

牧野康成はがなり立てる。

「弓鉄砲で追い返せ。追ってはならんぞ」

（ここは辛抱だ）

康成は辺りを見回して、下唇をかみしめる。

霧が流れ出している。視界さえ晴れ、見渡せば、敵など笑うほどに小勢なのだろう。

今、牧野勢は突出してしまっている。迂闊《うかつ》に動けばそれこそ敵の策にはまる。

なら、ここは動かず、ただ敵を打ち払い、味方の前進を待つ。そして、共に押し出せばいい。それだけである。

（見えないだけだ）

康成は白く煙る後方、徳川本陣の方角を振り返る。

この霧では、本陣も状況が把握できず、指示もできないのだろう。

「耐えよ、ひたすら、耐えよ」

身をすくませ、肩を寄せ合って、牧野勢はただ耐えている。

すると後方から大軍が地を踏み鳴らす音が響いてくる。むん、と康成は顔をしかめた。

「援軍か⁉」

「お味方衆が寄せております！」

駆け込んできた武者が急《せ》き込むように言う。

ちょうど前方では、真田の騎馬勢が薄れゆく霧に浮かび上がっている。

先頭の武人は、赤具足に鹿角《しかつの》の立物の兜で、十文字槍を突きつけている。

「真田左衛門佐なり」

男は甲高く名乗りを上げた。ウッと将兵が身を乗りだす。

「関東勢に男はおらんか」

ギリッと康成は奥歯をかみしめた。

「殿！」

傍らの小姓は後ろを指さしている。

背後の霧の合間に、色とりどりの徳川勢の旗幟が蠢《うごめ》いて進んでくる。それは、一面である。浮かび上がる軍兵の列は果てしない。ドッドッドッと、人馬が地を踏みしめる音が大きくなる。友軍は続々と押し出している。

こうとなれば、さがろうにも、さがれそうもない。

「やる」

康成、キッと前を向いた。

決めた。もう我慢の必要がない。

今、味方の出足もそろった。ならば、この場の先鋒としてすることは一つだ。

「皆、よく耐えた」

オウ！　と、応じる周りの将兵の目に精気が蘇《よみがえ》る。

前方の霧は薄れ、赤い六文銭の幟旗が鮮やかに浮かんでいる。敵の騎馬勢が馬首をめぐらし、尻を見せて逃げゆくのが見えている。

「寄せよ！」

康成は大きく力強く、采を振った。


「そろそろかのう」

上田城では城に戻った真田昌幸が大手門脇《わき》の高櫓《たかやぐら》に登っている。

右手に持った采配で己の腿《もも》をペチリペチリと叩きながら、城東を眺めている。

ここから見る城下町は、さほど霧に覆われていない。

城の北で煙幕を起こし、西北の風で城下へと流した。すべては段取りのままである。

傍らには十蔵《じゆうぞう》、今の姿、筧出雲守《かけいいずものかみ》十兵衛《じゆうべえ》が跪《ひざまず》いている。

「伊賀者の見立てでは、そろそろ霧が消える頃《ころ》かと」

「消えれば、一気にくるな」

「は」


一度前進を始めるや、徳川勢の押し出しは凄《すさ》まじい。

前を逃げる真田信繁の騎馬勢を追い、一気に突き進む。

目を吊《つ》り上げ、槍を振り上げ、ただ駆ける。霧の中で縮こまり、たまっていた鬱憤《うつぷん》を晴らすように、皆大声を上げる。己が張り上げる大音声《だいおんじょう》は兵の心をさらに昂ぶらせる。

すでに城下町に入っている。もう霧は晴れ、両脇に家屋がくっきり見えている。見えなかったものが見えれば、人はにわかに勇気がわく。軍勢は大手通りを一散にかけてゆく。

「追え、追え」

通りにはなんの遮蔽物《しゃへいぶつ》もない。

いくさ前には「城下で気をつけろ」と言われ、千鳥掛けの柵の絵図も見せられた。

だが、ない。あれば警戒したかもしれないが、そんなものは、ない。ない以上、誰一人として、駆け足を緩めることはない。

まるで津波が町を襲うようである。

「放てや」

弓組が放った矢は、逃げる真田勢の寸の間で地に突き刺さった。

その先で、信繁の馬の尻は上田城の大手門に吸い込まれてゆく。

ギイッと音をたて、門が閉まってゆく。

「追えええ」

雄叫びがそこここで上がる。

ガタン

重い音がして門が閉ざされた。

ハッと先頭を走っていた者たちの足が止まる。

が、駆けてくる徳川勢の勢いはとまらず。後から後から兵がなだれ込んでくる。あやうく前の堀に落ちそうな者もいた。

皆、立ち止まって気付く。

目の前に高々と立ちはだかる城壁を見上げている。

その時、城壁上からあるいは狭間《さま》から、一斉に筒先と鏃《やじり》がのぞいた。

徳川勢、皆、ぎょっと目を見開き、ジリッと後ずさりした。

はなあーてぇー

天上から響いた声は妙に長閑《のどか》だった。

次の瞬間、一度に百雷が落ちたかのような銃声が上田平に響き渡った。

一気に城の周りが白く煙った。上田城三の丸を包んだのは、霧ではなく、硝煙である。

熱い鉛弾の後には、ビュンビュンと矢の雨が降り注ぐ。徳川兵は頭を抱えて、地べたにひれ伏す。

「うわああ」

一拍置いて、また、容赦ない射撃である。徳川の先鋒は将棋倒しに倒れた。

「さがれ、さがれ」

だが、さがれない、さがるどころか、後ろから大軍が押しだしてくる。

「来るなっ、来るなっ」

怒号が交錯する。分厚い人垣が立ちふさがる。さがろうとする兵と、駆けてきた兵がぶつかり、身動きが取れない。

「逃げろ」

城下町の路地に入りこもうとするが、路地は木柵で塞がれ、入ることができない。

軍兵が押し合いへし合い、前線はすでに壊乱状態である。

ギイッ
そのとき、嫌な軋《きし》み音とともに、城門が開かれた。

「うわわ」

徳川の兵がおびえた顔を伏せる。

騎馬勢が見えている。真田信繁の赤甲冑《かっちゅう》が馬上にきらめく。

「ゆけや」

悪鬼のごとく叫びをあげ、城門から駆け出してくる。

楔《くさび》でも打ち込まれたように兵の人垣が裂ける。

「ひるむな、ひるむな、敵は小勢！」

徳川の侍大将が必死に逃げ惑う兵を叱咤《しった》する。

真田勢が出てくれば、城壁からの斉射は止《や》んでいる。皆、なんとか槍を握り直して立ち向かう。すると、信繁はグイと手綱を引き、クルリと馬首を返す。

「逃すなあ」

徳川勢は追う。勢いあってもしょせん小勢、囲んでしまえばこちらのものである。

馬上の真田信繁の背がまた城門に吸い込まれてゆく。絶妙の呼吸で門が閉ざされる。

あっと、嫌な既視感がよぎって徳川勢は立ち止まる。

ガアアン

またも銃声の雷鳴が響き渡り、兵はバタバタと倒れる。頭を抱え屈《かが》んだ兵に蹴つまずいて兵が転び、折り重なる。

そこにさらなる悲劇が降ってくる。

ザアッと落ちてくるのは煮えたぎった湯、油。そして、石、大木に瓦礫《がれき》である。

「アチ、アチッ」「痛たたた！」「押すな、どけどけ！」

徳川兵は右往左往どころか、折り重なってのたうち、転げ回る。

打ち払う

「な、なにが起こった」

染屋原の徳川本陣の秀忠は愕然《がくぜん》と床几から立ち上がった。

霧が薄れれば、前方にあれだけ折り重なって布陣していた軍勢がほとんどいない。

今や残るのは秀忠の旗本ぐらいである。

大軍が上田城に向け押してゆくのが見えている。その最後尾が上田の城下町に飲み込まれるように消えてゆく。

「馬鹿な、余は総攻めなどといっておらぬ」

貴公子は歯ぎしりした。

なぜ霧が晴れるまで待たない。視界さえ利けば、あのような小城、そして小勢。

今日は刈田で挑発して、敵を城から引き摺《ず》りだす。そのはず、だった。

オオーッ

いきなりの喚声が背後から湧く。

ガンガンガンと陣鉦が鳴り響く。むろん、叩いているのは徳川勢ではない。

（敵がくる）

秀忠は慌てて振り返る。右、左と、眦《まなじり》を決して首をめぐらす。

上田を包囲していたのに、いつのまにか、包囲されている。

（なんなんだ、これは）

話がまったく違う。

神川の堰《せ》き止《と》めを崩し、砥石の出城を抑え、真田の手を封じて包囲した。囲んでしまえば、多勢に無勢。こちらの思うままに落とせる。そのはずだった。

「式部《しきぶ》、これは」

傍らでやや眉をひそめて腕を組む榊原康政を見る。

「式部、どうする⁉」

秀忠は摑みかからんばかりである。

「中納言《ちゅうなごん》様」

康政の声は落ち着いていた。

だが、実は、驚愕《きょうがく》している。むしろ、驚きは秀忠以上である。上田城下に吸い込まれてゆく大軍の中には、家老に預けた康政の手勢も含まれているのだ。

大軍が誘い込まれている。しかも、囲いは敵の城下町である。

軍勢の動きが自由な平野ならまだいい。街中では、大軍こそ身動きがとれない。敵は小勢だからこそ、小回りが利く。

そして、この背後からの喊声。本陣の兵、なにより総大将秀忠の怯《おび》えが激しい。

まずい——巌とした表情の下で、康政ほどの勇将が慄《おのの》いていた。

が、動揺を見せてはいけない。ここで康政まで慌てれば、貴公子は逃げ出しかねない。そうなれば、いくさもせず総崩れである。

丹田《たんでん》に力を込めて、口を開いた。

「まずおかけください。落ちついてくだされ。本陣にはまだ一万以上の兵がおります」

ハッと秀忠は息を飲み頷き、床几に戻る。

「真田は小勢、伏兵などいても数百。いや、じつは兵などおらぬかも」

康政は下腹に力を込め、わざと大きく言い放つ。

その戦場仕込みの渋い声が響くや、本陣の兵の目にも精気が蘇ってゆく。

「ここは旗本の兵で十分。良いですか、ゆるぎなくお振舞いを」

そんな康政の声音こそ、ゆるぎがない。

(姉川《あねがわ》、三方《みかた》ヶ原《はら》に比べれば)

若き頃、家康と共にかいくぐった死戦を思い出し、自身に活をいれる。

「大軍が城下で戦うのはよくありませぬ。それがしがまいり、兵をひかせてきましょう」

ことさら鷹揚《おうよう》に言い放つ。

秀忠も不安の面持ちながら背筋を伸ばし、震える手で采配を握り直している。世話は焼けるが、素直な若殿である。そこは救いようがある。

言葉をかけながら、歴戦の康政の頭はめまぐるしく動いている。

(佐渡《さど》殿よ)

北の方角を見る。少し瞼を伏せ考える。いいのか、自分が本陣を離れても大丈夫か。

(いや、いかねば)

面を上げる。上田城下の喧騒が大きくなっている。

味方が勝っているはずがない。自分がいかねば、兵を退けぬだろう。康政の武将勘がそう言っている。本陣は動きさえせねば、大丈夫だ。

(この若殿、なら)

動くなといえば、動かずいてくれる。もはや秀忠の生真面目《きまじめ》さに賭《か》けるしかない。

「では、まいります。なにがあっても本陣を動かさず、御旗を立ててくだされ」

「頼むぞ、式部」
ハ、と康政は一礼し、引き出された馬に飛び乗る。
「総大将はゆるぎなく、と、上様はよく言われます。よいですな、中納言様」

馬上の康政、わざと家康を引き合いにして諭す。

「わ、わかった!」

貴公子は硬直した笑顔で頷く。

その向こうで、すでに康政は馬腹を蹴っている。

徳川本陣の周囲は、まだ霧で煙っている。

オオーッ
繁《しげ》みに隠れ、大声を張り上げ、鉦をたたきならす二十人ほどの一団が居る。

「よし、こっちにこい」

伊賀の賽は片手を振って、それらを先導する。

ひとところにいると、敵の物見と討手にみつかる。霧の流れと薄れ具合を読んで、濃い所で騒ぐ。

騒いではまた移ってゆく。

（しかし、な）

賽は、エッサエッサと鳴り物を抱えてついてくる男たちを振り返る。

皆、薄汚れた小袖を着た民である。中には上着どころか袴《はかま》も脱いで下帯姿で尻を見せている者すらいる。とても軍勢とはいえない。

先導をする目利きの忍び衆が一人、あとは護衛の足軽が数名。こんな集団が五つほどあり、徳川本陣の周りを移動しながら、ひたすら気炎をあげている。

賽が足をとめると、後ろの男たちは、鉦やら太鼓やらを前に身構える。

「やるずらか」

ドンドン、キンキンと壮大な音を立て、オウオウと騒ぎだす。

皆、楽しそうである。その姿を見て、賽は感嘆しつつ、呆《あき》れ顔でつぶやく。

「上田の民は勇ましいな」

「ハア？」

鉦を叩いている男が顔をゆがめて振り返る。この男が民衆の束ね役である。

「おまえ、他国《よそ》からきたんか」

「伊賀だ」

へエッと、男は笑った。

「さっきから辛気臭《しんきくさ》い面してどこのもんかと思えば、伊賀者か。俺は甚八《じんぱち》っつうんだ。俺らはただの民じゃあねえぞ。おらたちゃ、郷《ごう》の民、さ」

「郷の民？」

「真田郷の者さ」

ほう、と賽の顔が縦に伸びる。

「上田も真田も真田安房守の領だろう」

ああ、ああ、違う違う、と、甚八は面を振る。

「上田なんて元は町ではねえ。城ができたとき、殿様が民を海野郷から連れてったんだよ。だがなあ、殿様は、真田郷の者はそのまんまでええ、真田の地をしっかり守ってくれえ、なんて言ってくれてよお」

上田から北東へ二里半。山へ向かう高原、真田郷は、戦国真田家発祥の地であり、昌幸祖父の幸綱《ゆきつな》、兄の信綱《のぶつな》が本拠を置いた地である。かつては昌幸も居館を置いていた。

昌幸は、千曲川に面し、北国《ほっこく》街道沿いに開ける上田平を押さえるべく上田城へと居を移した。移すにあたり、神川東の海野《うんの》郷から民を移住させ、城下町を作った。だが、真田の聖地である真田郷の民を動かすことはなかった。

「もちろん、お殿様は、民を分け隔てなく可愛《かわい》がってくださる。だがなあ、民の中でも郷の民は格別じゃ、幼馴染《おさななじみ》じゃ、ゆうてくださるんじゃ」

賽は目を見張り、無言で聞いている。そんな賽の前で、甚八は得意げに胸を張る。

「命かけてもお支えしたい殿様じゃ」

ニッと甚八は笑う。賽もついに噴き出す。

「おっ、笑ったな、この伊賀もんが」

「ああ、悪いかね」

「お前も叩くか？」

甚八は鉦を差し出してくる。賽は受け取るや、ガン！　と叩いてみる。

ガンガンガン！

激しく叩いてみる。意外と楽しい。心が躍るようである。

それを見て、甚八はウヘヘへと笑っている。

「おもしれえか、真田は？」

「ああ」

クフと賽ももう笑みを隠さない。

「格別だ」

二人、両眉を上げて、ニカッと笑っている。


昌幸は大手門脇の高櫓の上で額に右手をかざし、彼方を見ている。

その方角が染屋原、秀忠の本陣である。源氏《げんじ》を示す白旗が丘の上に何本も立ち、周囲で兵が蠢いているのがわかる。

ふむ、ふむと小刻みに頷いている。

眼下では徳川勢が壊乱している。皆もがき、味方を踏みつけて右往左往している。

そこに容赦なく弓鉄砲の斉射が見舞われる。逃げ隠れようとする敵を真田の騎馬勢が撹乱《かくらん》してはまた城に逃げ込む。

真田の騎馬隊は大手門からだけでない。時に二の丸から、また、三の丸北門から百間堀《ひやつけんぼり》の橋を渡って疾駆し、敵を北から蹂躙する。この織り交ぜである。絶妙な呼吸で敵を翻弄し続けている。

もはや徳川勢の統率は完全に麻痺《まひ》している。このままなら戦果は拡大するばかりであろう。

「おうおう、皆、やるのう」

思わず感嘆の声がでる。

城壁上で動き回り、下を覗き込む手勢。その半数が民である。

さすがに、弓鉄砲は真田の足軽衆が扱っている。民は、物を投げつけている。

投げているのは、石、丸太、そして桶《おけ》いっぱいの熱湯、なんでもありだ。一人でブンブン投げる者、三、四人で声を掛け合い投げおろす者。皆、目を輝かせ、汗をほとばしらせている。

城壁の内側では、女どもが焚火《たきび》をしている。グツグツと釜《かま》で湯が沸き立ち、もうもうと煙を上げる。ホイホイと声を掛け合って、柄杓《ひしやく》で桶に移せば、男衆が列をなして桶を運び上げる。各々が役を持ち、皆、活《い》き活《い》きと動いている。

「おおい、そりゃいかんぞ」

その中の一点を見て、昌幸は思わず身を乗り出す。

眼下の民が二人掛かりで運んでいるのは石仏である。

二人はエイエイと掛け声勇ましく城壁の上に立った。そのまま未練の欠片《かけら》もなく放《ほう》り投げる。仏像が凄まじい勢いで徳川の足軽の群れの上に落ちると、仏の首が彼方に飛び散るのが見えた。

あーあと、昌幸は口をゆがめたが、

「仏さんが落ちてきて死ぬるとは、徳川の兵もなんの因果かのう」

アハと禿《は》げ頭をなでた。

「これがほんとの成仏か」

周りに控えている小姓がどっと笑った。

「さて、そろそろ若僧も動かんか」

昌幸は口の端をニンマリと上げる。

さすがに秀忠本陣の周りに兵は伏せられていない。いかな霧の中とはいえ、そこまで兵を出せば見つかってしまう。見つかれば大軍に包囲殲滅《せんめつ》される。そんな危険は冒せない。

それに、兵自体がない。城を守り、敵を衝くのに、軍兵を使い切っている。夜のうちに秀忠の本陣周りに忍びと民を散らし、ひたすら脅かすように仕掛けをした。それが精一杯である。

(伏兵は)

昌幸は北へと視線を移してゆく。東太郎山《ひがしたろうやま》の尾根、そこに砥石城がある。

(どうじゃ、豆州《ずしゅう》よ)

城外にいる真田勢といえば、あれしかない。

真田伊豆守《いずのかみ》信幸率いる七百。

敵の主力を上田城に引きつけ叩き、秀忠の陣を孤立させ脅かし、信幸が疾風《はやて》のごとく本陣をつく。

秀忠の首をとる。なせれば、いくさは完勝に終わる。

(だが、な)

そう、うまくいくだろうか。

百戦錬磨の策士昌幸はそんな先を読みだしている。

今までくぐり抜けてきた数多の合戦を振り返っている。

どれも難戦だった。微塵《みじん》も気を抜けない大敵ばかりだった。

そして、今回はといえば、昌幸の人生最大といっていい大軍ではないか。

(どうか、な)

策士は眼下の戦場に目を落として、少し瞼を伏せている。

思惑

「なぜ、動かぬ」

本多《ほんだ》佐渡守正信《まさのぶ》は渋く顔をゆがめて、吐き捨てた。

この辺りは、かつて、真田昌幸が居住した城館があった小丘である。腕を組んで座る正信の背後の山々には、松尾《まつお》城、天白《てんぱく》城という、真田の古城がそびえている。

昨晩から、この城館跡に正信は兵五百を率いて潜んでいる。

兵は精鋭である。秀忠に借りた胆力、武勇とも抜群、弓、槍、騎馬、各組から選《え》りすぐった者たちである。家康に預けられた伊賀忍びも数多配置している。

正信は館跡に祀《まつ》られる伊勢宮《いせぐう》の前に床几を置き、未明から西の方角を睨んでいる。

視線の先、霧中の山並みに砥石城の尾根が見え隠れしている。

ここに兵を伏せているのは、もちろん、砥石の真田伊豆守信幸の見張りである。

高台から西に向かって視界が開けるこの地は、砥石の山城をうかがうのに最適の陣場だった。

正信は、秀忠の本軍と完全に別働している。

徳川勢は三万超。正信などおらずとも、城攻めになんの変わりはない。

いや、むしろ正信は戦場にいない方がいい。譜代連中に毛嫌いされている正信はいくさ場での発言権がない。合戦での采配は、榊原康政に任せれば良いのだ。

正信がやることは、いくさ場の外にある。面従腹背の真田伊豆守信幸を討つ、これである。

今日の上田攻め、信幸は砥石城の守備とされているが、それで済むはずがない。上田の安房守とあわせて、徳川の背後を衝くつもりだろう。その絶好の位置が砥石なのである。

「本当に寝返るのか」

秀忠は怪訝《けげん》そうに尋ねてきた。「寝返らぬならそれで結構ではございませぬか」と宥めて、正信は陣を抜けた。

(いや、寝返るわい)

もし、己が真田昌幸なら、信幸なら、そうする。せねば、真田は徳川に勝てない。

籠城して守るだけなら、そこまでする必要はない。だが、あの男は、真田昌幸は、徳川を叩き、滅するつもりなのだ。それが、家康と昌幸の長年に及ぶ因縁なのだ。

ならば、伊豆守は寝返るのである。

(間違いない)

そう念じて、本多佐渡守正信は対面する尾根の砥石城を睨み続けている。

「動きは」

暫時、戻ってきては跪く物見に問い続けている。

「いまだ、動きなく」

間諜《かんちょう》もくまなく放っている。が、依然として動きはない。

正信はチッチッと舌打ちを繰り返す。

ふと、首を回して、霧深い左手を見る。

(城攻めは、どうか)

あの大軍だ、問題はないだろう。

正信は一人頷く。いや、問題などあるはずがない。

その遥か彼方で徳川勢が崩れたっているとは、正信、夢にも思わない。


本多正信が見つめる先の真田信幸は、といえば、
砥石要害の高櫓の上に立ち、南を睨んでいた。

今のここからの景色は雲海というのが正しい。雲と霧の海が下界を覆いつくしている。

すでに夜は明けている。太陽の明かりが雲海に映え、天空を幽玄に彩っている。

その神々しい景色の下で、いくさが起こっている。

遠い海鳴りのごとき喧騒が地から響いてくる。間違いない。徳川勢が上田城に攻め寄せている。

すでに、開戦してしばらく経《た》つ。

だが、信幸は楼上で佇立《ちょりつ》したまま、動こうとしない。

信幸は本日、将兵に、ただ砥石城を固く守ることを厳命し、一人の斥候《せっこう》を放つこともなかった。

(なぜ、動かない)

源吾《げんご》は後ろに控え、その大きな背中を睨み続けている。

ついに、信幸が立つすぐ後ろまでにじり寄ると、

「伊豆守様、今こそ」

片膝をつき、抑えた声で嚙みつく。

霧で戦況が見えない。徳川は大軍である。援護も必要ではないか。

秀忠本陣は染屋原。砥石から騎馬で駆け降れば、四半刻《しはんとき》ほどで駆け込める。

信幸がこの場で翻心しても、家臣たちに異存はないだろう。信幸がゆくといえばゆく、沼田《ぬまた》勢はそんな男ばかりである。

「徳川の目付けなら、俺が殺します」

思い切って横に並びかけた源吾を、信幸は振り返った。

「源吾」

その頰は透き通るように白かった。

ゾクリと腹底が震えた。信幸の眼が底光りしていた。

その瞳に宿るのは壮気、とでもいうのか。今、無言の迫力で、信幸は、源吾の前に立っていた。

(な、なにを)

何か言おうにも、言葉がうまくでてこない。そのまま、源吾の身は固まる。

「いくさを見てきてくれ」

信幸はつぶやくように言った。

「それは……」

出陣の先駆けとなれ、ということなのか。

「物見だ」

「物見？」

源吾は繰り返し、押し黙る。今さら、何の物見か。

「いるのでしょうか」

思い切って言い返す。一言放てば、言葉は続く。

「今なすべきは、軍勢を率いてこの山を駆け下り、染屋の徳川本陣を衝くこと。それだけでは
物見などしても戻ってくる間にいくさは終わってしまうではないか。

「伊豆守様、これまで、なんのために」

今、今こそ、である。今日のためにここまで耐え忍び、徳川にひれ伏してきたのではないか。ここで動かねば、その労苦は水の泡ではないか。

信幸はまたも無言。ただ、端然と見ていた。

（まさか）

信幸は真に徳川についたのではないか。もとから、徳川への服属を胸底に動いていたのではないか。

そうと思えば、これまでの律儀もすべて合点がゆく。

そんな疑念がわき、眼前が明滅する。鼓動は早鐘を撞《つ》くように高鳴り、膝頭《ひざがしら》は小刻みに震えだしている。

「ゆけ、源吾」

信幸は身を乗り出していた。源吾は一歩後ずさりする。

信幸の精悍《せいかん》な顔が大きく迫る。その顔に、「兄上を信じよ」と言った信繁の顔が重なった。しかし、源吾は頷けない。「信じる」とは、なにか。それはすなわち、ともに徳川を討つ、ということではないか。胸は激しく葛藤《かっとう》する。

見る。見ている。張り裂けんばかりに目を見開いて、信幸の顔を見ている。

今、その凜々《りり》しき顔は魔物のごとく見えている。

(信じられるか)

源吾の呼吸は徐々に荒く、目が据わってきている。

――徳川を討て――

あの声が耳元で響く。

信幸は徳川方なのか。なら、己が討つのは信幸なのか。めまいがする。視界がぐにゃりとゆがんでくる。

討て、徳川を討て。

これは天の声か、魔性か。いや、己の声なのかもしれない。頭蓋《ずがい》に響くその声が源吾を突き動かそうとする。

(だめだ)

源吾は面を伏せ、頭を左右に激しく振った。

これ以上いたら、刃を突き付けてしまう。その光景が浮かんで、きつく目を閉じた。足元がふらついている。

「源吾」

信幸の呼びかけを無視して、踵を返している。すべてを振り切って、駆け出していた。

（俺は、やる）

やらねばならない。

（徳川を討つ）

もはや理屈ではない。己はそのために生まれた。ここまでの己の人生はそのためにあった。

櫓から降りるや、物陰で忍び装束に着替え、跳ぶように駆けた。むろん、誰の目にも止まらない。

一人でなにができるかなど、考えることもない。

とにかく、敵へ向かう。

それしか、今の源吾にはできない。

ただ、前へ

門から出ることなどない。木柵を跳び越え、土塁から跳んで城を出ると、山腹の林間を一気に駆け下る。灌木《かんぼく》を越え、道なき道をゆくうちに、神川の畔《ほとり》に出た。

川は増水して溢《あふ》れている。

（そうだろう）

先日、真田勢が堰をつくっていたところを、敵に襲われて放棄した。

それは「囮《おとり》」である。もっと以前に、四阿山を流れる上流を小刻みに堰き止めている。

地理を知り尽くした真田忍びだからこそできたことである。それを今朝方、忍びと民を散らして、いちどきに崩している。増水するのは当たり前だ。下流にいくほど川水は増し、濁流となっているだろう。

あっ、と思わず声が出た。河原の繁みに身を隠す。

霧はすでに晴れ始めている。薄靄《うすもや》の対岸に軍勢が蠢くのが見えた。

（いつのまに）

上田平から上がってきたとは思えない。なら、昨晩から真田郷に潜んでいたのか。

神川の増水を見たからか、軍勢は川に沿って南下してゆく。

覗き込もうとしたところ、ヒュッと突然、空を切り裂く音が鳴り、首をすくめる。

（忍びか）

そして、跳ぶ。クナイが、二本、三本と飛んでくる。

着地、忍び刀で叩き落とす。すぐに跳ぶ。繁みの中に入っている。

（一人じゃない）

源吾は蠢く気配で探る。三人、四人……いや、もっといる。これはもう間諜の類《たぐ》いではない。城の麓にこれだけ忍びを配しているのなら――

（砥石を見張っていたのか）

忍びは源吾を囲むように、四囲へと散ってゆく。こうなると下手に動けない。

源吾は音もなく、繁みから繁みへと樹林を忍んでゆく。囲まれないように、敵の気配を読みながら、己の位置を変えてゆく。そして、飛来する凶器を寸の間合いでよけ、時折、クナイを放つ。が、当たらない。敵も手練《てだ》れである。

（こんなことしてる場合じゃない）

かすかに舌打ちして、それでも小刻みに動く。

包囲されれば、こちらは一人、さすがに厳しい。前後左右に気を尖らせ、忍び刀を手に、前に横に、時に、後ずさりする。

（む）

かすかな気配を感じた源吾の黒目が動いた。

身をかがめ、地の小石を摑む。

そのまま投げれば、カーンと木の幹に当たる。周囲の気がそちらに向くのがわかる。

次の瞬間、源吾は横跳びに跳ぶ。

同時にクナイを投げている。正確な投擲《とうてき》が、首をのぞかせた忍びの額に突きたつ。

源吾は止まらない。木を蹴って弾《はじ》かれるように、樹林を跳び続ける。猿のように身軽で素早い。

着地すると、目の前の忍びが振り向く。覆面の上の眼が見開かれている。

音もたてず忍び刀を払い、首筋を斬った。しばらく立ったままの忍びの体が、積み石が崩れ落ちるように倒れる。

源吾はなおも厳しく面を固め、片膝をついて身構えている。

「源吾」

呼びかけと同時に、背後に立つ気配がある。馴染みの声に、やっと力を抜く。

振り向けば、十蔵の鋭い眼光が光っている。

十蔵は十蔵で数人斬《き》ったのだろう。忍び刀についた血糊《ちのり》をぬぐっている。

「十蔵様、助かりました」

気付いていた。包囲した忍びの後ろに十蔵が現れたことを。だから、強気に仕掛けたのだ。

十蔵は厳然と頷く。いつもと様子に変わりはない。

「上田は、いくさは、いかがなのですか」

「勝っている」

十蔵の即答に、源吾の顔に明るさが戻る。

「徳川勢は霧の中無二無三に城に寄せたが、全《すべ》て打ち払っている」

さすがは――しかし、源吾の笑みはすぐ消える。

勝っているならなおさら、秀忠の本陣を衝いて欲しいはずだ。昌幸は焦《じ》れるように砥石城を睨み続けているだろう。

だが、信幸は動いていない。

「十蔵様、伊豆守様は動かない」

「それがいい」

源吾は怪訝そうに顔をしかめる。十蔵は淡々と続ける。

「今、ここまで来たが、道々、木柵が掛けられ、飛び道具を備えた兵と忍びが伏せている。石落とし、火薬の仕掛けもある」

「え」

「間道はすべて塞がれている。この先、常人が通れる道はない」

源吾は目を剝く。

「それだけじゃない」

声が響くと、音もなく人影が立った。

「伊勢崎《いせざき》の砦《とりで》に数百詰めている兵も砥石の方を向いている。徳川は沼田勢が砥石を出たら、討ち取るつもりだ」

伊賀の賽は、相変わらず怜悧《れいり》な顔を向けている。

伊勢崎砦は、砥石から上田に向かう間道の東脇の小丘にある。賽は見てきたのだろう。

（また、こいつか）

なぜ、こ奴《やつ》がと源吾は顔をゆがめるが、今はそれどころではない。

「神川の向こうにもいた」

つぶやくように言う。

さきほど見たあの軍勢、あれは明らかに真田郷に伏せられていた。

三人、同時に頷く。まごうことはない。徳川は豊富な兵を分けて、砥石に備えていた。信幸が砥石をでたら、囲んで殲滅するつもりだった。

十蔵は険しい面で頷く。

「動かぬ方がいい。上田は必ず勝つ。伊豆守様にそう伝え……」

「いえ」

源吾は最後まで聞かず、激しく面を振った。十蔵の言葉をさえぎるのは生まれて初めてかもしれない。

「十蔵様、俺は戦います」

引きちぎるように叫んでいた。

「伊豆守様が砥石を動かないなら、もう俺がやることはない。秀忠の本陣を襲いましょう。我らだけでも」

忍び数名で徳川の本陣を襲えるはずがない。わかっているが、いわずにはいられない。

忍びなら軍勢よりも敵の虚をつき、囲みを縫って動けるではないか。かすかな望みしかない。だが、刺し違える覚悟で臨めば――

「徳川を討ちましょう」

そこまで言ったとき、全身に強い衝撃を受け、目を剝いている。

目の前に十蔵の鋭い顔がある。忍び装束の胸倉を摑まれ、引き寄せられていた。

「源吾、おのれは、伊豆守様の家来だろうが」

十蔵は刺すように見ている。

「勝手な真似《まね》はゆるさん。己の役を忘れるな」

押し殺すような声音で言い切ると、ぱっと手を放した。

源吾、その場で片膝をつき、がくりと肩を落としかける。

いつもならここで十蔵に従うだろう、が、今の源吾は違った。

「十蔵様」

キッと目を上げた。

「俺は、やります」

歯を食いしばり言い切るや、跳んでいる。

次の瞬間、ブワッと木枝に跳び乗り、すぐ跳び移っている。その姿はあっという間に消えてゆく。

十蔵は厳しく面をゆがめ、

「伊賀の方」

賽を振り返り、

「ちと、手助け、願いたい」

言うや、地を蹴って駆け出している。その後を賽が続いてゆく。

（俺はやる）

木枝から木枝へと渡り、林間を怪鳥のごとく跳び進む源吾の頭にはそれしかない。

高木の最頂点近い辺りを跳び渡っている。

ゆけば、眼下に間道を塞ぎ、その前後にひしめく数十の軍兵が見えてくる。切り立った道脇の土手には、弓鉄砲を手にする伏兵も見え隠れする。

高所からなら克明にその様子が見て取れる。

（雑魚《ざこ》に用はない）

源吾はそのまま敵勢を跳び越えてゆく。

「なんだ、あれは」

気づいた足軽が指さすが、そのときすでに源吾は次の木、その次の木と跳び移っている。もはや駆け引きもない。速さだけが勝負だ。

（忍びもいる）

前方から、クナイ、手裏剣が舞い飛んでくる。

源吾は、それをよけ、忍び刀ではたき、時にクナイを投げ、敵を撃ち落とす。

前へ、南へ。染屋原を目指す。その俊敏な動きが、ある高木の上でとまった。
（チッ）
前方に忍びの結界が張られている。数多の忍びがくせ者を通さぬよう連なって網を張っている。一人では容易に抜けられない。掛かれば瞬時に殺される。

が、動かずにいれば、こちらが標的となる。躊躇《ちゅうちょ》する暇もなく、林間に跳び降りた。

「曲者《くせもの》だ！」

ひときわ大きな声が響き渡る。地上では、軍兵が敵である。

次の瞬間、シュッ、シュウッと、矢が飛来し、ブスブスと地に突きたつ。

源吾は横転がりによけている。

（次は）

槍兵が来る。「ウオオ」と真っ赤に口を開けた槍武者が詰め寄ってくるや、煌《きら》めく穂先が一斉に繰り出される。

源吾はフワッと跳ぶ。跳ぶや、突き出された槍の上にたっている。足軽が驚愕の目を見張る中、槍上をツツと間合いをつめ、ブウンと回し蹴りした。
二、三人、陣笠を飛ばしてふっ飛ぶ。
源吾も跳んでいる、そのまま一人の足軽の肩に足をかけ、また、跳ぶ。

着地したのは、槍足軽の群れの中である。

忍び刀を右へ、左へ。目にも止まらぬ速さで喉を掻き斬れば、血しぶきとともに、敵兵がのけぞる。

「一人だ」「囲め、囲め」

敵勢のがなり声が沸き起こる中、源吾は止まらない。

前方から鎧武者が数人、駆け寄ってくるのが見える。

（飛び道具は）

懐《ふところ》のクナイを掴んで、一瞬、躊躇する。

使えない。残りが少ない。これ以上、消耗してはいけない。

己が斬った武者の骸《むくろ》に駆け寄り屈みこむと、その腰の佩刀《はいとう》の束に手をかける。

敵は背後から迫っている。

斬《ざん》！

引き抜いた勢いで、そのまま斬っている。敵武者の腕が刀を握ったまま、高く飛んだ。

そのまま、雷光のような勢いで、右を斬り、左を突く。前を払い、下から切り上げる。忍びの技だけでない。源吾には、磨き上げた剣技がある。

「う、うわわ」「なんだ、こいつは」

敵勢が慄いているのが見えている。

「遠巻きに囲め、弓だ、弓だ」

槍を構え後ずさりする敵勢にむけ、そのまま駆け込んで斬る。

兜首が、槍の穂先が、脛当を纏った足が、飛び散る。血しぶきの中で、源吾はもはや一匹の鬼である。踊るように斬って、斬る。

思考は吹き飛び、ただ、剣と共に一陣の風となって、源吾は舞い続ける。

キン！　と音がして、にわかに握った刃が軽くなる。

半ばから刃が折れている。チッと顔をゆがめ、次の刀を探そうと地を見渡したところに、ブワンと空から異物が降る。横跳びするもよけられない。

敵忍びが木の上から放った投網を掛けられ、手足の自由を奪われる。

「くそっ」

もがくが、自由はきかない。

「かかったぞ」「殺せ、殺してしまえ」

目を血走らせた軍兵が一斉に近寄ってくる。

「うらあ」

数十もの白刃、槍の穂先が突き出され、投網の下の獲物《えもの》をめった刺しにする。そのまま飛び込んで足で踏みつけるものもいる。

が、次の瞬間、皆、奇妙な違和感で手をとめる。

おそるおそる投網の下をみる。

なにもない。

「げっ」

と、声を上げた足軽の一人が喉《のど》を押さえて崩れ落ちる。

その後ろに源吾が立っている。腰刀で投網を切り裂いて先にでている。

うわっと声が上がるところを源吾は跳び越える。

その背後に槍の穂先が衝き上がる。空中で身をよじり、矢継ぎ早にクナイを投げる。敵勢がうめいて倒れるのを尻目に、着地、また地を駆ける。

(だめだ)

飛び、跳ね、駆けながら、思っている。前に進めない。

(それに)

右太ももを見る。忍び装束の内側から黒く濡《ぬ》れている。投網から逃げ出すとき、槍で突かれていた。

(血をとめねば)

だが、その暇がない。動くたびに出血している。痛みはどうでもいい。とにかく、止血である。血が流れ続ければ、死ぬ。

それでも動くしかない。前にではなく、後ろ跳びに跳んで、繁みの中に転がり込む。素早く着衣の袖を切り、太腿《ふともも》の付け根を縛り上げる。

その合間も敵の喚声と足音は近づく。

「こっちだ」

一息つくこともなく横転がりに出るや、クナイを投げている。先頭の武者の目につき立つ。ガアァと転がる武者の後ろにむけ、さらに放とうと、胸に手をやる。

(飛び道具が)

ない。ついに尽きた。

短刀一本で、あの軍勢と戦うのか。顔をしかめ、忍び刀を引き抜く。

と、そのとき。

ガアァン
不意に、陣鐘の音が林間に鳴り響いた。

ガアン、ガアアン
大きくなる鉦の音は、まるで退き鉦である。

敵勢はムッと足をとめる。

「おおい、皆、待て! 染屋のご本陣が危ないぞ!」

どこかから、甲高い叫びが響いた。明朗な、よく通る声だった。

ええっ、と兵は振り返る。

次に、シュウウッと、空から異音が響く。

ドオン、ドオオォン！

大音響が響いて、兵は皆、身をかがめる。炸裂《さくれつ》と鳴動、煙で樹林が覆われる。

そのとき、源吾は身を伏せている。

（焙烙玉《ほうろくだま》）

火薬や小石をつめこんだ小瓶《こがめ》の火種に火をつけ投げつける飛び道具である。

被害はさほどでもないが、音響と爆発は兵を惑わせるのに十分である。とくにこの玉は煙が強いようで、一気に林間に白煙が満ちている。

続いて、忍び装束が二人、煙の中、速足で近寄ってくる。

二人は、敵兵の間を縫い、すり抜けるたび、音もなく忍び刀を払う。声も出せず、足軽が空を摑み、横倒しに、あるいは、そっくり返って倒れる。

煙の中でも見えている。十蔵と伊賀の賽である。

「気が済んだか、源吾」

十蔵の厳しい顔がこちらを見ている。呼びかけながら、淡々と敵兵を斬っている。

「甚八に借りた鉦、役に立ったな」

一方、伊賀の賽は片手に持った鐘を懐にいれると、代わりに取り出した焙烙玉を宙に向かって投げた。グワアンと炸裂し、また煙が巻き起こる。

「もう玉がない。敵に囲まれる前に、逃げるぞ」

「源吾、終わりだ」

賽と十蔵は刺すように見ている。

「いやだ」

源吾は縛った足の膝を地についている。

「退くのだ。動きが自慢のおのれが、その有り様でなにができる」

十蔵は目の前に立ち、厳然と見つめている。源吾はギリッと奥歯を噛みしめる。

（退けるか）

苦悶《くもん》の顔を大きくゆがめ、歯を食いしばる。周囲の騒擾が異世界のことのように感じられている。

唸《うな》るように、念じるように考えている。

そうだ、そのとおりだ。これ以上なにができる。手負いの己に、なにが。

だが、このまま、信幸のもとへ帰れるか。振り切って去ったあの男のもとに、今さら。

では、どこにゆく。上田か。信幸に背いた自分を信繁が受け入れるか。

（いや、それはない）

なら、もう自分の居場所はない。

「帰らぬ！」

そう絶叫するや、両手を地について、思い切り跳んだ。

着地はしない。宙で反転し、頭上の木枝を掴み、腕力で体を振って、次の枝、次の枝へと跳び移る。

「真《まこと》の猿、だな」

見送る伊賀の賽は苦笑して、鼻を鳴らした。

「十蔵殿、我らも逃げねば、敵に囲まれる」

十蔵は白煙の中に消える猿を凝然と見送っている。その顔はもとからの険しさを、さらに増している。

「伊賀の方」

呼びかけてくる十蔵のしかめ面に、賽は口元をゆがめている。十蔵、低く続ける。

「頼みが」

「まだ、なにか？」

賽はきな臭そうに片眉をひそめて、小首をかしげている。

懸命に

「中納言様、このままで良いのでしょうか」

染屋原の徳川本陣に残る物頭たちが食いついてくる。

秀忠は、床几の上で、微動もしなかった。

いや、実は腰が抜けて動けなかった。膝はがくがくと震えている。若き貴公子は太腿に手を置いて、必死にその震えを鎮めようとしている。

「神川の向こうまで退きましょう」

そう言ってくる者もいた。そうしたほうがいいか。何度も思った。

だが、賢明にも秀忠はその欲望を押しとどめた。

「余は動かんぞ、ここを」

（総大将はゆるぎなく）

榊原康政の顔が、そして、父家康の顔が浮かび、何度も念仏のように唱える。

しかし、大将とはなんと孤独なのか。これでは、誰にも相談できないではないか。

上田城に寄せた徳川勢はまだ退けていない。いくさ前はあれほど周りにいた武将たちも、今は前線にでていない。皆無である。

周囲の旗本たちは立ったり座ったり意味もなく蠢く奴ばかり。まるで役に立たない。そんな姿を見るたび、苛立ちに拍車がかかってゆく。

不安はとめどなく湧き、もはや、じっとしていられない。ついに、震える膝を押さえて床几から立ち上がった。

(神川の向こうまで退く、か)

よろめき、雲を踏む様に歩く。

本陣の丘陵の上に植え込まれた竹矢来の前まで来て、ギョッと目を剝いた。

いくさの喧騒とは別の方角から、ドドオオと音が響いてくる。

「なんの音だ」

軍勢か、いや、この響き具合は違う。

次の瞬間、顎を引いて、のけぞった。

東の神川が濁流と化していた。その様は、暴れ狂う白竜のようである。この遠さでも見えるほど、白い飛沫《しぶき》をあげ流れ下っている。

(こ、これで、今、川を渡っていたら)

どれだけの人馬が流されたのか。ぞおっと寒気が背筋を凍らせる。

やはり、動かずにいてよかったのだ。

（動くな、動くな）

そうだ、これは総大将である己のいくさだ。家臣たちを置いたまま真っ先に逃げてどうする。

そう言い聞かせ、秀忠は定位置の床几へともどり、ペタリと座った。

虚空の一点を睨み、軋む奥歯を嚙み締める。

袴の内にヌルリと生暖かいものが、太腿をつたって落ちている。

失禁、していた。

「慌てるな、慌てるな。敵は小勢、先手《さきて》以外、なんの害もない。よく見て退け。組頭、己の周りをまとめよ」

榊原康政は馬上絶えず叫び、片手の太刀を振り、徳川兵を勇気づける。侍大将たちを呼び止めては、活をいれる。

なんのことはない。徳川勢の大部分は勝手に壊乱しているだけである。

城から出てくる真田は小勢である。大した被害はない。

後方の部隊から反転させ、順序よく逃がす。そうせねば、混乱が収まらない。

巧みに手綱をさばき、馬首をめぐらし、叫びを上げながら、康政は徐々に上田城に近づいている。

「酒井殿、大久保殿！」

前線で左右に怒鳴り散らすだけの同僚を叱咤する。皆、地獄で仏を見たように、顔に生気が戻る。

「式部太輔《しきぶのたいふ》！」

大久保勢の中から大きな声が響いた。

「あれだけ言うたのに、なんじゃこのざまあ！」

耳障りなダミ声は戦場の喧騒を飛び越えて聞こえる。

「これが、わしがゆうた、下戸が酒飲んだようなざまじゃあ！」

大久保彦左衛門《ひこざえもん》忠教《ただたか》は、もう生きているのが嫌だとばかりに首を振る。

「一度ならず、二度までこんな目に遭うとは！」

「とにかく、明日のために退け！」

なんでもいい、ここは退かせねばならない。

「お主も徳川侍なら、味方を援けて束ねよ！」

「わかっとるわい！」

彦左衛門は肩を怒らせ、踵を返す。

やっと己の手勢のところまで来た康政は、慌ただしく五十ほどの騎馬と鉄砲足軽を選抜し、敵城の弓鉄砲の射程外に置いた。

「さあ、やり返すぞ。あれをよく見よ」

騎馬で先頭に立ち、前を見て、愛刀の切っ先で一点を指し示す。

正面に上田城の大手門が見え、銃声と喚声が溢れている。前線では逃げ切れない徳川勢が右往左往している。

「まだ、まだ」

城門がギイイと開いてくる。

「まだだ」

開き切ろうとする向こうに、真田勢が見えてくる。

「放てや」

采が降られると同時に、小気味よい斉射音が続く。

「ゆけや」

白煙が消える前に康政は馬腹を蹴っている。騎馬勢が続いて駆けだす。

真田方は気づいたようで慌てて城門を閉めに入る。

「ゆけゆけ」

城門が閉まってゆく。そのまま城門にぶち当たると思われた康政は、あと数町というところで、にわかにグイと手綱をひく。見えない壁にぶち当たったように、馬が足をとめる。疾走も見事だが、馬を止めるのも神業のごとくうまい。

「今だ、皆、退けや！」

輪乗りもせず馬首を返すや、康政は雄叫びを上げる。

周囲でのたうち回っていた徳川兵はアッと息を吹き返し、立ち上がる。

「続け、続け」

康政は見事な手綱さばきで右に駆け、左を鼓舞しては、兵を収容してゆく。

城壁上から、様々な凶器が落ちてくるが、巧みに馬を乗りまわし、兵を退かせる。

凱歌、あがる

「あれを討て、あれを」

楼上の昌幸は櫓の手摺《てすり》に手をかけ、叫んでいた。

「ありゃ、名高き榊原だ。討ち取れ、討ち取れ！」

口から唾《つば》を飛ばす。

皆、わかっている。城壁の上の侍大将たちが「討て討て」と雄叫びを上げるが、さすがに的が小さい。大軍相手ならめくら撃ち、八方投げでも当たるが、一人を狙うのは至難の業である。

ふと気づけば、敵勢は徐々に減っている。

「討てや！」

なおも明るく叫びながら、昌幸は悟っている。

（終わりか）

榊原が来て、潮が引くように敵兵が下がっている。

大軍が城下の外れに消えて行く。

前面の榊原康政も馬首を返して馬腹を蹴る。それが殿軍《しんがり》である。

銃声がまばらになる。

やがて、徳川勢は城からの射程の外へと去っていった。

昌幸は、フーッと深く息を吐いた。

追撃無用、と触れを出している。

「勝ちましたな、殿」

傍らの池田《いけだ》長門守《ながとのかみ》が快活な笑みを浮かべる。

うむ、と、昌幸は頷くが、しばし、無言である。

「なにかありましたか」

「いや――」

怪訝そうな長門守の顔に、昌幸は軽く笑って応じる。

「さあ、勝関じゃ！」

采配を振り上げる。

ウオーッ

城内から城壁の上から櫓から井楼《せいろう》から。そこら中から、声が上がる。

喚声は城下から、上田平の隅々まで響き渡る。

楼上の昌幸は満足そうに何度もうなずいている。兵は、民は、そんな昌幸を見上げ、歓喜の雄叫びを上げ続ける。

そのとき、左衛門佐信繁が櫓を登ってきた。

信繁は昌幸の顔を見て、小さく頷く。

昌幸は無言で口の端を上げた。それは笑みのように見えた。

そして、北を見た。信繁は背後に立った。

昌幸の肩越しに、太郎山が大きく拡がっていた。その東の尾根に砥石の城がある。

父子二人、しばらく無言。

昌幸の背は静かに佇《たたず》んでいた。天を、山並みを睨みつけている。

「豆州」

信繁は小さなつぶやきを聞き逃さなかった。

昌幸は少し面を伏せていた。

「豆州よ」

勝った、いくさは見事に勝った。

だが、なぜか、信繁の目に映る父の背中はとても寂しそうに感じられた。

「いかんか、豆州よ」

漏れた言葉を、信繁は、生涯忘れることはなかった。


そのころ、信幸は依然として砥石要害の櫓の階上にいる。

南を見ていた。

ずっと、そうだった。源吾が去っても、信幸は動くことはない。

朝、開戦の音をきいた時から変わらない。眼下が霧に閉ざされようと、晴れ渡ろうと、その端然たる様に変わりはない。

今や、合戦の有り様は克明に見えている。

上田城が勝っている。雲霞《うんか》の大軍に攻められていた城は見事に敵を打ち払い、徳川勢はさがりつつある。信幸は人払いして、ただ一人、身動きもせず、その景色を見ている。上田平を、上田城を凝視している。

時に徳川の目付けが回ってきては、櫓を見上げる。誰とも話さず、身動きもせぬ信幸を見ては、かすかに頬をゆがめて去ってゆく。

「殿は、大丈夫か」階下では小姓たちが囁き合う。

信幸は朝から水一滴も飲んでいない。心配になるのも無理はない。

「源吾殿はどうした」

朋輩《ほうばい》が一の小姓である源吾を探すが、どこに行ったのか見当もつかない。

そのうち、一人が意を決して踏み出した。

「私がご様子をうかがいに」

むんずと梯子《はしご》に手をかけ、上がってゆく。

信幸は背中を向け、立っている。

「との――」

声を掛けようとした小姓はその場で固まった。

目の前で、信幸はゆっくりと体を折り曲げていた。

膝をついて、そのまま、平伏した。

上田城の方へ、深々と面を伏せる。

「父上――」

信幸の大きな背中からくぐもった声が漏れる。

これは、拝礼なのか、いや、何かを詫《わ》びているのか。

それはほんの数秒のことだったのかもしれない。だが、永遠のように長く感じられた。

それほど深々と、信幸は上田城に向け、頭を下げていた。

■四章　関ヶ原へ

一夜明け

仙石権兵衛秀康《せんごくごんべえひでやす》は、染屋原《そめやはら》の城館跡に設けられた陣小屋で顎髭《あごひげ》を撫《な》でている。

前に徳川《とくがわ》譜代家臣のしかめ面がある。

皆、渋面をふり、ときおり深く重い息を吐くばかりである。

(なんだ、こ奴《やつ》ら)

徳川家臣といえば、家康《いえやす》命の律義者ばかり。徳川は三河《みかわ》地生えの大名家であり歴々仕えた家臣の忠誠、結束は並みではない。秀吉が一代で作った豊臣《とよとみ》家とは土台が違う、と聞いていた。

(いやいや、話が違う)

権兵衛は髭面をゆがめて、黒目を左右に動かす。

九月七日、負け戦から一夜明けている。

しかし、無様ないくさだった。あれほどの大軍が真田にいいように翻弄《ほんろう》され、打ち負かされた。権兵衛は軍勢の中でもみくちゃにされながら、何もできなかった。

仙台権兵衛、乱世のさなか、錆刀《さびがたな》一本担いで武者奉公し、成りあがった古豪である。

信長《のぶなが》の前に出たのは十四の頃《ころ》。織田《おだ》家に仕え、その家臣秀吉《ひでよし》の与力《よりき》とされて以来、戦場を駆け巡り続けてきた。

信長に見いだされた見事な武者面、そして、秀吉には戦場での勇武を愛された。ちょうど永禄《えいろく》から元亀《げんき》天正《てんしょう》へと移り変わる時代にもめぐまれた。信長は上方《かみがた》へと躍進し、秀吉の破竹の出世が始まった。権兵衛も連戦につぐ連戦で頭角を現し、出世していった。

さらに、信長横死後、秀吉の天下取りの中で、抜群の功を示した。明智《あけち》討伐に向かう中での淡路《あわじ》攻略、その後、四国長宗我部《ちょうそかべ》攻めでの活躍は秀吉に絶賛された。

ついに、讃岐《さぬき》一国をもらい、国持ち大名となった。

だが、その後、見事に転落した。

九州島津《しまづ》攻めで失態を犯し、身ぐるみ剝《は》がれて追放された。

一介の浪人となって出直し、九州戦後の小田原《おだわら》の陣に、陣借り牢人《ろうにん》として参じた。後見してくれたのは家康だった。

無我夢中で武功をあげ、なんとか秀吉に認められた。

秀吉としても忘れがたい子飼いの将である。追放したにもかかわらず、健気《けなげ》に働くとなれば、救ってやりたい。小諸《こもろ》五万石《ごく》の豊臣大名として返り咲くこととなった。

このように立身出世と栄華、凋落《ちょうらく》、そして、復活。浮世の喜怒哀楽のすべてを見てきた仙石権兵衛、齢《よわい》四十九。若き頃こそ武辺一辺倒で鳴らしたものの、今や、相当のしたたか者である。

次の世は家康だ。そう見込んで、徳川についた。

秀吉は確かに恩人だが、悪魔でもある。権兵衛を人がましく育ててくれ、栄華を味わわせ、そして、丸裸にして捨てた。秀吉に対する権兵衛の感情は、恩と怨讐《おんしゅう》の混ぜ合わせだった。

対して、家康には恩しかない。落ちぶれた時こそ、人の情けのありがたみがわかるものだ。感謝し、諱《いみな》をそれまでの仙石秀久《ひでひさ》から秀康に変えたほどである。

だから、権兵衛は、こたび、家康についた。そして、家康の下、存分に働くつもりだった。東山道《とうさんどう》をゆく息子秀忠《ひでただ》の軍に属することとなったが、早く家康と合流したかった。気がせいて、城を出て単騎で秀忠を迎えに行ったほどである。

（だが――）

よりによって上田《うえだ》になど攻めかかって、のっけから、この敗戦。

しかも、兵を退《ひ》いたあとの徳川家臣団の醜態。一晩明けた評定《ひょうじょう》もひどい有り様となっている。

いくさ目付けの本多佐渡守正信《ほんださどのかみまさのぶ》は目を血走らせて怒鳴りまくっていた。

「抜け駆けは禁じられていたはず！」

「いや……」

もごもごと口を開きかけた牧野康成《まきのやすなり》を制して正信は身を乗り出す。

「言い訳無用。それがしとて、このようなこと言い渡したくなし。されど、拙者は上様から仰せつけられたいくさ目付け。しかと中納言《ちゅうなごん》様をお支えするよう言われておる。いわば、上様の名代《みょうだい》ぞ。牧野殿は上様に対しても、口答えなさるか」

康成は苦し気に頭《かぶり》を振っていた。

権兵衛は瞼《まぶた》を伏せる。こんな光景をみたことがある。いや、この牧野康成は自分、かつての仙石権兵衛ではないか。

あのとき、あの島津とのいくさ、秀吉もこうして権兵衛を責め立て、追放した。

あの九州攻めの先鋒《せんぽう》隊で権兵衛が率いたのは、秀吉に降《くだ》ったばかりの長宗我部、十河《そごう》などの四国勢。

薩摩《さつま》島津に恨みもなければ、戦意も結束もない。精強な島津勢の攻めを受け、木っ端みじんに逃げ散った。むろん、権兵衛とて逃げた。秀吉は行き場ない舌鋒《ぜっぽう》を、子飼いの権兵衛に向けた。

(そうだ、そうだな)

権兵衛にはわかる。可哀《かわい》そうだが仕方がない。

誰かに敗戦の責を負わせねば、恰好《かっこう》がつかない。皆の眼《め》がある。軍律違反の者が先走って負けた、とせねば、外様《とざま》の諸侯の心が離れてしまう。

「良いか、ここはしっかり膿《うみ》を出さねば、後に憂いを残す」

本多佐渡は至って正論を述べている。

だが、それを受ける徳川の諸将の強張《こわば》った顔。下唇をかみしめ、今にも佩刀《はいとう》を抜かんばかりである。

そもそも、この正信を昨日の戦場で見かけることはなかった。おそらく後陣でぼおっとしていたのだろう。こういう奴が目付けなどとのさばり、いくさを評するとろくなことがない。秀吉の傍らにいた石田《いしだ》三成《みつなり》どもと同じだ。

「牧野殿の旗奉行贊掃部《はたぶぎようにえかもん》、大久保《おおくぼ》殿の旗奉行杉浦久勝《すぎうらひさかつ》は切腹」

厳然と言い放つ正信の周りで、ギリッと奥歯をかみしめる音が響いた。

皆、目が血走っている。しばし重苦しい沈黙がある。

牧野は昨日の先鋒大将、大久保は秀忠の筆頭家老で責を負う役にある。この二家がみせしめである。

軍勢の進退を仕切る旗奉行が腹を切らされる。

権兵衛、まじろぎもせず、床上に視線を這《は》わせている。

「あい、わかったあ!」

牧野康成と大久保忠隣《ただちか》はがなるように叫び、バンと太ももを叩《たた》いて立ち上がった。憤怒の顔を振り、足を踏みならし出てゆく。

残った諸将の瞳《ひとみ》が淀《よど》んでいる。この本陣の気の沈滞、息苦しさ。

もはや、耐えがたい。権兵衛は軽く首を振る。

(結束などかけらもない)

ここまで停滞した雰囲気は、徳川家臣では変えられないだろう。

仕方がない。権兵衛、こんなときこそ自分かと思い、コホッと咳払《せきばら》いして身を乗り出す。

「中納言様、一度、わが小諸城へと戻り、立て直するのはいかが」

「戯言《ざれごと》を言うな!」

上座の貴公子は上擦った叫びを上げた。

「わしはここを動かぬ。昨日の合戦は利あらずとみて、兵をさげただけ。今、これだけの大軍で上田を囲んでおる。小諸に戻ることなどない。陣を立て直し、総攻めである!」

権兵衛、軽くのけぞって、瞠目している。

(この小僧が)

俺《おれ》を誰《だれ》だと思っている。仙石権兵衛、あの織田信長に「面構えがいい」と褒《ほ》められたもののふだ。

しょんべん臭い小僧がなにをほざくか。

権兵衛がこれまで見てきた総大将は皆逞《たくま》しかった。ところがこの目の前の小僧、こんな奴、雑兵と組打ちしたら絞め殺されるだろう。

「上田は必ず落とす。皆、忘れるな!」

だいたい、小僧、周りが見えているのか。こ奴程度が、今、ここに集う将の離れ切った心をまとめ上げることができるのか。家康の息子だからと、これを敬わねばならぬのか。

(これで勝つ、つもりか)

権兵衛は丁重に頭を下げながら、ケッと舌を鳴らしている。

「佐渡め、殺してやる!」

権兵衛が陣屋を出ると外では、物騒な叫びが轟《とどろ》いている。

大久保家の郎党らしき一人が、そこら中に響くダミ声で怒鳴り散らしている。周りに人だかりができて、それを必死に宥《なだ》めている。

権兵衛は大きく肩を上下させ嘆息した。この乱れよう。これが天下を取る軍か。

自陣へと歩きながら考えている。

(上田の士気は天を衝《つ》くほどであろう)

染屋原の丘陵《きゆうりよう》を下れば、彼方《かなた》に上田城が堂々と佇《たたず》んでいるのが見える。

思えば、真田安房守《さなだあわのかみ》に恨みなどない。自軍のこの停滞っぷりと比べて、敵の見事さに憧憬《しようけい》すら抱いている。

(なんのために戦うのか)

まして、家康がいないこの場で奮戦しても、いささかの褒美もえられないだろう。

歩くたびに小首をひねり続けている。

「殿、評定はいかに」

陣内で語りかけてくる家臣の声に応じるのも億劫《おつくう》だった。

「寝る」

それだけ言って、陣屋の中に入ってゆく。

上田郊外で空き家となっていた豪農屋敷が宿陣小屋である。

板の間の框《かまち》に腰掛け、器用にするすると一人で具足を解いてゆく。

（わしは、一人でなんでもできる）

それはそうだ、端武者《はむしゃ》から成り上がり、大名となったのち、素浪人まで経験している権兵衛である。

若き頃、そして落魄《らくはく》しても、なんでも自分でやってきた。いや、せざるをえなかった。

四十にならんとして牢人の身で参加した小田原合戦でも、自ら十文字槍《やり》を振って陣頭に立った。

（秀忠など槍を振るどころか、一人で甲冑《かっちゅう》も着られないだろう）

知らずとまたそんなことに思い至って、権兵衛、顔をしかめる。

汗にまみれた着衣を脱ぎ、替えの小袖《こそで》を摑《つか》み上げると、中からなにかがポロリと落ちた。

（なんだ？）

軽く紙縒《こよ》った紙片である。権兵衛、左右を見て、何の気なしに開いてゆく。


——徳川勢は烏合《うごう》の衆。次のいくさで蹴散《けち》らして御覧にいれる。仙石殿は信長秀吉に称《たた》えられた剛の者、そのときこそ徳川の小倅《こせがれ》の首を取ってみてはいかがか——


裏返すと「上田より」と書いている。

権兵衛、しばらく動かない。

やがて、クッと笑みを漏らして、その紙を握りつぶしている。

（わしにこの書状が来ている、ということは）

脳裏に参陣している外様の将の顔を思い浮かべてみる。

海津《かいづ》城主森忠政《もりただまさ》は、兄を家康に殺されている。

家康が、天下取りを目指す秀吉を破った長久手《ながくて》合戦。秀吉方の池田《いけだ》恒興《つねおき》父子と森長可《ながよし》を討ち取り、世に名将の名を轟《とどろ》かせた、あのいくさ。家康は、猛将と名高き森長可を真っ先に討ち取ろうと、鉄砲で狙《ねら》い打たせた。

(その弟だ)

深志《ふかし》城主石川三長《いしかわみつなが》。これは父の石川数正《かずまさ》が家康を見限って、秀吉に鞍替《くらが》えしている。家康が秀吉傘下に入ったことで和解させられたが、深志城と所領など秀吉からもらったものではないか。

諏訪高島《すわたかしま》城主日根野吉明《ひねのよしあきら》は、父高吉《たかよし》がこの六月に逝去し、家を継いだばかり。数えで十四の若僧である。特に家康に恩もないだろう。家臣次第である。

(どいつも寝返りの種がある、か)

クックッ
くぐもった笑い声が徐々に大きくなる。

アアッハッハッ

仙石権兵衛秀康、いつしか天井を見上げ、高笑いに笑っている。

上田城本丸御殿の一角にある書院、真田昌幸《まさゆき》は濡《ぬ》れ縁《えん》にでて胡坐《あぐら》をかいている。庭先では忍び姿の十蔵《じゅうぞう》が跪《ひざまず》いている。

「書状はばらまいたか」

昌幸はニマニマと笑って、問いかける。

「は。外様の諸将の周りに出来うる限り」

「どれほど見るかのう」

「そればかりは、なんとも」

「まあ、いいわい。徳川勢の様子はどうじゃ」

「いくさの始末で腹を切らされる物頭《ものがしら》がでております」

ふむふむ、と、昌幸は小馬鹿にするように額を撫でる。

「わかっておらんのう」

可哀そうに、といわんばかりの顔である。

「いいか、左衛門佐《さえもんのすけ》、藤蔵《とうぞう》、緒戦がいかに大事か。兵の心がどのように動くか。肝に銘じよ」

と、横目を送る。室内に控えるのは、左衛門佐信繁《のぶしげ》と藤蔵信勝《のぶかつ》である。

二人は無言で相槌《あいづち》を打つ。十蔵の報告は続く。

「あの様子では当分将兵の足並みはそろわぬでしょう」

「よしよし、外様の将には寝返りの書状を放ち続けよ。徳川の陣の周りには、離反の流言を撒《ま》け」

昌幸はそう言って、体ごと向き直る。

「さて、明日からだ」

信繁、信勝は、ハと頷《うなず》く。

「昨日のあのいくさの後よ。すぐに総攻めはできまい。しばらく城を囲んで動かぬ。こちらの様子も見たいだろう。こちらはな、昼夜問わず奴らの周りに兵を出す」

「夜討ち、朝駆け、奇襲ですか」

信勝が若者らしい勢いで反応する。

「いや、そこまでせずと良い。こちらは寡兵。小出しにした兵はつぶされるだけ。ただ、忍び衆に兵をつけて、徳川陣の周りで騒がせるのだ。そして、すぐ退け。徳川の者どもを寝させるな。とにかく疲れさせるのだ。体よりも心を、な」

昌幸は、信繁、信勝、庭の十蔵と、目を移してゆく。

「疲れると人の心というものはな、お互いを疑い、月明かりにゆらめく白布を見ても物の怪《もののけ》がでたと闇雲《やみくも》に刀を払って斬《き》ろうとするのだ。徳川勢をその極みまでゆかせる。さては敵が来たか、いや、こたびも違うか、そう迷い、見間違うほどにな。そうとなれば、いかな大軍とて、赤子の群れのようなものよ」

昌幸はニタリと笑う。

「では、藤蔵、小勢が大軍に勝つもっとも手っ取り早い手は、なんぞ」

藤蔵信勝、む、と答えに詰まる。昌幸は横の信繁に目を移す。

「左衛門佐」

「総大将の首を挙げること」

「そうだ」

信繁の即答に、昌幸は大きく頷く。

「かの信長が今川義元《いまがわよしもと》を討ったときもそうじゃ。あの時、信長は敵の慢心を討った。こたびは敵の惑いを討つ。十分に敵を脅かしたうえで、城から打って出る。いつが良いか、月のない夜が良いか、霧の朝がよいか。それは見極めねばならぬ。その時こそ、勝負ぞ。城など民にでも任せればよい。わしも一手を率いてゆく。左衛門佐も、藤蔵もな。真田総勢と忍び衆すべてが一心不乱に秀忠の本陣に向けて駆けるのだ。ただただ、秀忠の首を狙う」

信繁、信勝、十蔵、口を真一文字に結んで頷く。

「豆州も、な」

その言葉は妙な余韻を室内に残した。

「家康の息子の首が落ちれば、敵は総崩れとなるだろう。いいか、徳川はな、上田城を囲んでおるつもりかもしれんが、囲まれているのはあ奴らよ。真田の兵、上田の民、真田忍び、上田城、町、田畑、山、川。すべてが我らの味方ぞ。徳川がこの上田にのこのこ出てきおったから、できるいくさ、天下に見せてやろうぞ」

昌幸は己の膝頭《ひざがしら》を抱えて、カカと笑った。

千曲河畔の浮浪小屋

源吾《げんご》は目覚めた。

どれほど寝ていたのか。しばし、ここがどこかわからないほどの深い眠りだった。

普段なら気を張り続け、熟睡することはない。

だが、眠った。泥のように深い眠りに落ちた。疲れていたのか、太腿《ふともも》の傷が熱を発していたのか。

いや、精神が自棄《やけ》になっていたのかもしれない。

近くで、シュッシュッ、という異音が聞こえている。

目を開けば、前に胡坐をかいた蓬髪《ほうはつ》の男の背中が見えている。


上田城から千曲川《ちくまがわ》を西へ二里（約八キロ）ほど。この辺りは、すでに隣地、森領に近い。

河畔に隠れるように、今にも崩れそうなあばら屋がいくつか軒を連ねている。

源吾は、昨日、十蔵を振り切って、ここにたどり着いた。

飛び道具も尽き、足に傷を負っている。いくさ働きはできない。戦場である城の周りをさけ、上田城下を右手に迂回《うかい》した。千曲川に行き当たると、西へと歩いた。

千曲河畔に浮浪の者が住み着いているのは知っていた。

（あそこなら隠れられる）

昌幸は浮浪の者にさえ「恩賞を出す。城に籠《こも》れば飯もだす」と触れをだしている。皆、温かい飯と寝床を求めて、上田城に入っているはずだ。なら、今、小屋には誰もいない。それにこんなあばら屋、なんの価値もない。敵がくる心配がない。

ひとまず、太腿の傷の手当てが必要だった。

片足を引きずりながら小屋に入って、ギョッとした。

周囲は葦《あし》が高々と生い茂り、小屋の中は昼でも光が乏しい。薄暗い中に、男が一人だけいた。長い蓬髪、顔中を覆う髭の中で白い二つの眼だけが浮き上がっている。

「誰だ」

「誰だ、は、お前だ」

思わず問う源吾に、男は笑いながら問い返してくる。

「鎌之介《かまのすけ》か」

源吾は、安堵《あんど》の吐息とともに中に入り、莚《むしろ》のうえに腰を下ろした。

鎌之介は、浮浪の者の頭分《かしらぶん》である。忍びは、この手の者に顔が広い。時に、浮浪の者の方が、侍、民より世を知り、情報を持っている。

「久しぶりだな、源吾やん」

他の者は徴募に応じて、上田に籠っているらしい。鎌之介もいくさにはでた。雑兵首を五つとり、そのままいくさが終わるのも見ず帰ってきた、という。

「城なんかじゃ眠れねえ、俺の寝床はここだ」と、やけに白い歯をみせて笑った。

そんな鎌之介は嫌な顔もせず、傷の手当てをしてくれた。薬草を豊富にそろえているのは、好都合だった。

それに、鎌之介は怪我《けが》の理由を、どころか、源吾が何をしているかも聞いてこない。ありがたかった。

（上田は勝ったんだな）

鎌之介のにやけ顔を見ながら、ぼんやりと思った。

（俺には関係ない）

疲れていた。

前後不覚になって倒れ込むように、眠った。

「目が覚めたか、源吾やん」

鎌之介は背を向けたまま、のんびりと尋ねてくる。

小汚い袖なし小袖に、すねざらしの半袴《はんばかま》から黒い膝が見えている。蓬髪の首がクルリと振り返る。長い髪と顔を覆いつくす髭で年嵩《としかさ》すらさだかではない。意外に若い、と聞いたこともある。

手元の鋭く光る刃《やいば》をシュリシュリと磨いている。

小屋の板壁の隙間《すきま》から入る光にギラリと輝くのは、鎌《かま》である。鎌之介がスイと持ち上げれば、鎌の柄に繋《つな》がれた鎖がジャリと音をたてた。

この男が愛してやまない凶器、鎖鎌《くさりがま》である。ゆえに「鎌之介」などという珍妙な名で呼ばれている。鎌の柄尻《えじり》に長鎖で大きな分銅が繋がれている。この分銅を投げて敵の得物《えもの》に巻き付け自由を奪い、手繰り寄せ、鎌で首を刈る。かつてはその技で、「首狩り鎌之介」と異名をとった凄腕《すごうで》の暗殺者。それが目の前の浮浪者、鎌之介である。

鎌之介はそんな昔のことを聞かれても、「どうでもいい」と首を振る。

今の鎖鎌は葦を刈り、川で魚を獲《と》り、山で猪《いのしし》を仕留めるためのもの。戦国の世に飽き、自由に寝て起きて暮らしたい、だから、この浮浪小屋にいる。そんな男である。

「で、源吾やん、おまえ、どうすんだ」

鎌之介は素朴に聞いてくる。

「怪我は大したことねえだろ」

源吾は答えない。

いや、己でもなにをするべきか、わからない。だから、答えようがない。

寝転がったまま、崩れ落ちそうな屋根裏を見ていた。

「鎌之介は、城にいかないのか」

「もう、いかねえ」

「褒美はいらないのか」

「いらねえ、褒美なんて皆でわけりゃいい。それにな」

鎌之介はケッと喉《のど》を鳴らした。

「いくさは上田の殿様の勝ちだ。勝ちいくさは面白くねえ」

と、蓬髪を掻《か》きむしる。

「勝つんなら、俺、いらねえだろう」

(そうだ)

鎌之介の頭から埃《ほこり》が飛び散るのを見て、源吾は寝返りをうつ。

そうだ、今の源吾とて、そうだ。

上田は勝った。そして、優勢にある。昌幸なら次の策をめぐらせているはずだ。

信幸《のぶゆき》はどうか。徳川に見張られているなら、当面動けないだろう。

だが、昌幸と信幸の呼吸はピタリとあっている。

昨日とて、信幸は、徳川の伏兵に気づき、源吾を物見にだした。そして十蔵と伊賀の賽が来たのは、昌幸の指示であろう。二人は、徳川の動きを読み切っていた。

(俺など、いらない)

いずれ、昌幸が徳川勢を打ち破る。信幸の寝返りどころはそこだ。こうとなれば、繫ぎ役などなくとも、よい所で信幸は寝返り、秀忠の首を上げるだろう。

己の居場所はこの上田にない。なら、己はなにをすればいいのか。わからない。

「いくさでの首取りなど、飽きた」

鎌之介は退屈そうに鼻毛を抜きはじめた。

そんな鎌之介の横顔を見て、少しうらやましく思う。

侍として信幸の小姓とされたことが、思いがけない足かせとなった。でなければ、自由に動けたのではないか。

なぜ自分なのか。その疑念の炎は心の片隅にくすぶり続ける。

（上田で戦いたかった）

上田の民の活気に満ちた笑顔が忘れられない。忍びの朋輩《ほうばい》たちも生き生きとしていた。

十歳に詫《わ》びれば戻れるのか。いや、あの剣幕である。許されないだろう。

「どうせ取るなら、家康の首が取りてえな」

「え？」

鎌之介が軽く放ったその言葉に、源吾はムクリと首を起こした。

「なんだよ、家康の首を取るなら、おもしれえってもんじゃねえか」

「家康の首」

思わず繰り返している。

聞き流していた鎌之介の言葉のそれだけが、克明に耳に残っていた。

（家康の首を取る、か）

心で反芻《はんすう》してみる。

秀忠どころではない。徳川を討つのなら、家康こそ、ではないか。

上田はなんの心配もいらない。というより、源吾が戦う余地がない。もう信幸の小姓としている意味もなく、戻ることもできない。

（戻らなくていい、か）

真田の侍だの、小姓だのと縛られていたが、もとより自分は一介の忍び。しかも親もない天涯孤独の身。今や、帰る場所もない。

失う物はない。なら、一人の男として、大魚を狙ってみればいいではないか。

徐々に源吾の瞳《ひとみ》が輝きだしている。

「家康の首を」

ついに体まで起こした。

「なんだ」

鎌之介はつまんだ鼻毛をフウッと吹き飛ばして、

「やんのか」

蓬髪をグイと後ろで束ねると、意外や、鋭い目つきでニヤと笑った。

東海道の家康

「なんだと？」

徳川家康はギョロリと両目を剝いたあと、顔を厳しくしかめた。

白髪交じりの眉毛《まゆげ》がぐいっと曲り、垂れた頰《ほお》が巌《いわお》のように強張る。

眼前に蛙《かえる》のように縮こまっているのは、服部長 吉正重《はっとりちょうきちまさしげ》。伊賀同心頭《いがどうしんがしら》、服部半蔵正就《はんぞうまさなり》の弟、先代半蔵正成《まさなり》の次男である。父の後をついで旗本を兼ねる兄に対して、伊賀忍びを率いる忍び頭である。

「昨日、九月六日、上田城にて……」

「負けた、というか！」

語りだした正重の言葉は、家康の剣幕にかき消される。

「いえ、上様、負けた、というわけではございませぬ。先手《さきて》が先走りまして……」

「ほざくな。己《おのれ》の解釈などいれず、見たままを語れ」

家康は底響く声でさえぎった。怒りで肩が震えている。

九月七日の深刻、寝ていたところを起こされた。

今、家康は遠州中泉《えんしゆうなかいずみ》にいる。

ここには天正年間に造営された徳川家の御殿がある。武田《たけだ》との争いの末、遠州を確保した家康が建てた想《おも》い出《で》深い御殿である。家康は幕府を開いた後も、江戸《えど》と上方《かみがた》を行き来する際、好んで泊まり、鷹狩《たかがり》をして過ごした。心安らぐ別荘ともいえる地である。

ここに来て、家康は上機嫌であった。

家康は九月一日、江戸を出て東海道《とうかいどう》を進軍している。

道中、西からの使いが続々飛び込んでくる。そのほとんどは、西軍の将が内応を約する密使である。

毛利家の宰相吉川広家《さいしようきつかわひろいえ》はもはや完全に東軍である。当主の輝元《てるもと》を大坂《おおさか》城にくぎ付けにし、己は軍勢を握っていくさでの不戦を申し出ている。なにより石田、大谷《おおたに》と並ぶ西軍主将の安国寺恵瓊《あんこくじえけい》を抑え込んでいるのが頼もしい。安国寺は毛利家の外交僧でありながら、主君の輝元を西軍総大将へ伸《の》し上げた敵軍の首魁《しゅかい》であった。

小早川金吾中納言秀秋《こばやかわきんごちゅうなごんひであき》も、もうこちらの味方である。秀秋は当初、西軍に属し伏見《ふしみ》城を落としたものの、その後、動きを分かち、沈黙を保っていた。不可解な動きだったが、ついに家康へ内応の使いを飛ばしてきた。近江《おうみ》から美濃へ進んで西軍の動きを封じる、とのことだった。

東軍諸将は美濃赤坂《みのあかさか》で家康を待っている。そこに家康が合流して、小早川が街道を押さえれば、近江までの道は開ける。

近江では大津《おおつ》の京極高次《きょうごくたかつぐ》も西軍に反旗を翻している。大津と言えば、京の都は目の前の要衝である。

西軍の防衛線は大きく崩れつつある。

家康は、寝返り、内応を申し出る使者の対応に追われた。至って楽しい仕事だった。

(勝ちは見えた)

今、西軍は大坂城と都を押さえている。「玉《ぎょく》」である秀頼を手中にして軍勢を繰り出しているつもりだろうが、家康が美濃に至れば、すべてがひっくり返る。

勝利を確信し、お気に入りの御殿で、気分良く寝入った。

そこを、起こされた。なにかと思えば、服部正重である。それなら仕方がない。上田からの報《しら》せは昼夜問わず通せ、と言いつけてある。

家康は、秀忠軍の陰に、正重ら手練《てだ》れの伊賀者数名をつけていた。さらには「表に出ず見よ。代わる代わる走り、逐一、わしに知らせよ」と厳命していた。

これは極秘のことである。本多正信にすら言っていない。あれだけ言い聞かせ、息子に率いさせた徳川譜代の大軍。そして、正信という盟友をつけておきながら、家康は彼らを信じていなかったのである。

智謀の策士とはいえ、正信は武人ではない。まして、秀忠は初陣《ういじん》。いくさとなれば、予測不能なことがあるだろう。だから、秘密裏に目付け役をつけた、というわけだ。

さらに念には念を入れて、家康はこの役を服部正重に担わせた。

家康は兄の正就よりもこの弟を買っている。長男正就はなにかと粗忽《そこつ》である。対して正重は、父譲りの忍びの才と機略を兼ね添えている。だから、この大役に据えた。

その正重みずからが来た、というだけで、家康の胸は怪しく騒いでいた。正重は、上田から中泉まで常人が夜通し歩いて二日以上かかる道のりを、わずか一日で駆けてきたという。まったくいい話とは思えなかった。

寝間着の白小袖《しろこそで》のまま、正重を寝所に呼び寄せ聞けば、やはり、上田攻め失敗、とのことである。

「あれほど言うたのに」

家康は絶句する。

歯ぎしりしてさらに語らせれば、いくさの全容がわかった。

その様、まるで天正の合戦と同じである。

「四万近い大軍だぞ」

家康は呆《あき》れ混じりの叫びを上げた。

（いったい、小平太《こへいた》は、佐渡は、なにをやっていた）

眼前の正重をにらみつけて考える。正重は肩を窄《すぼ》めるばかりである。

怒りを嚙《か》み潰《つぶ》すうちに、家康の頭がめぐり始めた。

昨日までの報せでは、神川《かんがわ》の堰《せ》き止めを事前に見破り、堤を崩した。砥石《といし》を先に奪い伏兵を封じた。

真田信幸には厳重に見張りをつけ、動けば討つべく兵を配した。

（わしの言う通り、やっている）

だが、負けた。上田城に寄せた先手衆は見事に打ち払われた。

不思議である。いったい何が起きたのか。まったくわからない。

「先手の牧野勢、酒井《さかい》勢、大久保勢には討ち死に、手負いが出ておりますが、中納言様の御旗本は無傷でございます」

正重は面《おもて》を伏せてモゴモゴと述べ立てる。まだ二十一の若者である。正重に悪気があるはずがない。

家康はその頭頂で揺れる髷《まげ》を見るとはなく見ている。

考えている。いや、そうなのだろう。大きな痛手ではないのかもしれない。出だしでつまずいただけである。

それに、家康は秀忠勢を必要としていない。秀忠の軍勢なくとも美濃でのいくさは勝つ。いかに石田、大谷が奮戦しようと西軍は中身が腐っている。鎧袖一触《がいしゅういっしょく》で屠《ほふ》るだけなのだ。

なら、秀忠にはどういうか。

じっくり腰を据えて、上田を落とせ、そう言ってやろうか。

（緒戦の負けなど、大勢に影響はない）

かもしれない。

（そうだろうか）

そうなのか。いや、敵はあの真田である。

家康は知らずと、右手の小指の先を噛んでいる。爪どころか、肉まで噛んでしまっている。

「長吉、面をあげよ」

ビクッと肩を震わせた長吉正重、恐る恐る面を上げる。

（似ている、が）

その顔に、亡き父、服部半蔵正成の顔が重なって見える。

鬼と呼ばれた二代目服部半蔵は忍びとしても、侍としても切れ者だった。

家康は、同い年の半蔵に何度も命を救われた。金ヶ崎《かなさき》の退《の》き陣、姉川《あねがわ》、三方ヶ原《みかたはら》、本能寺《ほんのうじ》の変の後の伊賀越え。特に苦境で頼りになる男だった。表から裏から家康を守り、命を張ってくれた。服部半蔵正成は、家康の幼馴染《おさななじみ》であり、古き戦友だった。

（その息子だが）

だが、若い。まだ少年の域を出たばかりだ。能力は抜群でも、戦局を見て己の経験を活《い》かし、報じることはできない。

家康は、長吉正重のつるりと張りのある顔を凝然と睨《にら》み続けている。

（鬼半蔵、ならば）

こやつの父、半蔵正成ならどういうだろうか。


――いえいえ、上様、この緒戦の敗戦、人には心というものがありまする。今、お味方はかの天正の合戦と同じ目にあい、あれ真田とは鬼神か、魔物か、こたびはこの大軍にてもかなわぬか、と内心恐れおののいております。腰が引けておるのです。こうとなっては、槍《やり》を握る手の平、太刀を振る指先にも力が入らず、いかな大軍とて、畑の案山子《かかし》と同じでございます。

して、真田はといえば、やはり勝った、真田安房のもとなら我らは無敵と、意気軒昂《けんこう》にありましょう。こう自信に満ち、力漲《みなぎ》るとき、人は己の倍の力が出せるもの。さらに、真田は忍びを使いまする。城内城外にさかんに触れ回りましょう。真田は無敵、徳川弱し、恐れるに足らず、と。まして、相手は城という強い武具を持ち、中納言様が陣を置く上田平の地理を知り尽くしております。ここは考えどころでは――

天上からか地の底からか、そんな嗄《しわが》れ声が聞こえたような気がした。

「中納言様は御旗を染屋原に立てられ、数日のうちに総攻めと意気盛んのご様子……」

目の前の正重の言上はまだ続いている。

「いや、長吉」

家康の声は思いがけず大きい。すっくと立ち上がっている。

「待て、待て、長吉。ちこう、ちこう、寄れ」

服部正重は瞠目《どうもく》し、見上げている。

徳川勢撤退

「あれ?」

九月九日の夜が明けつつある。四方が見渡せるようになると、上田城の城壁に立つ見張り番は瞠目して、身を乗り出した。

白く立ち込めているのは、霧ではない、煙である。

「燃えておるぞ!」

彼方《かなた》が、燃えている。一部ではない。城下町の外周を縁取《ふちど》る田畑がもうもうと黒煙を噴き上げ、全面に亘《わた》り盛大に燃えている。これで徳川勢がそのままいるなら、敵も甚大《じんだい》な被害を受けているだろう。

「どうした、どうした」

井楼《せいろう》という井楼から声が響けば、皆、城壁によじ登って東を見る。

おお、と、一様に驚愕《きょうがく》の目を見張り、口をあんぐりと開ける。

失火なのか、それにしては、火を消そうとする気配がない。火勢は増すばかりである。炎は風にあおられ、城下に向かって吹きつけている。みるみるうちに、郊外に点在する農家も小屋も、果ては城下町外周の家屋も飲み込まれるように燃え始める。

しばらくの間、上田の城兵、城内の民は城壁上に登り、もうもうとあがる白煙を、ただ、茫然《ぼうぜん》と見ていた。

火は一刻にもわたって燃え続けた。

やがて、火が静まってゆけば、城兵、民はさらに唖然《あぜん》とする。

染屋原の丘に林立していた徳川葵紋《あおいもん》の旗も、源氏《げんじ》の白旗も綺麗《きれい》になくなっている。陣屋も、張り巡らされた木柵《もくさく》もない。

今や敵勢で残るのは視界の隅へと移動した榊原勢、大久保勢のみ。だが、その旌旗《せいき》も東に向きを変え、しずしずと退却を始めていた。

やがて、殿軍《しんがり》のあげる砂埃が神川方面へと消えていった。

城兵、民はしばらくこの状況が呑《の》み込めず、立ち尽くしていた。

あたりはひたすら静粛だった。

黒く焼け焦げた野原が拡《ひろ》がり、ところどころから燃え残りの白煙が立ち昇っている。

時折、チ、チチと小鳥のさえずりが聞こえ、秋の陽光がきらめいていた。

「勝ったんか」

ボツリと誰かがこぼした。

次の瞬間、「やったぞ」「徳川を打ち払ったぞ」「我らの勝ちじゃ」

そこら中で起こった呟《つぶや》きは、すぐに大きな波となり城内に充満した。

ウオオーッ

地鳴りのような雄叫《おたけ》びが上田城の城壁を震わす。

兵も民も、男も女も皆、満面を輝かせて肩をたたき合う。

両手を上げて、小躍りする。

「勝った、勝ったぞ！」

鯨波《げいは》の声がうなりを上げる。城内に熱風が巻き起こるようである。

その熱気は城内にとどまらない。ギイッと大手門が開き、人波が城下へ雪崩《なだれ》でる。

一昨日、徳川勢が死の舞を踊った大手通りで、真田の将兵、民が、諸手《もろて》をあげてわっしょいわっしょいと踊り狂う。

ウワッと、ひときわ大きな歓声があがる。

皆、振り返る。真田安房守昌幸が馬上、姿を現した。

周りでは人の熱気が渦を巻く。

「殿様！」「お屋形《やかた》様！」「勝ちましたな！」「日の本一じゃ！」

皆が喜悦の面を上げる中、昌幸は頷きながら行く。

その後ろを左衛門佐信繁が続く。

信繁は馬上、遠い目で北の山並みを眺めている。

(勝った、か)

視線を戻し、昌幸の背を見つめる。

昌幸は手を上げて、民に応じている。

豆州《ずしゆう》よ、と呼び掛けたその声が耳によみがえる。

(勝った、のか)

信繁の瞳《ひとみ》に青白い炎が灯《とも》っている。


すでに、徳川秀忠の本軍は仙石領へと入っていた。

全軍、盛大に砂埃をあげ、小諸城を目指し、撤退中である。

総大将秀忠は中軍にある。馬上、背を丸め、前のめりとなり、馬の首近くに面を伏せている。まるで老人のようである。

(なんということか)

秀忠の後ろで馬を歩ませる本多正信の心は複雑にうねっている。

秋晴れの天が高い。左手に浅間山《あさまやま》が雄大に拡がっている。その山並みの慈母のごとき微笑が、肩を落とす秀忠を慰めているように感じられる。

いや、慰めて欲しいのは自分である。そこまで心乱れている正信である。

（間違っていたというのか）

いや、間違ってはいない。

正信は、牧野康成と大久保忠隣の旗奉行の処分を言い渡した。

致し方ないことである。これ以外どうしろというのか。緒戦の負けは隠しようがない。誰かに責を負わせ処分し終わらせねばならない。

それを言い渡すのも己の役目であろう。まさかに秀忠が言うわけにもいかない。なにせ初陣の貴公子である。いや、正信が言ってても相当なものだが、自分はもとから嫌われ者である。秀忠や軍を仕切る榊原康政が信を失っては、この後、城攻めどころではなくなる。

（仕方がない、が）

とはいえ、陣中の雰囲気は最悪だった。

（これが上様なら）

家康が総大将なら、誰も文句を言わず、旗奉行も無言で腹を切ったであろう。軍律は峻厳《しゅんげん》に固まり、諸将は気を引き締め、敵に向かうだろう。

だが、この場の総大将は秀忠である。残念ながら、家臣はそっぽを向いてしまった。

（将の器なのだ）

これぱかりは、どうしようもない。

ちなみに、牧野康成は大切な旗奉行を死なせることに不満をいだき、息子の忠成《ただなり》とともに贊掃部を「出奔」という形で逃がしてしまっている。

大久保忠隣は杉浦久勝を切腹せしめたものの、偏屈者ぞろいの大久保党の怒りはすさまじく、火消しに追われている。もっとも忠隣自身もこの仕置きに納得していないのだが。

（それはいい）

いいの、だが――

昨晩遅く、家康の密使、服部長吉正重が秀忠の陣屋へと忍んできた。

家康の厳命で、秀忠、榊原康政《さかきばらやすまさ》、正信の三名と会うように、と言われてきたという。

そして、開かれた家康からの書状。

「当方九月一日に江戸を出陣、東海道をゆく。秀忠は九日までに美濃表にいたるべし」

一読した秀忠はその内容が理解できず、茫然としていた。沈毅《ちんき》な榊原康政すら、しかめ面で首を大きくひねるばかりだった。

「正重、こ、これは、なんぞ」

秀忠の声が震えていた。

そもそも、日付けが謎《なぞ》である。書状が届いたのは、もはや九月八日も終わろうという深夜。九日に美濃に来いとは、天狗《てんぐ》でも無理である。

「上様のお言葉でございます――」

服部正重の口上が始まっている。

「この書状を持った使いは、去る九月一日に江戸を出た」

家康によほど固く言い含められたか、秀忠を前にしても厳然として、威圧的である。だが、その意味がわからない。

「使者は、途中、利根川《とねがわ》の増水に遭《あ》って足止めをくらい、着くのが遅れた」

は？　と秀忠は口を開けている。正信、康政は見開いた目玉が飛び出そうである。

「もはや、真田攻めの必要なし。疾《と》く上方へ向かえ、とのこと」

秀忠は虚脱して、あんぐりと口を開けたままである。

その前で正信は必死に頭をめぐらしていた。

どういうことか。家康の真意はどこにあるのか。謀《はかりごと》の友のはずの主君の心を読んでいる。

(気が変わったのだ)

そうとしか思えない。短気な家康ならありうることだ。

ならば、と、原点に立ち返る。

(最初から、そうではないか)

真田など後でつぶせばいい。元から、そうだったのだ。西の敵を駆逐し、豊臣家を抑えてから、じっくり攻めればよいのだ。いくら屈強とはいえ、真田は上田に拠《よ》ってこそである。友軍を根こそぎ撃破して、周りを兵で埋《うず》めてしまえば、どうにもなるまい。

今さら家康がそこに立ち戻った、ということは。

(緒戦の負けを知ったのか)

むろん、正信は一昨日の敗戦を報じる使いを出している。だが、その使者が往復するより早く服部正重は来た。

(ならば)

家康は最初から諜報と伝達の網を張り巡らしていた。

もし、緒戦に負けたら、秀忠、正信では、徳川勢をまとめきれない。その状態で上田にとどまり、それ以上、真田にかかわれば、とんでもない痛手を食らう。

なら、泥沼にはまる前に軍を退かせる。完全に手のひらを返したのだ。

(な、なんと素早きご采配)

心で唸《うな》りをあげ、驚嘆している。あれだけの執念で落とすといった上田城。だが、危ういと断ずるや、まるで未練なき退きっぷり。

(上様、そうです、そのとおりでございます)

上田も、真田も、秀忠も、徳川譜代も。

(私では、手に余りました、が)

正信は馬上で懺悔《ざんげ》し、詫《わ》びている。

しかし、徳川家康という男、どこまで、用心深いのか。

心で辟易《へきえき》し、悄然《しょうぜん》と肩を落としている。


九月九日、家康の急使を受けた徳川秀忠は上田平から撤退、一旦《いったん》小諸城へと戻った。

しかし、秀忠はすぐに美濃へ出立しなかった。

真田昌幸が健在な限り、相応の手当てが必要である。秀忠、正信、康政ら徳川首脳は、上田に備えるべく残す諸将の差配に追われた。

結局、参陣した信濃の諸大名は各々の城で、上田に備えることとなった。

元より自領で隣地の上田に備えていた森忠政は海津城を固め、石川は深志へ、日根野は諏訪へと戻ってゆく。

その中で、なぜか、小諸には譜代酒井家次《いえつぐ》を残し、城主の仙谷秀康は美濃表に引き連れている。本人が強く望んだのか、それとも秀康の動きに何かを感じたのか、その辺りは、さだかでない。

もろもろの仕置を終えた秀忠が、小諸をでたのは九月十一日である。

秀忠、正信は、真田勢の追い討ちに備えるとし、主道の東山道《とうさんどう》は榊原康政の手勢を囮《おとり》として進ませ、本軍は役《えん》の行者越《ぎようじや》えの難所を進んでいる。

急ぎの出立のわりには、なぜか、わざと、ゆっくりと進むような道程であった。


徳川勢撤退、美濃へ進軍の報せは、むろん、砥石の信幸のもとへも来ている。

信幸への下知《げち》は、「砥石城の守備と上田の抑え役」である。

信幸が砥石本城の一間に家臣を集め、それを言い渡せば、皆、眉根を寄せて面を伏せた。

上田城が落ちていない以上、上信《じようしん》の城主たちが備えで残されるのは至極当然ともいえる。それでも、簡単に納得できるものではない。

天下分け目のいくさに参じたのに、上方での決戦に向かえない。

家臣一同、悔しさと憤りに歯ぎしりするが、やがて一つのことに思い当たり、恐る恐る面を上げる。

(殿は)

家を分けて徳川についたなら、家康と共に西軍と戦う方が余念なく働けるというもの。

なのに、やらされるのは、後方で父の抑え役である。

(誰よりもつらいのは殿だ)

が、上座の信幸は端然と前を向いていた。その姿はいつもと変わらない。

「皆、変わらず、頼むぞ」

その落ち着いた声音に、皆一斉に気を引き締め、ハッと平伏する。

(お支えせねば)

矢沢も、出浦も、全《すべ》ての家老、近習《きんじゆ》小姓も。

皆、改めて、心底からの誠忠を誓うのである。

家康を殺す

九月十四日、源吾は美濃国西端の盆地、関《せき》ヶ原《はら》にいる。

ここ数日、忍び姿、樵《きこり》、商人、農夫、修験僧と姿を変え、大垣《おおがき》、赤坂《あかさか》、そして、この関ヶ原と忍び歩いている。

関ヶ原は濃尾《のうび》平野が西に果てる袋小路のような地である。東に向かって平地が開ける以外、北、西、南と山に囲まれている。

その西南の極みに松尾《まつお》山《やま》という小高い山がある。関ヶ原を貫いて近江へ出る東山道の西側の出口を見下ろす高台で、永禄、元亀の昔には、織田信長が近江浅井《あざい》に備え兵を詰めた、そんな要衝である。

そこに、大規模な砦《とりで》がある。古塁に西軍が手を入れ、山頂を切り出し、麓《ふもと》に空堀を穿《うが》ち、木柵を植えこみ、全山を要塞化した。むろん、東軍が近江へ入る口を塞《ふさ》ぐためである。

繁《しげ》みから繁みへと渡り、源吾は見ている。

(なんだ、これは)

兵が山麓《さんろく》で、木材を運び、杭《くい》を打ち、砦をさらに堅固にしている。

作事をしているのは、筑前《ちくぜん》勢。大将は小早川金吾中納言秀秋である。

本日、秀秋は近江高宮《たかみや》から大軍を引き連れ、松尾山麓に押し寄せた。石田三成の命でここを守っていた大垣城主伊藤盛正《いとうもりまさ》が逃げるように退去するや、一万五千の大軍は一斉に山に取りつき、盛大な軍備を始めた。

兵は汗をかき、声を掛け合い、淀《よど》みなく動いている。松尾山はみるみるうちに要害堅固な陣城へと変貌《へんぼう》してゆく。

源吾は、軍兵《ぐんぴょう》が蠢《うごめ》く松尾山を見上げ、下唇を嚙み、考えている。

（間違いない）

内応の仕度というより、堂々とした寝返りである。

なぜなら西軍の主将石田三成は大垣城にいる。三成と共にいるのは、小西行長《こにしゆきなが》、宇喜多秀家《うきたひでいえ》、島津義弘《よしひろ》ら、西軍主力といっていい三万余。大垣城は、今、赤坂の福島《ふくしま》、黒田《くろだ》らの東軍四万余りと対峙《たいじ》している。

三成らは、兵を渇望しているはずだ。小早川が西方として働くなら大垣に合流するはず。それをしないというのなら。

（赤坂の東軍と呼応して、石田らの逃げ道を塞ぐのだ）

源吾は頭を右手にめぐらした。

東山道を挟んで松尾山を見上げる一帯は山中村《やまなかむら》という。その丘陵に色とりどりの旗幟《きし》が翻っている。そこに、大谷刑部《ぎょうぶの》少輔《しょうよ》吉継《しつぐ》を主将とする五千ほどの部隊が陣を敷いている。

小早川勢の不穏な動きに堪忍袋の緒が切れたのだろう。今にも攻めるとばかりに、松尾山の方へ旗を立てている。

確かにこれで、小早川は動けない。だが、五千程度の兵では一万を超える大軍が拠る松尾山に攻めかかることはできない。

（で）

源吾は振り返る。

東に濃尾平野が開けている。その先に大垣城があるはずだ。

大垣の三成らも、赤坂の東軍とにらみ合って動けない。すなわち、今、松尾山の小早川と大谷。赤坂の東軍と大垣城。東西の対立は表向き、拮抗《きっこう》している。

（家康が来たら）

そこに家康が大軍を率いて来れば、どうなる。

源吾、苦虫をかみつぶすような顔で、踵《きびす》を返している。


松尾山を探り終わったころ、すでに日が落ち始めている。

源吾は、南宮山《なんぐうさん》へと向かう。

南宮山は、関ヶ原東南の入り口にそびえる、標高四一九メートルの巨大な山塊である。

南宮山には毛利の大軍が陣取っているが、兵がいるのは山頂付近の高台と、東山道に面した北斜面であり、南は静かである。

麓を流れる藤古川《ふじこがわ》を渡り、山中へと足を踏み入れる。森閑とする樹林の間に忘れられたように、一軒の廃《すた》れた樵小屋がある。そこが、源吾の隠《かく》れ処《が》である。

林間はすでに薄暗い。小屋の戸の前にたち、ピョウと口笛を吹き、戸を開ける。

中に入れば、埃まみれの板の間に総髪を束ねた男が一人、胡坐をかいている。

「どうだった、小早川は」

鎌之介が振り返って尋ねてくる。

ああ、と頷いて、源吾は板の間にあがってゆく。

「完全に家康に寝返ってるな」

そう首を振って、鎌之介の前に腰を下ろした。

「そうか」

いいながら、鎌之介は笑う。髭を剃《そ》り落とし、切れ長の目を細め、刃のように鋭い顔を尖らせている。浮浪のときとは見違えるほどの男ぶりである。この男は楽しそうだ。

「これは、どうみても家康の勝ちだな」

ニヤリと笑って、手元の鎌《かま》の刃を撫でている。


上田をでた源吾と鎌之介は南に向かい、木曽路《きそじ》を駆け抜けた。

東海道を行軍する家康を探した。家康が率いるのは三万を超える大軍である。見つけるのに苦労はなかった。

家康は、九月九日三河岡崎《おかざき》へ進み、十一日には尾張清須《おわりきよす》へと入った。

行軍中の家康のもとへは、西からの使いがしきりに飛び込んでくる。

その全ての内容を知ることはできないが、大半は西軍諸将の寝返り、内応の使いである。家康及び徳川本陣はそれを隠そうとしない。むしろ堂々と世に知らしめるように、使者に謁見している。その方が西軍を分裂させるのに良いと踏んでいるのだろう。

源吾はあっけにとられた。

(石田、大谷だけじゃないか)

いざ決戦で戦うのは。そんな風にすら思えてくる。

驚愕とともに前線を探るべく、美濃へと急行した。

岐阜《ぎふ》落城後、西軍主力は大垣に押し込められ、動けなくなっている。

その周辺で諜報を集めても、西軍はぼろぼろだった。

上方、西国、美濃、伊勢《いせ》、北陸と、兵が散らばって勝手に動き、まるで統率されていない。家康一人を総大将と仰ぐ東軍との差は歴然だった。

そして、本日見た、小早川勢の動き。

（これでは）

家康が関ヶ原へ兵を進めれば、一捻《ひとひね》りで石田らを屠るであろう。

いかに昌幸が勝っても、中央で豊臣勢が敗れては意味がない。

信繁は劣勢の西軍だからこそ肩入れすると言った。家康が強大だからこそ、打ち破るのだ、と。だが、友軍が壊滅してしまっては、いかな昌幸でも動きようがない。

この有り様を上田は知っているのだろうか。知らぬなら、一刻も早く伝えるべきなのか。

（いや）

今から伝えて、どうなる。なんにしても、天変地異でも起こらぬかぎり、西軍は負けるだろう。

（家康を殺すしかない）

その天災を起こす。源吾はそう念じ、それをなすべく日々動いている。

「面白くなってきたねえ」

鎌之介は舌なめずりしている。逆境に痺《しび》れるほどの魅力を感じる男だ。

「そっちはどうだった」

「家康が赤坂にはいったよ」

鎌之介は重大なことを軽々と言い放った。

「ついに来たか」

「間違いないな。石田の家老が慌てて奇襲をかけたが、陣に揺るぎはないよ。むしろ、明日にも決戦って、盛り上がってるさ」

源吾はゴクリと唾《つば》を呑み込んだ。

ついに役者がそろった。鎌之介はニヤリと口角をあげる。

「いよいよ、かね」

源吾と鎌之介の思考は一致している。

家康を殺す。ここまでその最良のときを計ってきた。

家康周囲の警固は堅い。城中、陣内にあり、身辺が揺らがぬときは手を出せない。

家康が太陽の下に身をさらす、さらには警固に隙《すき》が生じる、そのとき、とは――

（いくさのときだ）

さらには、開戦直前がもっとも良い。東西が総力を挙げて向き合い、まさに戦端が開かれるとき、その時こそ家康を狙う好機だ。

家康を一息に刺す。首が取れれば、最上である。殺せないまでも、手傷を負わせ、家康の陣を掻《か》き乱し、将兵を動揺させ、東軍を浮足立たせる。その状態で合戦に突入するなら、西軍の士気は上がり、劣勢を覆すことが出来る。西軍は勝つだろう。一戦、勝てばその後の趨勢《すうせい》は大きく変わる。

源吾、鎌之介、ともに感じている。ときは来ている。

ムッ、と二人、黒目を動かし、小さく頷く。

鎌之介は鎖鎌を握り直し、源吾は炉の火を吹き消し、土間に飛び降りる。同時に、忍び刀を抜き、クナイをかざしている。

ガサリと外で音がして、源吾は顔をゆがめる。敵が音をたてるはずがない。いや、罠《わな》かもしれない。

ズウッと戸板が滑れば、戸口に黒い影が立っている。

「おまえか」

夜目のきく源吾にはくっきりと顔が見ている。伊賀の賽《さい》が音もなく土間に入ってくる。

「なにしに、こんなところへ」

「おい、小僧」

賽はその問いには応じず、板の間にあがり胡坐をかいた。

鎌之介が火を熾《お》こし直せば、ほの灯りの中に三匹の異端の者が浮かんだ。

賽はつぶやくように口を開く。

「俺もここ何日か大垣と赤坂、そしてこの関ヶ原と探ってみた」

(そうなのか)

気分が悪い。それならこの男、上田から源吾を追ってきたのか。もとからだが、ますます気にくわない輩である。

「この有り様では、大坂方は一押ししたら崩れ去る」

賽は淡々と言い切る。

ああ、と源吾は頷く。源吾の見立てもそうだ。否定のしようがない。

「もはや、上田の指図《さしず》を仰ぐのも間に合わない」

これも、わかりきっていることだ。源吾は苛《いら》立《だ》ち、口を開く。

「なにがいいたい」

「家康を殺すしかない」

源吾は押し黙った。鎌之介は、傍らでフッと鼻を鳴らしている。

「お前ら、やるつもりだろう」

源吾は黙ったままである。うかつにしゃべりたくない。この伊賀者の心を読んでいる。すると、

「俺もやる」

賽の方から身を乗り出した。

「俺も考えてみた。このなりゆきをくつがえす。それには家康を襲い、首を取る、それしかない」

源吾は険しく面をゆがめている。

「俺らと共にやる、というのか」

「いや、お前は上田に帰れ」

「なんだと」

源吾は目を剝いた。この男、いきなり現れて意味がわからない。

「その足」

賽は指さしてくる。源吾は己の右足の太腿を一瞥《いちべつ》する。忍び袴のその下は白布で固くまかれている。

「大した傷じゃない」

「跳ぶ、駆けるだけじゃない。敵陣を襲うのだ、そんなザマでどうする」

「できる、やる」

「死ぬぞ」

源吾の切り返しにも、賽は素っ気なく応じる。

死ぬか。いや、刺し違えても、と思っている。あの家康を狙うのだ、命を張らねばなせないだろう。

兵だけではない。家康配下の伊賀者、忍びの間で恐れられている服部党が周りを固めている。足の

傷が負担となるか。いや、そんなこと、どうでもいい。

「おまえこそ、なぜ、家康を狙う」

源吾が問えば、賽はこの男特有の怜悧《れいり》な笑みを浮かべた。

「どうも、上田に行ってから俺はおかしい。この俺が人と共になにかするなぞ、ありえない。自分でも妙な気分だ。奇妙ついでに、やってみたくなった」

賽は面をそらして、鼻の頭を掻いた。

「俺はただのはぐれ忍び、失うものはない。お前は主《あるじ》が待っている。上田に戻れ」

「勝手な戯言《ざれごと》を、ベラベラと」

源吾は唸《うな》るようにつぶやいた。頭に上った血を必死に抑えている。

（誰も俺など待っていない）

もう上田に戻る場所などない。なすのは、家康を殺すことだけだ。なにより、こんな奴と考えが一緒なことにも腹が立つ。

「いいんじゃないかねえ」

鎌之介が横から口を挟んでくる。源吾の苛つきとはまるで無縁の軽妙な口調だった。

「あんた、できそうだな、手負いの源吾やんより、頼れそうだ」

この男には情がない。ただ目的を達することで快感を得ようとしている。そのために得な方を選ぶだけである。

一気に、分が悪くなった。源吾は大きく顔をゆがめている。

「小僧、どうするね」

賽の皮肉めいた顔に苛立ちが増す。

ひけない。自分は、なにもできていない。上田のいくさでも空回りするばかりだった。

だが、ここで諍《いさか》いを起こしている暇はない。家康を討たねばならない。そのために、なすことを考えねばならない。

「伊賀の賽」

源吾は声音を抑えて呼びかける。

「仕方ない。では、いれてやる」

賽は顎を撫でながら、は？　と口を半開きにする。

「聞いてるのか、おまえは、足手まとい……」

「いいや！」

源吾はつよくかぶりを振った。

「二人より、三人の方がいい。もとから俺らがやろうとしたことだ。いいぞ、伊賀者、お前が頭を下げるならいれてやるさ。おまえの技も使ってやる。いいだろう、鎌之介」

源吾はそう言って、

「これで、どうだ」

大きく鼻から息を吐いて、身を乗りだす。

「しょうがない、小僧だな」

賽は肩をすくめ、

「頭なんて下げてないが、ね」

ケッと、乾いた笑いを放っている。

関ヶ原へ

徳川家康、大軍と共に赤坂へ着陣。

これを受けた九月十四日夕刻、大垣城西軍の軍議は紛糾した。

間諜《かんちょう》、物見の報告によれば、今や、東軍は七万を超えている。

待ちに待った総大将の合流、徳川勢三万余を加えた福島、黒田、細川《ほそかわ》ら東軍の士気は天を衝《つ》くほどに上がっているという。

そして、関ヶ原盆地の入り口南宮山に陣取る毛利、吉川を主力とする約三万の大軍、関ヶ原西南松尾山に陣取る小早川秀秋の一万五千。これらは西軍のはずだが、いずれも、石田、大谷ら西軍首脳の督促に応じず、大垣に合流しようとしない。

大垣と、赤坂と、関ヶ原。今やその中心で、もっとも大軍を擁するのは、家康である。これが西へと動き、その動きに小早川、毛利が応じるなら。

西軍の将、石田三成、小西行長《こにしゆきなが》、島津義弘、宇喜多秀家らは、険しい顔で己の意をぶつけあった。

妙案はない。大垣に籠城するか、夜襲をかけるか。そんな小手先の意見ばかりが噴出した。誰かが言えば、誰かが打ち消す。不毛なやりとりが延々と続いた。

ただ、松尾山の小早川の叛意《はんい》は明らか。全ての将が共有したのは、この一点だけだった。

いい加減、議も行き詰まった頃である。

「東軍は、赤坂から東山道を西へ進軍する模様」

間諜が持ち帰った報せは、場を震撼《しんかん》させた。

今、関ヶ原の西軍は、山中村にて松尾山に備える大谷吉継の小勢のみ。赤坂の東軍が関ヶ原へと進み、小早川がこれに呼応すれば、大谷勢は大軍に呑まれて、壊滅する。

そして、近江への道は塞がれてしまう。そうとなれば、南宮山で日和見《ひよりみ》する毛利勢は一斉に家康につくだろう。上方と分断された大垣城は、この美濃の地で孤立する。

「先に小早川を討つしかない」

誰ともなく言いだしたその言葉は、やがて大きな波となり拡がった。

大谷勢と先に合流し、小早川を松尾山から駆逐する。東山道を塞げば、東軍の近江侵入を防ぐことが出来る。

それは、策とはいえない。もはや、西軍は東軍の動きに手当てすることでしか、方針を決定できなかった。

「そうするしかない」

西軍諸将は厳しい顔で立ち上がった。


そぼ降る雨の中、西軍は大垣城を出た。

赤坂に近い表街道の東山道を避け、南宮山を南へと迂回し、牧田《まきだ》川《がわ》に沿った牧田道を進んだ西軍が関ヶ原へと着いたのは夜半である。

だが、今や西軍が隠密《おんみつ》行動などできるはずがない。その動きは、忍び、間諜の報せで家康に筒抜けであった。

家康は全軍に出陣を下知。東軍は西軍を追うように、東山道を堂々西へと進んだ。

夜明け前、両軍は関ヶ原へと布陣した。

時に、慶長《けいちょう》五年九月十五日。

東西の決戦が始まろうとしていた。


霧が、関ヶ原をずっぽりと覆いつくしている。

雨はどうやらやんだようである。それもさだかでないほど、大気は重々しく湿っている。

関ヶ原を囲む山々から湧《わ》き出た濃厚な霧は麓の丘陵や平野へと流れ出《い》で、今、そこにたむろする十万を超える将兵の視界を閉ざしている。

徳川家康の本陣は、関ヶ原盆地の東南、南宮山の西裾野《すその》の桃配山《ももくばりやま》へと置かれている。

家康は、葵紋の幔幕が張り巡らされた本陣の床几《しょうぎ》の上である。

何も見えない。濃密な霧が家康の周りにまつわりついている。

霧がでるのは、悪いことではない。

これにて、西軍は松尾山へ仕掛けることもできず、その間に東軍の布陣は済んだ。

桃配山の前に開ける関ヶ原盆地には、今、福島正則《まさのり》、黒田長政《ながまさ》、細川忠興《ただおき》、加藤嘉明《かとうよしあき》、藤堂高虎《とうどうたかとら》、田中吉政《たなかよしまさ》、寺沢広高《てらざわひろたか》、京極高知《たかとも》といった大小の軍勢がところせましと連なっている。

西軍は東山道を挟んで松尾山と対峙する山中村の大谷吉継を最右翼とすれば、二番手天満山《てんまやま》南麓に宇喜多秀家、三番手で北麓に小西行長、その北隣の小関村《こぜきむら》付近に島津義弘、もっとも北の最左翼笹尾山《ささおやま》に石田三成。これらが、関ヶ原西側の高台を占めるように布陣した。

伊賀服部党、服部長吉正重はこの日、家康本陣の護衛である。

(たやすいことだ)

本陣の警固とはいえ、徳川本軍は三万超えの大軍である。家康は分厚い人垣の中にいるのだ。それに西軍の将はよほど忍び使いに疎《うと》いのか、江戸を出てこの方、家康の近くに潜んでくる忍びなどなかった。それゆえ、美濃まで来る道程で、服部党の忍びは特にやることはなかった。

(ま、そんな余裕ない、か)

西軍はまるで雑軍だった。味方の統制ができない者が敵をさぐる暇もないだろう。そもそも豊臣秀頼など幼童であり、担いでいる豊臣奉行どもは算盤《そろばん》勘定ばかりのいくさ下手、あげく、総大将の毛利輝元すら家康に内応している始末だった。

当初の正重の役目は、上田を攻める秀忠勢の陰の目付けである。

こればかりは家康の目の色が違った。手練れの下忍と共に密《ひそ》かに随行し、その動向を探った。

ついには、正重自ら、使いに走った。あろうことか、秀忠が緒戦で敗けたのだ。

これは一刻も早く家康に報せねばならない。死に物狂いで駆けた。あれほど全力で木曽の山中を疾駆するのは、最初で最後だろう。なんと二日で上田と遠州中泉を往復した。常人はむろん並みの忍びでも到底できぬことであろう。

上田攻めの失敗を聞いた家康は「即刻、秀忠を美濃へ進ませよ」と言い出した。

いや、もう決戦には間に合わない。怪訝《けげん》そうに首をひねれば、家康は「いい」と首を振った。

そして、美濃での決戦に参ずるよう書いた手紙を持たされた。しかも、言い渡された口上は、例の「書状の使いは、江戸を九月一日に出た、途中で利根川の増水に出遭《であ》い、着くのが遅れた」だった。

「いいか、余計なことは言わず、このとおりに言え。一言一句、違《たが》えるな。ゆけ」

目を白黒させながら、ともかくも木曽の山中を駆けた。

道々思うに、こういうことだろう。

上田の敗戦は、初陣の秀忠が逸《はや》って真田を攻めたせい、秀忠の軍勢は当初から美濃へ直行するはずだった。若者の勇み足を真田にすくわれただけである。

手痛い敗戦をうやむやにしてしまう、そんな魂胆なのだろう。

（いやはや、周到なお方だ）

元からそんなことを予期して正重たちを配したのか。主君の老獪《ろうかい》さ、用心深さに感嘆した。

だが、そんな役も、もう終わった。

正重は、秀忠勢が小諸を出ると、先を走った。家康のもとへ戻ってくるや、このいくさである。秀忠はいまごろ木曽路を進軍しているだろう。

（楽な役どころ、だが）

この本陣の警固役、まるで面白くない。

もし、父半蔵正成が存命なら、今の正重と同じ年の頃なら。

甲冑に身を固めて、家康の傍らにあるだろう。二代目服部半蔵である父は「鬼半蔵」と恐れられた勇猛果敢な家康の旗本でもあった。

（つまらぬな）

確かに父は偉大だった。弱小時代の家康を守り、支え、槍働きまでした。父は有能な武人であり、手練れの忍び、そして、服部党をゆるぎなく束ねる名頭領だった。

家康もよほど父が懐かしいのか、顔を合わせれば、よく言われる。「おのれの父はな」と。

その父は四年前に死んだ。兄が家を継いだが、正重はその下で間諜、索敵など忍び働きばかり仕切らされている。いくさがないとはいえ、これでは武功の立てようもなかった。

そして、今日の決戦。

兄正就は野州に留《とど》まり、会津《あいづ》上杉《うえすぎ》に備える居残り組である。兄と離れ、家康の下で合戦となれば、父伝来の甲冑を纏《まと》い、名槍を握れるか、と思っていた。

前夜、家康は正重を呼び出し、「いいか、おのれの父はな」といつものように始め、「見事な槍士であった」と盃《さかずき》を渡してきた。

ついに来たかと胸を躍らせたが、次の言葉は、

「だが、おのれはまだ若い。槍働きは無用」

かしこまりつつ、失望した。

結局、今日も忍び装束に肩衣《かたぎぬ》を羽織っただけ。忍びを放って陰からの警固役である。

面白いはずがない。これなら下忍頭に任せてもいいではないか。

(俺とて)

自分も機会さえあれば、やれる。やれば、できる。父の頃は時勢も良かったのだ。家康の勢力は拡張の一途であり、憩う暇もないほど合戦があった。

そんなことを想《おも》いつつ下顎を撫でながら、正重は本陣周囲の林間を哨戒《しょうかい》している。

時折、下忍が霧の中から浮かび上がるように出て、眼前で跪《ひざまず》く。

「雲次《くもじ》、なにかあるか」

なにもないだろうと思いつつ、聞いてみる。

雲次は父の代から服部家に仕える手練れの伊賀者である。

「いえ」

熟練の忍びは眠っているかのように細い目をさらに細めている。

ないわな、と、正重、鼻を鳴らそうとした。

「ただ――」

む、と眉根を寄せる。

「この霧、尋常にあらず」

「なんだ、それは」

霧が深いのはこの季節珍しいことではない。まして昨夜の雨、この地形。

「前方の関ヶ原の霧は晴れつつあります」

いや、平地の方が霧晴れは早い。これも、おかしくはない。

「なにか、この本陣の周りだけ、霧がまとわりついているような」

むっと、正重、目を剝く。

「伊賀者には霧の術を使う者がありますれば」

霧の使い手。小山の陣で一人出奔した奴がいる。

正重、途端に濡れた地を蹴って跳んでいる。

霧の桃配山

霧は一向に晴れない。時すでに、辰《たつ》の下刻（九時）を過ぎている。

視界のきかぬ中、彼方から突然、ダアーンと鉄砲音が響いた。

すわ、と、徳川本陣は一斉に色めき立つ。

今、前方では、東西両軍がほんの数町を隔てて対峙《たいじ》している。その中で、この銃声。

ついに開戦か。火ぶたを切ったのは誰か。

この音、娘婿《むすめむこ》であり初陣の家康四男松平忠吉《まつだいらただよし》に一番槍を付けさせようと共に最前線に出た井伊直政《いいなおまさ》の鉄砲隊が放った、関ヶ原合戦初弾の鉄砲音である。

しかし、ここ本陣からは何も見えない。陣前の物頭何人かが立ち上がり前をうかがうが、依然として桃配山には分厚い霧が垂れこめている。見えるはずがない。

「はじまったのか」

徳川本軍の将兵からザワワッと呟きの波が沸き起こる。

家康に特に動揺はない。どっかりと、床几の上で前を見つめている。

そのとき突然、けたたましい嘶きが聞こえて、本陣前が騒然とする。

「暴れ馬じゃ」

整然と並んでいた旗本の旗幟が、うわっと乱れる。

躍り出た逞《たくま》しい栗毛《くりげ》の馬が、霧の中、暴れまわる。

馬は猛《たけ》り、前足をあがき、後ろ足を蹴り上げ、軍勢の中をめぐる。武者が数名歩み寄り、馬の轡《くつわ》をとろうとするが、凄《すさ》まじい勢いで近づけない。

家康はおもむろに床几から立ち上がり、つかつかと前方に歩いた。

陣前に植え込まれた木柵の手前まで歩く。

騒ぎは波紋のように広がる。柵内の家康にもそれは見えている。

「ええい、しずめんか！」

家康は苛立ちそのままに腰の佩刀《はいとう》を抜いた。振り払った刃は、小姓が背に差していた幟旗《のぼりばた》をばっさりと斬った。ああっと、小姓は慄《おのの》き、身をかがめる。

前の騒ぎはやまない。そのうち、暴れ馬の傍らから一つの影が飛び出した。

馬の腹の下に潜んでいたのか。灰色の忍び装束は、ススと音もなく駆け、騒動の本陣へと入ってくる。

徒士武者の間を縫うように進んでゆく。馬に気を取られ、周囲は反応していない。

「くせ者だ！」

横の樹林から怪鳥《けちょう》のごとく飛びこんできた服部正重が叫ぶ。

ちょうど家康の陣前で旗本を束ねていた鹿角脇立兜《しかづのわきだてかぶと》の巨漢が真っ先に気づいた。

本多平八郎忠勝《へいはちろうただかつ》、家康一の猛将は、自慢の長槍をむんずと鷲摑《わしづか》み、ブオンと振った。

忍びはその長い柄を軽々と飛び越えて、よける。

忠勝が振り終えた槍を持ち直したそのとき、ガチッと音がして、何かが槍に絡みつく。

「こっちだ、槍の化け物」

くせ者は一人ではない。忍びの背後からもう一人、黒衣に猿楽の翁面《おきなめん》をつけた男が滑り出ていた。

こちらは奇妙な大鎌を構えている。その柄の尻から鎖が繋がり、忠勝の長槍の穂先に絡まっている。

忠勝、くわっと目を剝いて槍をひこうとするが、敵は鎖を手繰り、槍の自由を奪う。

「おのれ！」

忠勝は歯噛みして振り返る。その先で、もう一人のくせ者は地を駆けている。

周囲の旗本が、オウ、オオウと槍を突き出し、行く手をさえぎろうとするのを、右に跳び、左に駆け、クナイを放ち、忍び刀をふる。柵内の家康に向けて、着実に進んでいく。

「本陣に入れるな！」

服部正重もまた、手裏剣を投げつけ、跳ぶ。

横手から伊賀忍びが数名跳び込んでくる。一斉に手裏剣を放つと、くせ者は大きく跳躍した。正重はそれに目掛け、跳ぶ。

空中で刃が一閃《いっせん》し、ガキンと音を立てた。

くせ者は、空で向きを変え、地に着くや、横跳びに跳んでいる。

本陣の最深の柵内では小姓、近習が連なり、人垣となっていた。

盾となり、家康を守っている。家康本人はその後ろに立ち、瞬く間に拡がった騒動に眉をひそめている。顔をしかめ、チッと舌打ちをする。

だが、さすがのくせ者も、ここまではこられない。

忍びが家康を殺すなど、どだい無理である。合戦前だからと気を抜くはずがない。どれほどの武装した兵が家康の前に連なり、忍びが周囲を固めているというのか。

陣中を縫うように進んできた忍びは、今や服部正重率いる伊賀者に阻まれ、陣脇へと追い込まれている。鎖鎌を操るくせ者は、忠勝が槍ごと手繰り寄せ、周囲を槍兵が取り巻いている。

家康はフッと余裕の笑みをもらして、床几に腰かけた。

だが――

「家康、覚悟」

小声とともに、背後から首横に刃をつきつけられ、固まった。

陣内の小姓たちは、皆、前を向いている。前方の騒動に気を取られ、振り向く者はいない。

騒ぎのうちに後ろから忍び込まれたのか。

「くせも……」

言いきらぬうちに、喉へ鋭い切っ先が食い込んでくる。

ごがああ
あっという間に深々と串刺《くしざ》しに貫かれ、言葉にならない。

そのまま一気に引き抜かれる。

噴流のように噴き出すのは、己の血である。

視界はすでに真っ黒に閉ざされている。


服部正重は忍びを追っている。

霧が邪魔をしている。時に樹林の間に見失いそうになる影を探し、追いかける。

妙である。まるで逃げる忍びを追うように霧が動いている。いや、くせ者が霧の濃い所へと逃げているのか。

(術だ)

間違いない。もう本物の霧は晴れているはずだ。

霧をまとい、霧にまぎれる術を操る男といえば。

(賽か)

正重、駆けながら苦々しく顔をゆがめている。

(だから、言ったのに)

小山の陣で出奔した伊賀の賽の技は、服部党の中でも頭抜《ずぬ》けていた。

そんな賽を兄は重んじることもなく、他の下忍と同じように使っていた。

あれはもう一介の忍びではない。傍らに置いていくさの仕掛けをさせた方がいい、正重が何度言っても、兄は聞き流していた。

宝の持ち腐れ、である。賽の方から兄に愛想をつかしたのだろう。そうとしか思えない。

(俺が頭領ならば)

けっして、手放しはしない。そして、逃げたなら生かしておけない。この乱がなければ、草の根を分けても追いかけ、殺す。殺しておかねば、どんな敵となるかわからない。事実、今日、こんな形で現れてしまった。

歯噛みして追っているが、一向に捕捉《ほそく》できない。

「追い込め、追い込め!」

伊賀者が複数で追っている。気づけば、随分と本陣から離れてしまった。ここらあたりはもう関ヶ原の北、菩提山《ぼだいやま》の麓である。東山道をまたいで逆の尾根にまで来てしまった。

「逃したか」

荒い息を吐く下忍たちを睨んで、吐き捨てる。

それはそうだ。伊賀者一の男だ。並みの下忍が束になっても捕まえられないだろう。

だが、家康に近づけなかった。この場は、それで十分である。

もはや霧も薄れ、陽《ひ》が差し始めている。霧さえなければ、あの男も自由に動けないだろう。

「戻るぞ」

退くしかない。すでに大事な合戦が始まっている。

前方からは盛んに鉄砲音と剣戟《けんげき》、人馬の喚声が響いてくる。合戦はいきなりたけなわとなっているようだ。

盆地は晴れ上がり、いくさの全容が見えだしている。山裾で正重は足を止め、目を凝らした。

南の松尾山の麓で、小早川勢と大谷刑部の軍勢が押しつ、押されつしている。

大谷勢は、松尾山から攻め降る小早川の大軍と、東軍藤堂高虎の軍勢を相手に一歩も退いていない。小勢のわりに善戦しているが、ほどなく横に布陣する西軍の脇坂安治《わきさかやすはる》、朽木元綱《くつきもとつな》らが寝返るはずである。大軍の小早川と激闘中に味方の軍勢に横腹から攻められては、さすがの大谷ももたないだろう。

家康の調略はそんなところにまで及んでいるのだ。

宇喜多、小西、石田らは、関ヶ原の東から吶喊《とっかん》する福島、黒田、細川、加藤らの軍勢が突き崩している。こちらも心配無用である。

「そろそろ、上様も前進するぞ」

家康の護衛をせねばならない。下忍に声をかけ、地を蹴って跳躍した。

すると、眼下に、見た。

東山道を東から陸続と行軍してくる軍勢がある。

む、と、正重は小首をかしげる。

軍勢は、葵の旗印をかかげている。徳川勢である。

(後詰《ごづめ》の兵があったのか)

いや、そんなことは聞いていない。怪訝《けげん》そうに後方に目をやって、ぎょっとする。

軍勢の中ほどに「厭離穢土欣求浄土《えんりえどごんぐじようど》」の幟旗と、源氏の白旗、金扇の馬印がある。

「う、うえさま？」

家康は桃配山のはずではないか。とにもかくにもと走り出し、軍勢に近づく。「服部正重、服部正重！」と己の名を叫びながら行軍と逆流し、中ほどの輿《こし》へと近づく。

「ち、長吉にござります」

ユサユサと揺れる輿の引き戸がゆっくり開いた。

なんだ、と、家康の仏頂面が睨んでいる。

「いえ、くせ者を追いまして……」

家康は顔色も変えず、ああそうか、と、戸を閉めようとする。「しばし、しばし」と、正重はとめた。

「う、上様、桃配山は？」

「影武者だ」

家康は当然とばかりに言う。

「いくさが始まったので出てきた。わしがのっけからあのような危うきところに陣をおけるか」

は？　と呆《ほう》けた声をだせば、家康は、わからんのか、と顔をしかめる。

「平八郎には言ってある。いいか、長吉。形勢はあきらかにわしが有利なのだ。わしがもし敵側におれば、いくさを覆すべく本陣に刺客を放つ。そうでもせねば、もはや劣勢は覆せん」

「では、なぜ、拙者を」

「本陣前に平八郎がおって、お前が周りを固めておれば、わしは桃配山にいたことになろうが。だから、おのれを本陣の警固に配したのだ」

「それは、そうですが」

「来い、長吉」

仕方ない奴、とでも言わんばかりに、家康は手招きする。正重は輿とともに歩きながら、身をかがめ耳を寄せる。

「雨の夜の行軍ぞ。朝は霧だろうが、わしは桃配山あたりに本陣を置いて、開戦とともに押し出した。槍働きはな、福島やら黒田がやる。小早川はもうこちら側だ。いくさは勝つ。わしはな、いくさ場で勝鬨《かちどき》をあげればいいのじゃ」

確かにそうだ。あの霧である。どの軍がどこに布陣してどう動いたかなどわからないだろう。霧が晴れたころ、家康の本陣は戦場の中央へでている。それで十分だ。

「長吉、おまえ、で、本陣を離れていいのか」

家康の見下すような目つきに、ウッと首をすくめ、面を伏せた。

「影は、今頃、死んでおるな」

家康は舐《な》めるように見ている。

「おまえが、父の鬼半蔵ほどなら、わしも堂々と先鋒にでたわ」

家康はそう言って小さく鼻を鳴らした。

ハハッと、正重、畏《かしこ》まるばかりである。

「いいか、おのれの父はな……」

また、いつもの小言である。

正重、伏せた面を大きくゆがめている。

ちなみに、この正重、四年後の慶長九年（一六〇四）、兄正就が改易された後を継ぎ、服部家当主となる。

彼こそ、四代目服部半蔵、服部石見守《いわみのかみ》正重である。

失意と混迷

源吾と伊賀の賽は、関ヶ原を見下ろす山岳に潜んでいる。

戦局とともに動き、山を渡り、今は盆地北部の相川山《あいかわやま》の山麓にいる。

「だめだ」

源吾は大きく舌打ちして、つぶやいた。

「ああ、これはいけない」

傍らで、伊賀の賽が眉をひそめ、目を細めている。

二人が見つめるその先で、天下分け目の合戦が終わろうとしていた。

いくさが始まる直前に仕留めれば、総大将を失った東軍は総崩れとなるはず。

家康の本陣に霧を焚《た》き込める。賽と鎌之介は囮《おとり》となって、本陣前で騒動を起こす。その隙に、源吾が背後から忍び入り、家康を刺殺する。それぞれの役を担い、体技を駆使した家康暗殺の段取りだった。

ところが、いくさは出だしから東軍の猛攻。肝心の家康は健在で、今や、堂々と関ヶ原中央に金扇の馬印を立てている。

「家康、どこまで用心深いのか」

家康の横首を刺し貫いたとき、源吾は気づいていた。

これは影武者。いかに容姿が似ていても、放つ気でわかる。家康ほどなら、死の瞬間の腹の括《くく》り具合が常人と違うはずなのである。

（うまくいきすぎだった）

家康は桃配山と断じたのは、賽だった。先日まで徳川の伊賀者として本陣を警固した賽の言うことである。源吾も鎌之介も異存はなかった。

だが、家康はさらに上手だった。

「不覚だ」

源吾の胸中を読んだのか、賽は目を伏せた。この男には珍らしいしかめ面だった。

「すまない」

その素直な謝罪に、源吾は戸惑う。

（こやつも詫びるのか）

意外だが、今は目の前の大事がある。

「鎌之介は」

「あの様子なら、うまく逃げたろう」

賽は忍びを引きつける、鎌之介は侍大将を、特に本多平八郎忠勝を押さえ込む役だった。

平八郎の長槍に対する武具は、あの鎖鎌しかない。討つのが目的ではない。徳川一の猛将をいっとき止めればいい。鎌之介は、ほどほどで逃げたはずだ。あとは奴の逃げ足を信じるしかない。

「もう一度、仕掛けられないか」

「無理だ」

賽は即応した。源吾は押し黙る。

己でもわかっている。奇襲など一度きりだと。

「それに、西軍はもうだめだ」

山中村の大谷勢は壊滅、宇喜多、小西勢も潰走《かいそう》、いくさの喧騒《けんそう》はもはや笹尾山の石田勢に集中している。これも、あと四半刻《しはんとき》ももたないだろう。南宮山上にあった毛利勢の旗は綺麗に消えている。既定の不戦撤退である。

源吾は頷く。頷くものの、なにができるのかわからない。

(上田の真田だけで、なにができる)

上方で豊臣勢が健在で、北の会津に上杉があるからこそ、隙をついて真田が暴れられるのではないか。

「もう、ここでできることはない。上田に戻って、今後の策を練るしかない」

「俺はやる」

源吾の唸るような呟きに、賽は眉根を寄せて見返す。

「なにを?」

「家康を狙う」

「一人で?」

「一人でやる。俺は徳川を討つ、刺し違えても家康を殺す」

賽は片眉をひそめて、ジロリと見ている。頬がひくひくと痙攣《けいれん》しだす。

「小僧、お前、いい加減にしろ」

「いや、やる」

勝手なのは、百も承知である。だが、やるしかない。他に自分ができることはない。

「お前、自分が一人で生きていると思っているのか」

賽の声が怒気を帯びている。

わかっている。この男が、実は源吾を気遣い、家康刺殺の役を譲ったことを。足を怪我した源吾をもっとも動きの少ない役に付けてくれたことを。

(それに)

まだある。いや、どころではない。

あの上田合戦のとき。徳川勢に飛び込んだ源吾を助けに来たとき。

賽と十蔵は計っていた。助ける、ころあいを。

源吾に存分に戦わせ、その力が尽きるところで助けたのだ。

それは単に命を救うためではない。あきらめさせるためだ。やりきらせて、己の力の限界を教え、役目に戻させるために。

そして、今日も共にやってくれた。仕損じたが、十分にやってくれた。

上田に来たばかりの伊賀者が、なぜか自分を援《たす》けてくれている。

(なぜ、なんなんだ、こいつは)

が、そんなこと今は関係ない。ただの気まぐれなら、むしろ、煩《わずら》わしい。

「おまえに言われる筋合いはない」

「いや、あるな」

賽は底光りする目でさえぎった。

「俺は言わねばならない。十蔵殿に頼まれた。おまえを援けてほしい、とな」

「なに？」

「十蔵殿だけではない。おまえは数多《あまた》の人に守られている」

「貴様、何を言っている」

「聞く気があるか」

賽は刺すように見つめてくる。その眼光の鋭さに、源吾は沈黙する。

「先の上田でのいくさのとき、な——」


先日の上田合戦。

徳川勢の先鋒が上田城に掛かり、秀忠本陣の周囲の仕掛けが終わると、賽は上田城へと駆け戻った。城前での戦闘はたけなわである。いくさ忍びでもやるか、そんなつもりだった。

「伊賀の方」

砂埃を上げ出ていく騎馬勢と入れ替わりに搦手《からめて》の北門から入れば、甲冑に陣羽織姿の筧十兵衛、すなわち十蔵が出迎えた。

「よく、やってくれた」

十蔵の謝辞に、賽は人差し指で鼻を掻いた。まんざらでもない。

「いくさの具合も、良いようで」

「万端だ。あとは、大殿の采配《さいはい》次第」

十蔵は頷き、ちょっと来てくれ、と手招きした。

城内の喧騒の中、十蔵に続き、三の丸高櫓《たかやぐら》の楼上へと上がってゆく。

「やあ、おことが、伊賀一の手練れ、か」

真田昌幸は采配を手に、にこやかに笑っていた。

(これが、真田安房守か)

賽は跪いて、面を伏せる。

これまで信繁の傍らでいくさ仕度をしてきたが、昌幸に面するのは初めてだった。

小さい体、袋頭巾《ふくろずきん》を被ったきさくな笑顔、どうも殿様らしくない殿様だった。

昌幸は時折、眼下で繰り広げられるいくさを見やっては、

「右、右手だ、鉄砲を集めよ！」

と、大きく采を振る。

城壁上の侍大将が、ハ！　と応じて、兵を走らせる。

絶妙の呼吸で兵が動いている。小気味いいほどである。

「やあ、すまんな。このいくさのなりゆき、おことのおかげぞ」

そういって、腰を落としてくる。

「面をあげてくれ」

上げれば、皺《しわ》の多い顔が目の前にある。

「かたじけない」

昌幸はそう言って、両の手で賽の右手を握った。

(これが、か)

上田の民が、真田郷の者が言っていた、真田昌幸の魅力。

真田昌幸には、侍も忍びも民もない。ただ、同じ人間として、接している。

真田は大領主ではない。裕福ともいえない。ゆえに金や褒美で人心は獲《と》ることはできない。利得を与えようにも、昌幸にはその富がない。

だから、昌幸は体を張って民と向き合い、心で人と結びつく。人は昌幸を信じ、愛し、その身を尽くす。それこそが、上田真田家なのである。

「ついでに、頼みがあるのだが」

「なんなりと」

賽の右手を取ったままの昌幸の依頼に、するりと答えていた。

そして、これがこの殿様の人心を獲る術、と気づいている。気づき、内心苦笑しながら、なんでもやってやる、と思ってしまう。

今となれば、賽も、あの農家のすきっ歯女や、郷の民甚八《じんぱち》と同じである。

「物見に行って欲しい」

「どちらへ」

「砥石だ」

「砥石?」

「十蔵もゆかせるが、手分けして欲しい。真田の者には頼みづらいでな」

傍らで十蔵もうなずいている。昌幸は照れるように鼻の下を掻いた。

「砥石に入らずともよい。だが、砥石の前まで見てきて欲しいのだ」

「伊豆守《いずのかみ》様ですか」

「豆州もだが、豆州よりも、ちと心配な奴がいる」

「あの、忍びの小姓ですか」

賽は思わず尋ねた。

そもそも気になっていた。あの若者は何のために、あのような奇妙な役をしているのか。

昌幸ははにかむように軽く咳払いをする。

「まだ若く、血の気が多くてな。どうも、先走る気がするのだ」

「あの者は……」

問いかけたが、昌幸は微笑して、

「豆州は心配ない。奴こそ援けてくれんか」

オッと昌幸は目をそらして、楼上から身を乗り出した。

「長《ちょう》右衛《え》門《もん》、そろそろ、騎馬をだせ！」

下に向かって明るく叫ぶ。忙しい殿さまである。

「頼み入るぞ」

昌幸は振り向いて白い歯を見せた。

人懐っこい、心を蕩《とろ》けさせるような笑顔だった。


賽は口元をゆがめて、源吾をみている。

「十蔵殿はおのれの育ての親と聞いた。だが、なぜだ。なぜ、真田の殿さまも、おまえを気遣う。おまえなぞ、一介の忍びだろうが」

源吾は言葉がない。答えようがない。

「おまえは一体、何者なんだ」

「俺は……」

いったい己は何者か。いや、幼き頃に忍びの母を失った孤児ではないか。そう思って生きてきた。それ以外にない、考えたこともない。

「それを知らずに、命を張るな」

賽は片頬だけゆがめた。源吾を見る目がまるで憐《あわ》れむようだった。

そのまま、フイと踵《きびす》を返し、繁みを縫って駆け出す。

源吾は悄然と首《こうべ》を垂れている。

己の未熟さに心が打ちのめされていた。生まれて初めての敗北感だった。

「ゆくぞ。上田に」

振り向いた賽が叫んでいる。

ああ、と源吾は言葉なく頷き、駆け出す。

地を蹴るその足が鉛でも付けたように、重い。

夢の終わり

世にいう天下分け目の関ヶ原合戦。

九月十五日のいくさの様子は、様々な形で後世に伝わっている。

それら記録での合戦の有り様に大小の差異あれど、結果に変わりはない。徳川家康率いる東軍の完勝である。

開戦までの東西の動きを伝える報せは、逐次、上田の真田昌幸のもとへ入っている。

だが、決戦のあった十五日以降、西軍首脳からの正使は一報もない。

七月末から八月にかけあれだけあった、石田三成、大谷刑部からの書状はむろん、大坂に残る豊臣奉行衆からの飛報さえ、一通もない。

これは、関ヶ原で石田、大谷ら主将を失った西軍が完全に瓦解《がかい》し、もはや、家康に抵抗する力がないことを示す、なによりの証《あかし》であった。


合戦の結果を伝える第一報は伊賀の賽が持ち帰り、真田忍び十蔵から昌幸へともたらされた。

「関ヶ原にて、西軍壊滅」

「そうか」

九月十七日の昼下がり、上田城本丸御殿の一間でその報を聞いた昌幸は、意外やあっさりと頷いた。

その時、傍らに、左衛門佐信繁と藤蔵信勝がいる。

昌幸、その後、しばし、無言。

上座で眉をひそめ、黙然と前を見つめている。

やはり尋常ではない。いつにないその様子に、息子二人は息を呑んで固まっていた。

沈黙は長くなり、場は重苦しくなる。

「父上」

やがて身を乗り出したのは弟の信勝であった。

「上杉に使いを出し、関東に打って出ましょう」

若武者は拳《こぶし》を固め、引きちぎるように言い放った。

「石田らの西国勢が敗れたとはいえ、真田は負けておりませぬ。まだ大坂に秀頼公がありまする。今こそ、真田の力の見せどころ」

大坂城には豊臣秀頼があり、西軍総大将毛利輝元が三万をこえる軍勢で控える。そして、会津には敢然と立ち続ける上杉がいる。まだいくさは終わっていない。

「藤蔵」

横からたしなめるのは、信繁である。

信勝の言い分はわかる。だが、昌幸がそれら目先のことを考えていないはずがない。

昌幸は手をこまねいていたわけではない。

岐阜落城の八月末ごろから、西軍の戦いぶりはあきらかに変調をきたしていた。

上田で戦いながら、各地にまいた忍びから西軍情勢不安の報を得るたび、上方へと使いをとばし、軍の結束を促した。

だが、応答はなかった。石田、大谷らが上方を出たのち、軍を束ね、引っ張る将など西軍にはいなかった。むしろ、こぞって家康にすり寄る者ばかりだった。

「いや、左衛門佐」

昌幸は顎を上げた。

「よいぞ、藤蔵、では、まず信濃を取ろう」

「ハッ」

気合を漲らせ頷く信勝に対して、信繁は慄くように眉根を上げた。

「父上、それは」

「左衛門佐、共にいってくれぬか」

抗しようとした信繁を、昌幸はさえぎる。

静かに見つめてくる。その目は何かを語っている。

「葛尾《かつらお》を攻める。いいな」

葛尾城は、真田と領地を接する森家の城である。ちょうど上田城と森忠政の本拠海津城との中間にあり、森が上田を抑える要としている城である。

「よおし、よし、よし」

昌幸は胡坐をかいた太腿に、ポンと両手を置いた。

「真田は負けておらぬ。もはや上方などあてにせず、我らは独力で徳川に一泡ふかせてやる」

昌幸がそう言って胸を張れば、二人は平伏する。

信繁が伏せたその目は淀んでいる。

気づいている。

昌幸のその声が、これまでになく乾いていることを。


その後、昌幸は信繁を天守最上階へと誘った。

二人、東の窓に向かい、外の景色を見渡す。

二の丸、三の丸のむこうに上田の城下町が拡がっている。

昌幸は窓枠に手をかけ、身を前に乗り出していた。信繁はその傍らに立つ。

その目には、父の体が一回り小さくなったように見えていた。

「左衛門佐」

昌幸はポツリと呼び掛けてきた。

「藤蔵はな、初陣じゃ。侍たるもの、いくさを知らねばな。せっかくの折りだ、教えてやってくれ」

昌幸は信繁の方を見ていない。午後の陽ざしに佇《たたず》む上田の町を見渡していた。

声がいつになく穏やかである。信繁は無言で、小さく頷く。

「で、あやつはな、豆州のもとへやろうと思う」

その言葉に信繁はかすかに顔を上げる。

「夢は終わった」

昌幸の目は城下の街路をなぞっている。合戦の為、一部の町家が焼けているが、静かな街並みである。昌幸が愛して一から作り上げた上田の町であった。

「父上」

信繁は歩み寄る。

「おっと、わしは死ぬるとはいうておらんぞ。この皺腹などいつでも掻っ切ることができる。人の世など最後の最後までなにが起こるかわからんぞ。殺されるまで死ぬるものか」

昌幸らしいその言葉に、信繁はやっと微笑を浮かべた。

「はい」

昌幸も笑う。高らかに笑う。

笑い終わると、口元を引き締めた。

「左衛門佐、おぬしも豆州を頼れ」

「それがしが今さら、家康に降れましょうや」

「このいくさは、わしのいくさ。豆州がとりなしてくれよう」

「そうは参りませぬな」

「では、どうする」

昌幸は振り返り、小首をかしげる。

「そうですな」

信繁は目じりに笑みを浮かべている。

「殺されるまで、生きてみましょう」

信繁がそう言い切ると、昌幸はおどけたように眉を上げた。

二人、目を見合わせ、呵呵《かか》と弾《はじ》けるように笑った。

「そうだ、そうだ、さすが、わしの息子だな」

晩秋の陽が柔らかく降り注いでいる。

上田城の天空に、二人の男の高笑いが響いていた。

訣別

「お前の他に誰が伊豆守様に報じる」

そう賽に突き放され、源吾は砥石城へと向かっている。

他に行くところもない。ともあれ、信幸に関ヶ原の件を知らせる。己のことはさておき、他に、源吾がなすことはない。

旅装のまま、砥石本城の大櫓の一間で信幸と会った。

「そうか」

信幸の表情は変わらない。

出奔したわけも、どこで何をしていたのかも、聞いてこない。ただ、関ヶ原の敗報を淡々と聞いて、頷いていた。

「関ヶ原で家康を刺そうとしましたが、仕損じました」

源吾は懺悔《ざんげ》するように言った。信幸は無言でかすかに頷いた。

「家康さえ、殺せれば」

「源吾」

歯噛みする源吾を、信幸は低くたしなめた。

「よく、生きて帰った」

「え……」

源吾、絶句して固まる。

信幸は凜々《りり》しき眉根を少し寄せ、口元を引き締めている。

源吾は恐々として見つめる。

(どうするのか)

自分のことなどどうでもいい。信幸は、真田はどうするのか。もはや見当もつかない。

上田の昌幸と通じ兵を挙げようとも、周りは敵ばかりである。

味方と言えば会津の上杉ぐらいである。これとて、北に伊達《だて》、最上《もがみ》といった敵があり、身動きがとれていない。

「伊豆守様、大殿、左衛門佐様と会いましょう」

その繋ぎはできる。いや、今や真田忍びにはそれぐらいしかできない。

そして、今後の方策を立て直す。真田の行く道を決める。信幸、昌幸、信繁の三人が知恵を絞れば、なにか光明が見出《みいだ》せるのではないか。それしかないだろう。

源吾、もはや祈るようである。

「いや、源吾、その必要はない」

「では、いかがするのですか」

噛みつくように身を乗り出す源吾の前で、信幸は瞼を伏せた。

しばし、無言。

そのこめかみに沈鬱《ちんうつ》が浮かんでいた。

源吾は息をつめて、それを見ている。

やがて、見開かれた信幸の瞳の色は、深い群青に変わっていた。

「源吾、来い」

信幸はゆらりと立ち上った。源吾はのけぞって見上げる。

大男の信幸の立ち姿が、ひときわ大きく見えていた。


信幸はそのまま砥石本城を東の水の手口から騎馬で出た。

地味な小袖に袖なし羽織、編《あ》み笠《がさ》を被っただけの軽装である。従者はない。あとには、小姓姿の源吾一騎である。

山道を下り、神川を渡った。

(どこにいく)

信幸は無言でカツカツと馬を進めている。

上州道《じようしゆうどう》を真田郷へとゆるやかにあがってゆく。

半刻ほど馬を進めると、街道沿いに開けた平地はせばまり、両脇に山並みが近づく。

真田郷も北に果てようとしている。信幸は、右手の山裾へと馬を寄せてゆく。

(白山権現《はくさんごんげん》か)

山家《やまが》神社は四阿山《あずまやさん》を水源とする神川の水分《みくまり》の神である。四阿山の里宮《さとみや》として、また中世の白山信仰とも結びつき、「白山権現」とも称され、山岳信仰の拠点として、真田領民に敬われた。

なにより、真田家こそ、山家神社を信奉した。

信幸の祖父、昌幸の実父真田幸綱《ゆきつな》は、かつて山家神社の至近に屋敷を置き拠点とした。幸綱は信州《しんしゆう》小県《ちいさがた》郡の豪族滋野《しげの》一族の惣領家である海野《うんの》氏から妻《めと》を娶り、その後見を得て真田郷の支配を固めた。これが戦国真田家の発祥である。いわば山家神社は真田の氏神といってもいい。

夕暮れが近づいている。すでに、背後の山並みに陽が落ちんとしている。

真田郷のもっとも奥へ、上州道はゆるく右へと曲がってゆく。

やがて、右手の集落が見えてくれば、源吾の目が徐々に見開かれてゆく。

街道の両脇が山麓にかけて、黒く焼けただれている。

「な、なにが」

知らずと、うめくようにつぶやいている。

「徳川が退き陣するとき、焼いた」

信幸が背中で呟いた。源吾、茫然と口を半開きにしている。

（なぜ）

この真田郷の奥を焼く必要があるのか。昌幸たちがわざわざ城を出てここに兵を置き、砥石を攻めることがあるか。あるいは、鳥居峠《とりいとうげ》を抜けて上州へ攻めこむことがあるか。

（あるはずがない）

ない。上州信州、四囲に敵を抱えた上田城に遠征の余力はない。そんなことは万民がわかる。しかし、徳川は真田の聖地を焼いた。しかも、信幸を砥石に残し、その目の前で焼き払った。

（上田で負けた腹いせか）

集落はむろん、山家神社は全焼している。一面黒く焼けただれ、跡形もない。

信幸はおそらく社《やしろ》があったと思える前に来ると馬上、首を垂れ、拝礼した。

「くそっ」

源吾は礼するどころではない。

歯ぎしりし、馬の手綱を握りしめる。怒りのやりどころがない。

「徳川をつぶしましょう」

黙禱《もくとう》する横顔に詰めよれば、信幸は瞼を上げた。

「来い」

目を合わせることもなく馬首を返す。

ここから南東へまっすぐ伸びる山道を登れば、十町（約一キロ）たらずで長谷寺《ちょうこくじ》である。

この辺りから鳥居峠までの山岳、渓谷は源吾の修練の場だった。

日夜、峻嶮《しゅんけん》を飛び跳ね、林間を駆け、谷を越え、木から木へと渡った。幼き源吾の庭とも故郷ともいえる地であった。

すでに、西の尾根に日は落ち、空は夕焼けで橙《だいだい》に染まっている。

山が影となり、北側の斜面は暗くなっている。

うすら寒い予感がしている。いや、そうだろうと思いながら、心が拒んでいる。

恐る恐る行く先を見上げてみる。

黒ずんだ一点を見上げて、大きく顔をしかめる。

「ああ」

思わず声がでた。

見えている。長谷寺も、燃えてなくなっている。

長谷寺は、真田幸綱が創建し、昌幸が父幸綱を弔うのに拡張整備した。真田一族も、領民もことあるごとに参詣《さんけい》し、尊んだ真田家の菩提寺《ぼだいじ》である。

源吾も修練に疲れると、寺奥の木陰で休んだ。真田忍びの癒《いや》しの場だった。

「なぜ、長谷寺まで」

噛みちぎるようにつぶやき、坂を登ってゆく。

手前の山門で馬を木に繋ぎ、巨木が両脇に並び立つ参道を進んでゆく。

石段を一歩、二歩と上がってゆく。上にゆくほど左右の木々の焼けようがひどい。

上がり切れば、正面が本堂。昌幸が父幸綱を弔うため建てた荘厳な堂が鎮座する。

だが、今は跡形もない。

ただ焦げた臭《にお》いが辺りに漂っている。あるのは焼け残った黒い門柱が数本、焼けただれた礎石、一面の煤《すす》と灰である。

源吾は地べたに跪いて、黒い煤を鷲摑みした。

（なんてことだ）

握りしめた手を開けば、煤が舞い散ってゆく。

（許せない）

そのまま拳を握り直し、地に叩きつける。

山家神社も長谷寺も、真田が尊んだもの全てを焼かれた。

もう一度、地に拳を打ちつける。二度、三度、繰り返す。

地に打ちつける拳がやがて裂け、鮮血がにじむ。それでも、源吾はやめない。

信幸はその背後に立っている。無言で首を垂れている。

源吾は歯ぎしりして、その静かすぎる姿に向け面を上げた。

「伊豆守様、なぜ、耐えられるのですか」

ここまでやられて、なぜ落ち着いていられるのか。

表は徳川についているといえ、信幸は真田幸綱の孫、真田家の長男ではないか。残酷な所業を怨《うら》み、無残な様を悼み、憤る心もあっていいはずではないか。

信幸は、無言。しばし沈黙のあと、低く口を開く。

「ここを焼いたのは、わしだ」

源吾は瞬間、動けない。

（え？）

その言葉の意味がわからない。

「上州道沿いを焼くなら、山上の寺とて焼いておかねば憂いは消えぬ、と勧めてな」

続いた告白がさらなる混迷へといざなう。

「な、なにを言うのです」

驚愕《きょうがく》で言葉尻が震える。

信幸は山家神社を焼いた徳川を援けたどころか、祖父の眠る寺をその手で焼いた、というのか。

戯言を、と笑いたかった。いや、そう思って逃げたかった。

「皆、わしが、己の意志でやった」

信幸の顔が夕闇《ゆうやみ》の中、白く浮かび上がっていた。

「白山権現も、爺《じい》様の寺もわしが焼いた」

信幸の背後にえもいわれぬ炎が見えている。それは妖気《ようき》か、念か。

源吾の奥歯の根がガチガチと震える。

(また、だ)

信幸に感じる、あの気迫。

恐ろしい、まるで得体のしれない物《もの》の怪《け》である。

今、真田信幸は、怒りより凄まじい気を全身に帯びて、源吾の前に立っていた。

「来るのだ、源吾」

厳然たる口ぶりだった。

抗することができない。まるで呪文にかけられたようである。

源吾はその大きな背に続いて立ち上がる。

歩く。めまいがするようである。足取りは雲を踏むように、さだかではない。

本堂の焼け跡を背に、信幸は境内《けいだい》の右手奥へと進んでゆく。

寺裏の林へと登ってゆく。この辺りは火が及ばなかったのか、林間の道も残っている。

すでに陽は暮れ、夕闇が降りようとしている。鬱蒼《うっそう》たる樹林の中は薄暗く、静寂が支配している。

一つの石塔の前で信幸は止まった。

真田幸綱の墓である。

一族が崇拝する家祖、幸綱は伝説の武人である。合戦に敗れ、真田郷を追われ、牢人の身から武田信玄の配下となって再起した。信玄が落とせなかった砥石の城を落とし真田郷へと返り咲き、武田家信濃衆の旗頭として重用された。幸綱の偉業は、今の真田家繁栄の源であった。

信幸は大きな体を折るように、地べたに腰をおろした。ズシリと胡坐をかく。

両の拳を前に、ズイとつけた。源吾もそうせずにはいられない。

「爺様」

信幸は面を下げた。そのまま地べたに額がつくかというほど深々と落としてゆく。


——信幸は不孝者にござりまする。

真田家と領民が信奉したご神体と、爺様が残した真田の歴史を、焼き払い申した。

これは、徳川の仕業ではありませぬ。新しき世に沿うため、この信幸がやり申した。

我は一切言い訳いたしませぬ。

爺様、お許しくだされ。いや、許せぬとあらば、それも致し方なし。

されど、爺様、伯父上たちが懸命に残した御家《おいえ》の歴史を一度壊さねば、真田は前に進めませぬ。

これは、爺様たちが望む姿か、信幸にはわかりませぬ。乱世に生きたわが父は毛嫌いするような有り様かもしれませぬ。

だが、これが、我が、真田家当主の伊豆守信幸が進む道にござります。

わしはこの重き荷と、役を担う所存にございまする――

徐々に暗さを増す墓前に、信幸の言葉が流れてゆく。

その祝詞《のりと》のごとき口上が朗々と響くたび、源吾の目が大きく見開かれ、体が小刻みに震えている。

「真田は変わり、新しき世に生きてまいります。爺様が必死の想いで起こし、伯父御たちが命を懸けた真田の血脈。父上が拡げた真田の家、必ず、絶やさず繋げまする。いつくしんだ家臣、領民、愛でた山河、すべてを守り抜きます」

（ああ）

源吾の体の震えは全身に及び、地に着いた指先まで小刻みに震える。

「爺様、信綱《のぶつな》伯父、昌輝《まさてる》伯父、真田家を作りしすべての先人方、白山権現よ、ご照覧あれ」

信幸の声は樹林の合間に底響きする。

「これが、真田の血を受け継ぐ真田伊豆守信幸の宿命《さだめ》、歩む道にございます」

源吾は地にひれ伏したままである。

信幸の放つ気に圧倒されている。

金縛りにあったように動けない。そして、締め付けられるように胸が痛む。

なんと、辛《つら》く、苦しく、長く果てなき道か。

信幸は、真田の家、民、そして、昌幸、信繁ら上田の将兵、すべてを背負う覚悟である。ために、鬼となり、修羅の道をゆくのである。

いくさではない。権謀術数《けんぼうじゅつすう》でもない。ひたすら困難に耐え、家を、領地を、民を守る。敵を討つのではない。己の運命との戦いである。

（合戦だけが、いくさじゃない）

いつしか、涙が零《こぼ》れ落ち、とめどなく流れでる。

何も言えない。己のような未熟者が口を挟むことすらできない。

そんな男の背中が、今、目の前にある。

信幸は、真田家当主という重き荷を背負い、生き抜くことを決めた。

今、その決意を、崇拝する祖父の墓前で明かした。

「源吾」

信幸は依然として幸綱の墓石に向かったままである。

「寺は、わしが新たに建てる。白山権現もだ」

その背中に神々しい力が漲っているのを感じた。

源吾、鼻をすすって面を起こす。

「それが、新しい真田なのだ」

「はい」

ただ、返事をする。それしか、できなかった。


二人は、幸綱の墓前を後にする。

焼けた本堂前から参道を降ろうと石段の上に立った信幸が、突然、足をとめた。

何事かと身を乗り出したところで、源吾の動きもとまる。

石段の半ばの参道脇に、左右三体ずつ向かいあった六地蔵がある。ちょうどその前で、二つの影がこちらを見上げている。

すでに、空は赤から群青色に変わろうとしている。周囲は夕闇が急速に広がり、視界が閉ざされつつあった。

(大殿、左衛門佐様)

徐々に暗くなる中、真田昌幸と左衛門佐信繁は灯《あか》りも持たず、立っていた。

五十間(約九十メートル)ほど隔てた石段上と下で、信幸と源吾、昌幸と信繁の四人が見つめあう。

源吾がチラと見れば、信幸は微動もしなかった。その横顔はひたすらに澄んでいた。

言葉はないが、その目は何かを語っている。

下の昌幸、信繁も動いていない。二人は全身で信幸の問いを受け止め、そして、返すように見ていた。

無言の四人を宵闇《よいやみ》が包み隠そうとしている。

やがて、昌幸はゆっくりと右手を上げた。

その表情はすでに闇に紛れている。が、忍びの源吾には見えていた。

笑顔である。

確かに、昌幸は笑っていた。

口元を上げ、白い歯を見せ、目じりをさげ、昌幸は笑っていた。

いつも家臣や民に見せる姿のまま颯爽《さつそう》と信幸に笑いかけていた。

(なんて、爽《さわ》やかな)

それが最後だった。

昌幸、信繁は踵を返し、去っていった。

「笑っていたか」

しばしその場に佇んでいた信幸がつぶやくように口を開いた。

源吾、はい、と答える。

「そうか」

信幸の顔は変わらない。いつもの凜々しき顔であった。

「許していただけた、か」

信幸は一度頷くと、石段を下り始める。

すでに辺りは闇に近い。

暗いその道を踏み外さぬように、降りる。

一歩一歩、しっかり確かめるように、歩んでゆく。


真田昌幸と左衛門佐信繁はすでに馬上にある。

昌幸、信繁の二騎の他、馬の口取りが一人、昌幸の馬を引いている。

口取りは十蔵である。上田に籠城中の昌幸、この辺りは領国とはいえ、すでに徳川方に落ちた敵地である。十蔵は警固がてら、陰から二人の供をしていた。

周囲は闇だが、夜目のきく十蔵は迷うこともない。ゆるぎなく馬を引いてゆく。

昌幸も信繁も言葉はない。むろん、十蔵が話すことはない。

三人、寡黙に馬を進めている。

「父上、よろしかったのですか」

ずいぶんと行ったところで、信繁が問いかけた。

「なんじゃ、豆州のことか」

「いえ、爺様の墓参は」

ああ、と昌幸は鷹揚《おうよう》に頷いた。

「なに、豆州がすべて語ってくれたろう」

そう言って、含み笑いで手綱を引く。

「ところで、十蔵」

昌幸は黙々と馬をひく十蔵に語り掛ける。十蔵が振り向くことはない。背中で応じている。

「豆州は笑っていたか」

十蔵もあの場にいた。陰から二人を警固しつつ、石段上の信幸、源吾を見ていた。

忍びの十蔵には、もちろん、信幸の顔は見えている。

いえ、と、十蔵は前を見たまま、応じる。

「いつもと変わらず、凜と締まったお顔のまま」

カハッと口を開けて、昌幸は笑った。

「凜と締まった、いつものまま、か」

昌幸は笑い、楽し気に肩をゆすった。

「あやつらしい、のう」

そう言って、嬉しそうに何度も頷いた。

■五章　それぞれの道

覇王の迷い

関ヶ原《せきがはら》の翌日、近江《おうみ》に侵攻し、石田三成《いしだみつなり》の居城、佐和山《さわやま》を落とした家康《いえやす》率いる東軍は、そのまま琵琶湖《びわこ》にそって南下。九月二十日には、京を目の前にする大津《おおつ》城に入っていた。

琵琶湖の畔《ほとり》、大津城は京極高次《きょうごくたかつぐ》六万石《ごく》の居城である。

つい先日の九月十四日、ここは立花宗虎《たちばなむねとら》（宗茂《むねしげ》）ら西軍の猛攻にあい落城。その後、関ヶ原の報を受け西軍が撤退したところに苦も無く入った家康は、ここ大津を上方《かみがた》攻略の拠点とした。

城の外郭はいくさの激しさを物語るように、ほとんど焼けただれている。

かろうじて焼け落ちず残っていた本丸御殿奥の一間で、家康は腹心家臣を集め、密議を催した。

座にあるのは、家康、本多忠勝《ほんだただかつ》、井伊直政《いいなおまさ》、榊原康政《さかきばらやすまさ》、そして本多佐渡守正信《さどのかみまさのぶ》、徳川家の最高首脳といえる者たちである。

正信はこの場の居心地よさに、満足している。

さすがにこの面々は並みの家臣とは違う。偏屈《へんくつ》者揃《ぞろ》いの三河《みかわ》譜代衆のように正信を毛嫌いせず、家康側近として認めている。正信の才と役どころを知っているのである。

やっと戻って来られた。思えば、家康不在の軍のいくさ目付けなど、正信には荷が重かったのだ。しょせん、自分は謀《はかりごと》の徒、この密室が似合っているのだ。

しかし、大津まで、難儀な道であった。

山深い木曽路《きそじ》を行軍中、関ヶ原での家康大勝の報を聞いた秀忠《ひでただ》は愕然《がくぜん》と肩を落とした後、目を血走らせ震えた。

「余は、う、上田《うえだ》を落としていない」

「中納言《ちゅうなごん》様、我らの退《の》き陣は上様の命に応じてのこと」

何度言い聞かせても、焦点の合わない眼《め》でかぶりを振り続けた。

貴公子はその後も家康を追いかけるのを躊躇《ちゅうちょ》し、途上の陣屋で「大丈夫か」と漏らして、正信を辟易《へきえき》させた。

さらに、大津城の郊外までできた秀忠が使いを走らせると、家康は会わぬ、という。

貴公子は見るも無残な恐慌に陥った。

「佐渡よ、父上は怒っておるのか」

眉《まゆ》を八の字に垂らし、口の端をさげ、泣き出しそうな顔でつぶやいた。

はあ、と、正信は同意ともため息ともとれる相槌《あいづち》を打つ。答えようがない。

「それがしも共にお詫《わ》びいたします。あとは上様のご沙汰《さた》を仰ぎましょう」

慰めても、秀忠は暗い面《おもて》を振る。

「すべては総大将たる余の責である。切腹してお詫びする」

秀忠は歯を食いしばって言う。

(いや、それは)

実直に過ぎる。なにも死なずとも良いだろう。

結局、家康との面会はなり、秀忠は許された。

(それはそうだ)

確かに上田は落とせなかったが、真田《さなだ》を攻める、それをやめる、どちらも家康の下知《げち》ではないか。

家康の深意はわからぬが、そうである以上、許されないはずがない。

(だが、わからぬ)

あの急な方針転換。じっくり本音を聞いてみたいところだが、正信は合流したばかりで、まだその機会がない。


秀忠勢が大津に至るまでに、大坂《おおさか》城に残る毛利《もうり》輝元《てるもと》を降《くだ》す手筈《てはず》、豊臣秀頼《とよとみひでより》の扱い、諸大名の処遇については、ほぼ決まっているようだった。

遅参した正信、康政を加えての密議となれば、議題は当然、真田の件である。

「うえさ……」

「上様、上田はいかがしましょうや」

口を開きかけた正信にかぶせるように、身を乗り出した美丈夫がいる。

別名「井伊の赤鬼」、井伊兵部少輔《ひょうぶのしょう》直政である。

武勇、智謀、弁才、それに容姿。いずれも優れたこの男は小姓《こしょう》時代から家康の寵愛《ちょうあい》をうけ、今や家中最大の十二万石という所領を与えられている。家康譜代の三河者にあらず、遠州《えんしゅう》井伊谷《いいのや》の出の新参者ながら異例の出世をした切れ者である。

そんな様を、当初は「依怙贔屓《えこひいき》」「あ奴は上様の寵童」などと揶揄《やゆ》した者もいた。が、正信は知っている。それは家康の深謀である。

三河譜代の者を抜き出し引き立てれば、誰《だれ》かしら、妬《ねた》み、ひがむ。皆、意固地で偏屈な三河武士なのである。だから、新参ながら子飼いの直政を引き上げ、家中一の者とした。

なにせ、譜代筆頭の本多忠勝、榊原康政さえ十万石で直政より低い。むろん、家康は二人に十分言い含めている。二人が黙っているのに、他の者は文句のいいようもない。

ふむ、と、正信は口をへの字に曲げている。

直政はすっかり家康の側近筆頭の様相である。

（やはり決戦を共に戦い、武功を挙げた者は強い、か）

この文武両道の勇将は、関ヶ原では娘婿《むすめむこ》の松平忠吉《まつだいらただよし》の後見をし、合戦の火蓋《ひぶた》を切る働きをした。そして井伊勢は敵将島津《しまづ》豊久《とよひさ》を討ち取っている。なにより、直政は家康出陣まで東軍諸侯の目付け役をなし、猛《たけ》る外様《とざま》の猛将連中をなだめ、すかし、手なずけた。

直政は、真実、今回の戦乱で一番手柄といっていい。元より家康一の寵臣なのだが、そんな功を背景にさらに輪がかかっている。己《おのれ》が踏ん張って、愛婿の松平忠吉を家康の世継ぎにするという気負いも感じられる。

秀忠と共に真田攻めをしくじった正信と比べようもない。

「真田伊豆守《いずのかみ》の動きはいかがであったか」

家康は正信の方にかすかに顎《あご》を突き出し、不機嫌そうに尋ねてくる。

「それが、いささかも怪しきところはなく」

正信は語った。

上田への降伏勧告の使者、砥石城《といし》奪首、その後の守備、上田の押さえ。あれだけ網を張ったのに、真田信幸《のぶゆき》に怪しい動きはなかった。

（ずいぶんと、仕掛けたのだが）

散々に誘いをかけた。上田を退《ひ》く時すらも、である。

最後に真田郷を焼く、と言い渡したときの信幸の顔が忘れられない。

真田郷といえば、真田家の故郷ともいえる地。手痛い目にあった上田合戦の腹いせである。城は落とせずとも、真田の大事な場所を焼いてやる。上田に籠城《ろうじょう》する以上、真田昌幸とて覚悟はしているかもしれないが、さぞ腹立たしいことだろう。

信幸とてその息子である。さすがに色をなすかと思いきや、

「真田郷にて兵を籠《こ》めるなら、山家《やまが》神社と長谷寺《ちょうこくじ》にござる」

そんな言葉を淡々と返してきた。

「あれを砦《とりで》とされるのはこちらも面倒。焼き落とすべし」

あっけにとられた。

この男、真《しん》に父と訣別《けつべつ》し、徳川に誠忠を尽くすのか。いや、そうでなければ、こんなことは言えまい。もはや畏怖《いふ》にも似た思いで正信は頷《うなず》き、真田郷を焼いた。紅蓮《ぐれん》の炎は、真田の念が燃えるかのように、山麓《さんろく》を焼き尽くした。

眼前の家康は、フンと、興味なさそうに顔を振った。

あとは、むっつりと黙り込んで、瞼《まぶた》を伏せる。

家康はいつもこんな風である。議は家臣任せ、評定《ひょうじょう》で先んじて己の意を言うことはない。皆無と言っていい。老熟してからは特にそんな様が顕著である。

家臣に腹蔵なく十分に意をださせ、それを争わせ、各人の考えをあますことなく聞きつくす。そして、最後の最後に、己の意に沿った者の案を採るのである。

それまで家康はしゃべらない。その仏頂面が、正信には懐かしく、心地よい。

「攻めつぶし、真田安房《あわ》の首をはねましょう」

と、意気込むのは、やはり井伊直政である。

「大坂を押さえたのち、それがしに一万ほど兵をお貸しくだされ。今や、真田を援《たす》ける者などなし。上田など一気に落としてみせましょう」

直政は白布をまいた足を撫《な》でた。胡坐《あぐら》がかけていない。関ヶ原で流れ弾に当たって負傷している。ちなみに、直政はこの傷が膿《う》んで、二年後に死ぬ。

「いや、兵部」

榊原康政は険しく眉根を寄せている。

「真田侮りがたし。今や天下の形勢は決まった。このまま上田の周りを固め、開城を促し、いくさを避け降らせるべし」

康政の声は底響いた。

「行き場を失《な》くした者を刀槍《とうそう》で追い込めば、手強《てごわ》き反抗を生む。得策にあらず」

上田合戦での手痛い敗戦は知れ渡っている。実戦を経てきた康政の言葉は重い。

正信は微《かす》かに頷く。

(いや、とても攻められぬ)

あのいくさを経たからこそ、わかる。

たとえこちらが優勢でも、あの真田昌幸《まさゆき》、どんな奇策を弄《ろう》してくるか。まして、真田がもはや勝利を求めず、捨て身で抵抗してくるのなら。

正信の背筋がぞおっと冷たくなる。

が、井伊直政は不満そうに口を尖《とが》らせている。

「とはいえ……」

弁口巧《べんこう》みかつ、今、家中で最も威勢のある直政。なにをかいわんやと食い下がる。それを康政が押しとどめる。

しばらく、直政と康政の間で問答が繰り返された。名将と名高き二人である。どちらも理路整然と意をぶつけ合う。

やがて、二人、苦い顔を振る。しばし、気まずい沈黙が訪れる。

家康は黙然と眼を閉じたままである。頷くこともない。

(お気に召さないのだ)

家康の心をつかむ意見がでていない。

正信は冒頭から押し黙っている。いくさのことである、しかも、上田戦でしくじった自分である。口を挟む権がない。

(こういうときは)

と、正信、黒目を斜めに動かして、家康のもっとも近くに座る巨漢をみた。

本多平八郎《へいはちろう》忠勝は胡坐をかいた太腿《ふともも》を大きな両の手でむんずと摑《つか》み、胸をはり、見事な武者髭《ひげ》の上の目を閉じている。この評定の始まりからその姿勢のままである。

(こんなときこそ、平八郎だ)

徳川の武神、本多平八郎忠勝は、難戦でこそ、武将勘が冴《さ》えわたる。

いつもそうである。才気煥発《かんぱつ》な直政や、職人肌のいくさ人の康政、そして策士の正信、これらの意見がぶつかりまとまらぬとき、この男がズシリと核心をついた発言をする。大概の場合、家康はそれを採り、評定を終える。

「家康の過ぎたるもの」と称された本多忠勝は評定でもその重厚な存在を発揮するのである。

だが、今日の忠勝はしゃべらない。身動きもしない。

（婿のことだからな）

忠勝は、真田伊豆守信幸の妻、小松《こまつ》殿の父である。すなわち信幸の岳父である。

厳しくとも甘くとも、感情が入るだろう。いや、本人がどうだろうと、周りはそう見る。まして、忠勝は家中一の武人である。影響が大きすぎる。

そんなことを悟り、口をだすのを控えているのだろう。

（この男らしい、が）

だが、今や、忠勝の出番である。直政と康政の議は並行している。あとは、この忠勝の意志がこの場を大きく左右する。だがなお、忠勝は動かない。

フウッと上座の家康が息を抜いた。

「もういい、今日はここまでじゃ」

ボソリとつぶやいた。

「皆、ゆけ。わしも考えておく」

一同、それにて一礼し、散会となった。

家康は、しばらくそのまま、奥の間で一人黙考した。

「上様」

回廊に平伏して呼びかけるのは、正信である。

障子《しょうじ》が開けば、家康が目の前に立っている。

そのまま部屋を出て、回廊をゆく。正信は後ろに続く。家康はしゃべらない。

(さて、どうしたものか)

真田昌幸、攻めつぶせるなら、つぶしたいだろう。

だが、家康はもはや天下人、段取り、というものがある。

家康に歯向かったのは、昌幸だけではない。

なにより、大坂の豊臣家である。この処遇はすでに決めている。いや、戦前からすでに決めてある。

秀頼はそのまま、である。こたび、家康はあくまで豊臣家の大老として上杉《うえすぎ》征伐に赴き、その間に秀頼を操って謀叛《むほん》を起こした石田、大谷《おおたに》らを討った。幼君秀頼に罪はなし、不問とする。

ただし、秀頼が頼るべき輩《やから》を根こそぎ粛清する。石田ら西軍首謀者は捕縛して斬首《ざんしゅ》、大坂についた者は軒並み、取り潰《つぶ》し、大減封する。日和見《ひよりみ》の者とて罪過を挙げ、容赦はしない。

その中で、真田昌幸とてそうなのだが——

(こうなると難しい)

昌幸は関ヶ原で家康と戦っていない。上方に参じて西軍と共に動いていない。自領で籠城しただけである。今のところ他家の領土も侵していない。

(だから、上様は、中納言様の軍勢で上田を落としたかったのだ)

話が込み入る前に、大軍を差し向け、一気に攻め潰してしまう。今となれば、家康の狙《ねら》いは克明にわかる。

だが、それは、できなかった。

こうなると、真田の立場は、禄高《ろくだか》と経緯の違いはあれ、会津《あいづ》上杉と似ている。その上杉は、東北で頑強に戦っている。

北に上杉があるといえば南にも厄介者がいる。薩摩《さつま》島津である。これは関ヶ原で当主の父義弘《よしひろ》が敗走したものの、領国に兵を温存し、降ろうとしない。

これらと並べたうえで処遇を決めねばならない。しかも、忘れてはならないことがある。息子の真田信幸は東軍で律儀に働いている、ということである。

要件は様々ある。家康が昌幸憎しで攻め、落とし、殺すという、簡単な話ではない。

おそらく家康の中でも、考えがまとまっていない。正信に本音を語る余裕がないのだ。

正信はそんな様子の主君に下手に話しかけたりしない。

家康は長い回廊を突き当たり、右へ曲がったところで、立ち止まる。

ブン、ブオン

中庭に異音が響き渡っている。

そこで一人の偉丈夫が槍《やり》を振っている。

本多平八郎忠勝は、小袖《こそで》の肩を外し、筋骨隆々とした上半身をさらしていた。

胸の筋肉は分厚く張り、腹も見事に割れている。とても五十過ぎに見えぬ強靭《きょうじん》な体である。金剛力士《こんごうりきし》が降臨したかのような見事な肉体で、極太の長槍を構え、振りおろし、突き、引いている。一動するたびに、引き締まる筋肉が美しい。

操る槍がまた物凄《ものすご》い。平八郎の槍といえば天下に名が響く「蜻蛉切《とんぼきり》」である。長さ二丈（約六メートル）に近いとてつもない代物である。忠勝の巨体だからこそ、この長槍が似合う。

常人なら持ち上げるのも苦労な槍を軽々と振り、操る。まるで、愛槍《あいそう》と共に、演武をするようである。

晩秋の陽光の下、一人の武神が舞うように槍を振る。そんな豪快かつ美しい光景を目の当たりとして、思わず陶然とする。

家康はしばらく身動きもせず見ていた。

見事すぎる姿を愛《め》でるように、時折小さく頷く。

フン！ と忠勝が槍を振り下ろして止めた。そのとき、

「平八郎、おのれは」

ついに、家康は口を開いた。忠勝は槍を手にそのまま動かない。

「いや、言いづらいか」

（うまい）

背後で正信は声なき唸《うな》りを上げる。

これは家康独特の人心を操る技。無理に意をたださず、誘うような語り掛けである。こう言われては、無言ではいられない。

忠勝は、ゆっくりと槍を上げた。少し首《こうべ》を垂れて口を開く。

「真田伊豆守」

重厚な声が秋晴れに響き渡る。

「我が婿にござる」

やはり、まずはその件である。

「しかもこたびは、徳川一途《いちず》に働いたとのこと」

ならば、岳父としては、信幸の律儀に免じて昌幸を許せ、といわねばなるまい。さすがの猛将も婿に肩入れして、真田の赦《ゆる》しを乞《こ》うか。

「上様、かの者、上様にとっても婿でござらんか」

家康は、忠勝の娘を己の養女として、真田の長男にめあわせた。

徳川も真田も共に秀吉《ひでよし》傘下に入ったばかりの頃《ころ》の縁組である。「なぜ、我が嫡男の嫁に、家臣の娘か」と真田昌幸が秀吉にごねたのだった。

「されば、まずは、舅《しゅうと》として、お会いになるのはいかがか」

家康の眉がピクリと動く。

「真田安房守は憎き仇《かたき》なり、されど、律儀に勤めし婿の心中を汲《く》むのは岳父として道理。このまま真田安房守は動けますまい。上田はしばし遠巻きに囲んで、御前に伊豆守を呼び、その心底を問いただし、そのうえで、上田の仕置きを決めますれば」

家康は眉間《みけん》を渋く縮めて、顔をしかめている。忠勝の野太い声は続く。

「むろん、そこに一点でも曇りあるなら、上田ともども、斬《き》るべし」

「そうしよう」

家康は即応した。

その豹変《ひょうへん》ぶりに少々呆《あき》れつつ、正信は得心している。

正信、自分は家康の友であると自負している。いくら語り明かしても足りないほどである。それが揺らぐことはない。

だが、本多平八郎忠勝は違う。

余計な言葉がいらないのである。それだけ家康が頼りにしている。これは武神、いや、家康の護《まも》り神の域とでもいうのか。

しかも、忠勝は、信幸の応対次第で「斬るべし」と言い切った。そこには、こたびの働きへの報いも、縁者の情も一切ない。ただ、侍として信ずるに値する男か、それだけで判ぜよ、と言っている。

これぞ、武人の理《ことわり》ではないか。

(やはり、平八郎だ)

正信、口をすぼめて、二度三度と頷いている。


家康はまた回廊を歩き出す。その足取りがうって変わって軽やかになったのを感じる。

「佐渡」

「は」

嬉《うれ》しい。実に久しぶりに話しかけられた気がする。

「しかし、おぬしは、いくさ下手だな」

「は?」

「おのれは、わしの隣りでしか、役に立たぬわ」

「え? あ、はあ」

誉《ほ》め言葉なのか。いや、それはいまさらというもの。いやいや、あの平八郎と比べられても……

気づいている。これも家康特有の正信操縦術ということも。

でも、いい。とにかく、嬉しい。

正信、なぜか、泣きそうであった。

めぐり合い

九月二十五日、東軍福島正則《ふくしままさのり》と黒田長政《くろだながまさ》を通じ、家康の懐柔に応じた西軍総大将毛利輝元は本陣としていた大坂城西の丸を退去。自邸、木津《きづ》屋敷に移り謹慎した。事実上の全面降伏である。これにて一切の抵抗もみせず、大坂の西軍は家康に降った。

二十七日、家康はついに大坂城へ入り、豊臣秀頼に謁見した。

いや、上座にいたものの、拝謁を許されたのは、秀頼の方であった。

上杉征伐に出陣して、およそ百日。今や、二人の立場は完全に逆転していた。

かつて、家臣筆頭として秀頼に傅《かしず》いていた家康は、今や天下の主《あるじ》。秀頼は、その家康にこたびの件を「女、子供の与《あずか》り知らぬところ」と許される少年であった。

その後しばらく家康は、西軍大名の処分と、東軍大名への報奨評価に明け暮れた。

上方は大騒ぎであった。なにせ、日の本六十余州の大名家が大なり小なりで大坂、伏見《ふしみ》に屋敷を置いている。取り潰され、逃げるように家を引き払う者たちと、それを接収する新家、新領に赴任する大名家が交錯し、日々、慌ただしく賑《にぎ》わった。

そんな喧騒《けんそう》を尻目《しりめ》に、信州《しんしゅう》は静かであった。

上田の真田勢が動いたのは、九月二十三日、隣地の森《もり》領を攻めたのが最後である。

昌幸は、森の葛尾《かつらお》城を関ヶ原戦後の九月十八日と二十三日の二度に亘《わた》って攻めた。

二十三日の攻撃の大将は、左《さ》衛門佐《えもんのすけ》信繁《のぶしげ》、藤蔵《とうぞう》信勝《のぶかつ》。この日、真田勢は朝五つ（午前八時）から八つ（午後二時）まで城を猛攻し、三の丸までを落としている。

その後、真田は動いていない。

その様は、もはや身動きがとれず、慎ましく城に閉じこもり許しを待つのか。それとも、なにかを企《たくら》み、力を温存するのか。

不気味なほどの静けさで、昌幸自慢の城は上田平に佇《たたず》んでいた。

信州の諸大名も領国を固め、息を飲んで見守っていた。家康から不戦の触れもきつく出ている。もとより信濃《しなの》の小大名だけで、徳川の大軍を退けた上田を囲めるはずもない。

静かな小康を保って、信濃の晩秋は暮れていった。

そして、木枯らし吹きすさむ、十一月。

家康は、砥石を守る真田伊豆守信幸を上方に呼び寄せている。


明朝、信幸、上方へ出立という晩、砥石城の源吾《げんご》は、十蔵《じゅうぞう》の呼び出しを受けている。

深夜、二人、砥石を出て、上田方面へとくだってゆく。

（どこへ）

源吾は、寡黙な十蔵の背を追っている。

関ヶ原以降、砥石の信幸と上田の昌幸の連絡は途絶えている。

もとより表向きは縁を切っている二人だが、この間、裏の繋《つな》ぎとて一切ない。それは、お互いの主同士の意志である。真の断絶の中、上田と砥石はわずか一里半（約六キロ）を隔てて、対峙《たいじ》していた。

十蔵は言葉なく小走りに進む。ゆるやかな下り坂を左手にそれ、伊勢崎《いせざき》の砦へと入ってゆく。

伊勢崎砦は無人である。どころか、廃墟《はいきょ》と化している。

ここも徳川勢が退き陣の際、焼いている。もはや戦略上の価値がない焼け跡の残骸へと十蔵はいざなう。

真っ黒に焦げた支柱の間を割って、ひたひたと進んでゆく。

ここらは、櫓《やぐら》の跡か。もはや屋根もない残骸の中、天には星が瞬いている。

月明かりの下、背を向け、焼け残りの床几《しょうぎ》に座る小袖姿の武人がいる。

あっ、と、源吾は息を呑《の》む。

「久しいのう」

振り向いた真田昌幸は、皺《しわ》の多い顔の陰影を深くして笑った。

ともあれ、源吾は跪《ひざまず》き、深々と平伏する。

なぜ、昌幸が単身、直々にこの廃墟に来たのか。混乱のままの源吾に昌幸は笑いかけてくる。

「よう勤めてくれておるな」

いつもの、あの屈託ない笑顔だった。

昌幸を見るのは、長谷寺での別れ以来である。

（いや、あれは――）

源吾もわかっている。

あの日の別れ、あれは真に親子の訣別だった。

父は息子に己の道をゆけと託し、息子は父に別れを告げていた。そこに余人の入る間はなかった。

そして、その後、二人は一切の交信を断った。

しかし、無言の対峙もそのままにしてはいられない。

大きな動きがある。それが、家康の召喚である。

どうするか。もはや天下は家康のもの。やがて上田に滅びが来る。その行方《ゆくえ》を左右するのが、信幸と家康の会見である。

道を分けたとはいえ、信幸に策を授けて生きる道を模索するのか。足掻《あが》きに足掻いて戦国を乗り切った昌幸である。その繋ぎに、自分を呼んだのか。

「豆州《ずしゅう》は息災か」

めまぐるしく思考をめぐらす源吾に、昌幸は笑顔で語りかけてくる。

「は」

「なにか、言っておるか」

「いえ――」

なにも言っていない。

信幸はなにも語らない。上田のことも、昌幸、信繁のことも。

源吾にも、家臣にも。愚痴も、未練も、悔いも、迷いも、一言もこぼさない。

昌幸は源吾の顔から悟ったのか、ホホッと笑った。

その乾いた様に、ついに源吾は問いかけた。

「大殿様」

「なんじゃ」

「伊豆守様に、なにか、お言葉が」

「いや」

昌幸は、即座に首を振った。

「それは、ない」

「？」

ああ、と昌幸は頷く。

「わしから豆州に言うことはない。ただ、これを渡して欲しい」

昌幸は懐《ふところ》から折り畳んだ一枚の紙片を出してくる。

源吾、両手を差し出しそれを受けとり、紙越しに昌幸を見た。

うむ、と眉をひそめる。

昌幸は不思議な顔をしていた。

（あのときの）

やさしさを湛《たた》えるような、問いかけるような瞳《ひとみ》。初めて面と向かったときのあの顔だった。その皺深い面に、うっすら浮かぶのは笑みなのか。

しばし、紙を握ったまま、動けない。

昌幸の顔を凝視していた。昌幸も微動もせず見ていた。

「源吾」

ずいぶんと時が経《た》ったように感じる。

昌幸の呼びかけに我に返り、紙片を懐に入れ、ハ、と面を下げる。

「大事な話がある。豆州ではない。おぬしに、ぞ」

その声は神々しい響きを放っていた。

「あの時分、天正《てんしょう》の争乱の真っただ中のことよ――」

天正十一年（一五八三）。前年、天下人織田信長《おだのぶなが》が本能寺《ほんのうじ》に横死し、世は混沌《こんとん》としていた。信長の侵攻で窮迫していた群雄は息を吹き返し、各地は、戦国再来の様相を呈している。瓦解《がかい》する織田領の信州には、北に上杉、東に北条《ほうじょう》、南に徳川と列強が攻め入り、真田はそれら大勢力のはざまで大波に揉《も》まれる小舟のごとく、揺れていた。

先に武田《たけだ》から織田に乗り換えたばかりの昌幸は、次は上杉、さらには北条、北条から徳川と目まぐるしく盟主をかえ、領土を死守していた。

連日連夜、全身全霊を振り絞って、難局を舵取《かじと》りした。まさに命がけの日々だった。

いくさだけではない。近隣の国衆とて、刺客を放ち、昌幸の命を狙《ねら》った。

そんな昌幸を陰から守ったのが、十蔵たち忍びである。昌幸は、武田崩れのとき、信玄が手塩にかけた武田忍びをそのまま庇護《ひご》し、手元に置いていた。

真田忍び衆は、いくさ場でも、寝所でも、たえず昌幸の身辺に侍り、主君を狙う魔手を身を挺《てい》して防いでいた。それほどに昌幸の日々は死と隣り合わせだった。

そんな昌幸の苦境はその頃、極みにあった。

先に、北条と徳川が和睦《わぼく》し、真田を取り巻く状況は緊張の度合いを深めていた。

北条と徳川の和睦条件は、奪い合った旧織田領のうち、甲斐、信濃は徳川へ、上野《こうずけ》は北条へ。すなわち、徳川の組下である真田の領土のうち、上野沼田《ぬまた》領は北条へ引き渡せ、というものであった。

（馬鹿な）

これではなんのために北条と手切れして、家康の援護を受けたのかわからない。

昌幸はこの命を無視し続けた。そのうえで「北方の上杉に備えたい」といって、上田城の築城を進めていた。

上方では秀吉が天下取りへと驀進《まいしん》している。昌幸は、家康が秀吉に気を削《そ》がれ、地方に兵を割けぬうちに態勢を整えようとしていた。

今、徳川が動き、北条がそれに応じれば、真田は、上杉も含め三面から大国に攻められる。そうなれば、さすがの昌幸も終わりである。

徳川と北条の同盟はもはや動かせない。なら、上田城という徳川のために作る要塞を手土産《てみやげ》に上杉に寝返る。沼田を渡さぬ以上、それしか、真田が生き残る道はない。

面従腹背。まさに薄氷を踏むような日々だった。

(上田城ができれば)

昌幸はただそれを念じ、全力で普請を急いだ。

その神経は日々研ぎ澄まされていた。家臣に対する快活な姿の裏で、奥の間では疲弊し、昏倒《こんとう》するように寝入る日もあった。

疲れていた。

その晩も昌幸は深刻まで城普請の見取り図に目を落としていた。

上田の城はただ作ればいいというものではない。昌幸の全知略をつぎ込んで、己が縦横無尽に戦えるよう城構えし、城下に仕掛けをせねばならない。余人に任せられない作業だった。

いつの間にか寝入ってしまったのかもしれない。

ハッ、と目が覚めた。背後の気配に昌幸は面を上げた。

振り向けば、わずかに襖戸《ふすまど》が開いている。

「失礼いたします」

ささやくような柔らかい声が響いた。

「なんじゃ」

「油を」

白い指先が戸にかかり、静かに開けば、黒髪嫋《たお》やかな女が面を下げていた。

「申し訳ありません、お声掛けしましたが、ご返事がなかったので」

こんな夜分に侍女が灯火の油を持ってくることはない。だが、この女は真田忍び、りんである。りんは、侍女の姿で、昌幸と女房衆を守っている。

「ああ、入れ」

言いながら、まだ覚醒《かくせい》していない。頭はまだ朦朧《もうろう》としている。

それほど疲れが出ていた。体力ではない。精神が研ぎ澄まされ続け、常ならぬ状態となっている。

うつろな目で、部屋に入ってくる女をみていた。

女は楚々《そそ》と燭台の前に腰を下ろした。その指先の小さな爪《つめ》が妙に艶《つや》やかだった。

昌幸は目でなぞってゆく。その丸い尻《しり》を、白い首筋を。

「りん」

はい、と振り向いた小さな薄い唇に目が釘《くぎ》付けになっていた。

言葉を失い、茫洋《ぼうよう》と見入っていた。

「お屋形《やかた》様」

うむ、と、我に返る。

「いや、なにもない」

りんは、瞼を伏せがちにし、一礼する。

「お疲れの、ご様子――」

両手をつき、前に身を寄せてくる。

昌幸は、おもむろに手を女の肩に伸ばしていた。

あ、と小さく声をあげた白い顔に、もう我慢が出来ない。

そのまま荒々しく組み敷き、小袖を剝《は》ぐや、激しく貫いていた。無我夢中だった。その柔らかい肌に、子供のように顔を埋《うず》めた。

疲れ、すり減った男の心を癒《いや》すのは、女の肌に他ならない。

りんもあらがうこともなく、昌幸の首をかい抱《いだ》いていた。

上田城落成まで、昌幸はりんを抱いた。抱かずにいられなかった。

しばらくして、りんは身ごもり、男子を産み落とした。


源吾はこぼれ落ちそうなほど瞳を見開いて、昌幸を見ている。

(な、なにを)

まさか、それが自分なのか。ならば、自分は昌幸の子なのか。

かみ合わせた奥歯が小刻みにカチカチと音を立てている。

「そうだ、それが、お前だ」

昌幸の瞳が底光りする。

「源吾、わしはな、一ときの欲でりんを抱いたのではないぞ」

昌幸の声は低く響き渡る。

「りんに、おのれの母にな、わしの子を産んで欲しかったのだ」

昌幸は身を乗り出し、両の手で源吾の左右の二の腕を鷲摑《わしづか》みした。

「よいか、源吾、もののふの命などいつ果てるかわからぬ。わが兄とて、二人、いちどきに討ち死にした。まして、あの頃のわしは明日をもしれぬ。わしは、りんに我が子を産め、と言った、あの強きおなごに、強い子を、とな。そして密《ひそ》かに育てて欲しかった。わしらが命を落としたとき、真田の血を繋ぐためにな」

真田家の歴史は流血にまみれている。

昌幸の兄二人、父幸綱の跡をついだ長兄信綱《のぶつな》、次兄昌輝《まさてる》は長篠《ながしの》合戦で討ち死にした。

そして、天正の動乱。そのころ、すでに昌幸には嫡男信幸、次男信繁、三男信勝という三人の男子がいた。いずれも正室、山手《やまのて》の方の腹である。

だが、彼らとて安泰ではない。むしろ彼ら子息は列強との駆け引きの中、人質として差し出さねばならない。むろん、下手《へた》を打てば、人質など真っ先に殺される。場合によっては、捨て殺しにして、昌幸は戦う。

そうなったとき、真田の血を絶やさぬため、己の落としだねを残す。

(なんと、凄《すさ》まじき)

存続への執念か。

かすかに開いた源吾の唇が微《かす》かに震えている。

母は、父親が誰かを明かさず源吾を産み、一人で育てようとした。真田の隠し子とするつもりだったのだ。

「わしはおのれを十蔵に預けた。出生を伏せてお前を育てるように、忍びとしてだけではなく、いつ侍となっても良いように、とな。そして、こたびの乱で、豆州につけた。上田が滅べば、わしの命はない。左衛門佐、藤蔵とて同じじゃ。豆州は徳川につけたが、いざとなれば、あ奴の命とてわからぬ。まして、敵はあの家康よ」

いつの間にか、ああ、と呆《ほう》けたように口を開けている。

だから、なのか。

あれだけ、望み、願っても、頑《かたく》なに信幸のもと繋ぎ役に徹せよ、というのは。

己の博奕《ばくち》にすべてを賭《か》けながら、身を伏せた源吾を生かそうとした。

一族が死に絶えても、真田の血を残すために。

「源五郎《げんごろう》」

昌幸は、厳かに呼びかけてくる。え、と、源吾は声なき声を上げる。

「源五郎、わしがりんに与えたおまえの正しき名だ、真田源五郎、この名が意味するところ、わかるな」

源吾の目が張り裂けんばかりに開かれている。

真田源五郎。

かつて昌幸が名乗った幼名である。

この名はまぎれもなく、おのれの体に真田の血が流れている証《あかし》ではないか。

「豆州、左衛門佐は知っている」

昌幸は声音を落とした。

「犬伏《いぬぶし》で明かした」

「なぜ」

源吾は震える声でやっと口を開いた。

「なぜ、今になって、私に明かしてくださるのですか」

昌幸はしばし言葉を溜《た》めた。

「許せよ、源五郎」

やがて瞼を伏せた。

「わしの代は終わった」

が、すぐに瞼を上げ、爛《らん》と光る瞳で見つめてくる。

「真田は豆州の代となる。これから真田は新しき世に生きる」

いつもの明るい微笑が頬に浮かぶ。

「もうわしがおまえを縛ることもない。思うまま生きよ、真田源五郎」

最後に昌幸はゆっくりと頷いた。

源吾の鼓動は高鳴っている。手が、足が、全身が疼《うず》くようである。

己の体を駆け巡る血が、すべて新しく替わったような、そんな気がする。

源吾、改め、真田源五郎。

震える拳《こぶし》を握りしめ、深々と面を下げた。


源五郎は廃墟を後にする。

十蔵一人が先導して、砥石へと戻ってゆく。

「りんは、大殿にすべてを捧げていた」

焼け跡を進む中で、珍しく十蔵の方から口を開く。

「武田忍びの生き残りのりんにとって大殿は命の恩人であり、希望の光。りんは、真田の子を育て大殿の血を繋ぎたい、と、わしに打ち明けた。わしは忍びを捨て、身を隠すように勧めた、だがな」

前を向いたまま、背中で語る。源吾は月光に浮かぶその背を見ている。無言で凝視している。

「りんは、真田忍びとして、大殿を守り続けたい、と言いおった」

薄暗がりに、くぐもった呟《つぶや》きと、二人の足音が流れ続ける。

「大殿は、こう言っておられた」

砦跡を出ようとするところで、立ち止まる。

「源五郎は武家の縛りを受けず、忍びの技を備え育った。したたかに生きるだろう、と」

おもむろに振り返った。月明かりがその彫深い顔を照らしている。

「母に似た、強き者となる、信じている、とな」

十蔵はニコリと笑った。

源五郎が初めて見た、親とも師匠ともいえる男の優しき笑顔だった。

対決

そして、真田信幸と徳川家康の会見は行われた。

場は、大坂城西の丸御殿である。

西の丸は、秀吉死後、家康の強請でつくられた新しい天守がそびえ立つ、大坂城もう一つの本丸ともいえる巨郭である。

謁見の間、上段に家康がいる。

上座に家康、その手前脇《わき》に取り次ぎ役の本多平八郎忠勝、下座に信幸。

本多正信は、証人として、部屋隅に控えている。今日は特に内々の謁見ということで、座はこの四人だけ、あとは小姓近習《きんじゅ》である。

正信は会見の前に、忠勝を捕まえて問うた。

「真田信幸から事前に上田赦免の願い出はなかったのか」と。

いや、常道ならそうだろう。忠勝は信幸の岳父であり、家康一の家臣。信幸は当然頼り、根回しをするはずである。

いつでも、どの者もそうだ。権勢者に赦しを乞う、あるいは褒賞を望む者は、その沙汰《さた》を受ける前に仲介人を頼って取りなしを願う。

真田信幸が頼るなら、本多平八郎忠勝しかいない。

「ない」

忠勝は見事過ぎる武者面で即応する。

「真《まこと》にない、か」

正信はなおも聞く。なにせ、岳父である。なにか、隠すところはないか。

「弥八郎」

忠勝はギロリと大きな眼を向けてくる。

「己の様な謀好きは、生涯わからぬだろう」

そう言いながら、忠勝はとくに正信を蔑《さげす》むわけでもない。

同じ本多でも忠勝の平八郎家と正信の弥八郎《やはちろう》家。武の平八郎忠勝、策の弥八郎正信、しょせん畑が違うのである。

「この期におよんで、真の侍にくだらぬ探りは不要。とくと己が目で見て、正鵠《せいこく》に物事を捉《とら》えよ」

首筋に刃《やいば》でも突きつけるほどの迫力で、重厚に言い放つ。

正信、口元をゆがめ、知らずと下僕のように首《こうべ》を垂れている。

やはり、この男にはかなわない。


「伊豆守、大儀である」

家康は悠々と始めた。信幸は深く頭を下げている。

「内府《だいふ》様におかれては、ご機嫌麗しく、大慶の極みに存じ奉ります」

「おぬしも息災そうで、なによりぞ」

そして、家康は、信幸の上田攻めでの働きを尋ね、信幸はそれに一つ一つ丁寧に答えた。やりとりに一切淀《よど》みはない。家康は満足そうに笑い、機嫌よく頷いていた。

「おぬしは、真田安房を攻めて、砥石を落とし、上田城の見張りとして、かの者の動きを封じた。おぬしの見事な働き、わしは誠に嬉しく思うぞ」

家康は長者の微笑《ほほえ》みで尋ねる。

「天下のためとはいえ、父と袂《たもと》を分かってまで、わしに尽くしてくれた。一族と戦うという苦難にもくじけず、己が役を十分になした、その律儀に感じ入って尋ねる。なにか褒美に望みがあるか」

「いえ」

信幸の答えは早かった。

「ありませぬ」

「望みはない、と、申すか」

「は」

「遠慮はいらんぞ。そちは、わしと平八郎の婿である。上田のこと、気になるであろうが。腹蔵なく申せ」

家康は天下人らしい風格で問う。それでも信幸は毅然《きぜん》としている。

「真田安房守は内府様に背き、天下を乱した反逆の輩《やから》。それがしは、その分も内府様に尽くし、働かねばなりませぬ。こたび、それがしにいささかの功もございませぬ。ならば、内府様に望むことなど、我にあるはずがなし」

「では、真田安房守、いかにしても良い、と」

「は」

ふむ、と、家康は口をすぼめた。

「望み、ではございませぬが、内府様」

信幸の声音に力がこもるのを感じた。

「なにかな」

「かの小山《おやま》にて、それがしに下さった書状を憶《おぼ》えておられますか」

「む？」

「ここにございまする」

信幸は懐から丁重に一枚の書状を取り出し、開く。

「これに内府様は真田安房守の所領について、それがしに任せる、と書いておられます。ならば、信濃小県《ちいさがた》については、それがしにくださりたく」

信幸は深々と面を伏せる。

「後のすべては内府様の思し召し通りに」

家康は静かに見つめている。

家康の花押《かおう》が入った書状が目の前にある。否定のしようがない。

「よいだろう」

「ありがたき、しあわせ」

信幸は再び面をさげた。

「それでは、お伝えしたきことが一つ」

「なんぞ」

「それがし、名を変えまする」

む、と家康始め、忠勝、正信、眉をひそめる。なにを言い出すかと思えば、である。

信幸は、もう一つ、懐から紙片を出し開く。

開けば、

――信之《のぶゆき》――


と書かれている。

あの紙である。むろん、家康らは知る由もないが、昌幸が源五郎に渡したあの紙が、今、信幸の右手でかざされている。

「向後は、それがし、真田信幸改め、信之、この名とさせていただきまする」

紙を持つ信幸の手は固く握られ、全身から大いなる気が発散されている。

「どうか、お見知りおきを」

深々と面を下げる。

家康は、まじまじと見ている。

信之。父昌幸から一字を得た「信幸」を捨て「信之」へ。これは、真に二人の絶縁を意味する。

この壮烈な決意は、家康にも重大な意味を成す。

父子訣別しての服従、しかも名を変え、自ら世間に知らしめる。まるで新しき徳川の天下に尽くす先駆けとして、名乗りを上げるようである。

信幸の誠意だけではない。この行為は、まだ豊臣天下の記憶が生々しい外様大名にも衝撃を与える。時勢の変わり目を見た者たちは、こぞって倣《なら》うのではないか。

「伊豆守、わかった」

家康は、やっと口を開いた。

「見事な覚悟ぞ」

粛然とした声音が室内にこだましていた。


信幸が去れば、室内には、家康、忠勝、そして正信のみが残る。

「平八郎」

どうだ、と、家康は厳然たる顔を向けてくる。忠勝もここは、ハ、と応じる。

「かくのごとき男こそ、新たなる天下のもとにあるべき」

忠勝はいかめしい髭面を嬉しそうにゆがめている。

「外様衆の鑑《かがみ》となりましょう」

ズシリと重く言う。惑いは一切ない。どうやら、真田信幸、忠勝にとって、婿だの縁戚《えんせき》だのという域を飛び越えたようである。

家康は、フッと笑みを漏らし、

「佐渡」

と、今度は、正信を振り向く。

正信は正信で、このやりとりを見て、新たな智をめぐらせている。

(恐ろしい男だ)

改めて真田伊豆守を見直した。いや、大したつわものである。ここまでやるなら、家康の下に置くしかない。だが、それだけで済ましてはいけない。

本多忠勝は芯《しん》から惚《ほ》れ込んだようだが、正信は、今後、真田信幸をどう使うか、それのみを考えている。

家康は近々、朝廷を動かし、将軍宣下《せんげ》を受けるつもりでいる。武家の頭領として幕府を開き、全国の大名を膝下《しっか》に置くのである。

その幕藩体制も粗方《あらかた》決めている。

徳川一門の親族大名藩、家康創業から尽くした譜代大名、そして関ヶ原を機に家康に従った外様大名。これを明確に区分けして、大名中に階位を設けるのである。

親藩は血族なので、幕府に逆らうことはない。譜代には大禄《たいろく》は与えぬものの、幕府の役職につけ、将軍を支え、国の政《まつりごと》に参画させる。

外様大名は、江戸、上方から遠い地方に置く。関ヶ原の論功行賞もそれを見越して行っている。外様に大藩が残るのは仕方がないが、彼らに幕政への参加権はない。すなわち、あくまで地方の自領を治めるだけとする。

外様大名の中には不満もくすぶるだろう。

そこで、この真田信幸の律儀を喧伝《けんでん》する。それも、徹底してやる。後の世にその名が轟《とどろ》くほどにやっておく。

あの真田安房守の息子がここまでしたなら外様はこぞって、徳川へ忠節を誓うだろう。

(そうするに値する男だ)

正信は確信して頷く。

「それがしも、そう思いまする。それに」

そして、まだある。家康の重要な懸念はもう一つ、上田である。

「ここは、伊豆守の律儀に応《こた》えて、真田安房守、許しましょう」

家康はいぶかし気に眉をひそめる。

「なに、許すと言うても、命一つ助けるだけでございます」

正信は身を乗り出す。

「これをもって上田城を落とします。伊豆守の上田領安堵《あんど》と真田安房守の助命。これを条件に、城を開けさせ、降すのです。伊豆守には沼田に加えて上田を与え、徳川大名として真田の家を継がせます。安房守は命こそ残しますが、蟄居《ちっきょ》閉門。上田から引き離して、高野山《こうやさん》にでも送りましょう。安房守を殺さず虜《とりこ》にしておけば、伊豆守とて上様に背かぬでしょう。逆に、伊豆守が徳川大名としてある限り、安房守とて身動きもできますまい。これにて、お互いをもって人質とするに同じ」

言いながら、正信は自らの策の自信を深めている。

（そうだ、これだ）

元からそうだったのだ。いくさで落とすべきではない。この調略で上田は無血で落ちるのだ。

「伊豆守、安房守、二人に枷《かせ》をはめるのです」

まさに、毒をもって毒を制す。これこそ、謀の士、本多佐渡守正信がやりたかったことである。

「そして、もう一つ、やるべきことが」

正信は言葉を溜めた。

「なんぞ」

「上田城を──」

正信は声音を落とし、滔々《とうとう》と語る。

やらねばならないことがある。積もり積もった家康の遺恨を晴らすためにも。

家康は真田を滅ぼしたかった。力攻めに攻めつぶしたかった。

だが、それはしない、できない。そのうえで、家康の意を汲むためには。

正信の語りが進むたびに、家康の目がぎょろりと開かれ、輝きが増してゆく。

「佐渡」

家康は口元に笑みを浮かべている。

「さすがよ、のう」

苦笑にも、満悦の笑みにも見えた。

「平八郎」

家康は振り返る。

忠勝はわずかに眉根を寄せて頷く。異存なし、ということだろう。

それはそうだ。いくら真田の縁戚とはいえ、忠勝も徳川侍。天正のいくさも、こたびの上田攻め失敗も知っている。徳川にとって後顧の憂いを残したくないはずである。

嬉しい。これで家康の顔も、忠勝の顔すらも立つ。

正信の全身を喜悦が満たしてゆく。策士の面目躍如、といったところである。

(ま、中納言様も)

秀忠の半泣き顔が思い出される。

――わかりました。無様な上田攻めの記録、後世に残らぬよう、出来うる限りもみ消して差し上げます。それで、お許しいただけますか――

正信は心で詫びて、苦笑した面を深々と下げた。


源五郎は、大坂城西の丸の堀外で、近習数名とともに信幸の下城《げじょう》を待っている。

目の前に西の大手門と呼ばれている生玉門《いくたまもん》が見えている。

西の丸は西軍総大将毛利輝元が入った巨郭である。その門構えだけでも相当に重厚、上田城の大手門の倍ほどもある。

今日、巨大な門扉は平和を喧伝するように八の字に開いている。

(この城が、戦わずに落ちるなど)

源五郎は、フウッとため息をついて、大きく顔をしかめる。

冬晴れである。見上げた高い空に、大坂城の二つの天守が黒光りしてきらめいている。

手前が西の丸の新天守、そしてもう一つは秀頼が座する本丸の大天守である。こんな巨大な天守が二つもある城、古今東西聞いたことがない。

左右の城壁は果てがないほど長大に続き、高石垣は見上げればひっくり返りそうである。足元の堀は底なし沼のごとく深潭《しんたん》たる水を湛《たた》えている。

天下人豊臣家が君臨し、数万の軍勢を容《い》れたこの城が、なにもせず家康にひれ伏した。

日の本の各地では数多《あまた》の者が戦い、傷つき、死んだというのに、ここ大坂はなにもしなかった。

(これほどの城が)

源五郎、いつの間にか、強く下唇を噛《か》みしめている。

そこに、生玉門を抜け、信幸がでてきた。

いつもどおりその歩みに揺るぎはない。堀に架かる橋の真ん中をまっすぐ進んでくる。

源五郎は進み出て跪く。

もはや、その心が読めず、惑うことはない。

信幸の堂々たる様に確信している。

家康の前でも微塵《みじん》も臆《おく》することなく、立派に真田家当主の務めを果たしてくれたのだろう。

間違いない。そうだ、この殿様には陽光の下が似合う。

信幸は、これからもこうして遠き道程を敢然と前へ歩み続けるのである。

「お帰りなさいませ」

なにも聞くこともない。この殿なら、真田は大丈夫だ。

全身に力を込めて面を伏せ、見上げる。

信幸は、いつものごとく、端然と見下ろしていた。

「源五郎」

凜《りん》とした面を向けている。

「名を変えたよ」

その声は乾いている。

「父上の一字を返上した」

自嘲《じちょう》するような笑みが頬《ほお》に浮かぶ。憂えるような、寂しげな顔であった。

だが、すぐに信幸は口を真一文字に結びなおし、顔を上げた。

毅然《きぜん》と胸を張る。その姿、真に英雄と呼ぶにふさわしい。

真田信幸、改め、真田信之。

徳川将軍、幕府老中にも絶大なる信頼を得て、九十三歳の長寿を保ち、信州松代《しんしゅうまつしろ》真田藩の礎を盤石にした。幕閣は、齢九十一になるまで隠居することをおし留《とど》め、将軍家綱《いえつな》は「あなたは天下の飾りである」と頼った。

「その一字」

源五郎は勢いよく面を伏せる。

「必ず、どなたかが、受け継いでくれるでしょう」

また面を上げ、言い切った。

信幸は凜々《りり》しき眉を上げ、大きく目を見開いた。そして、カハッと笑った。

「そうか」

大らかに言い放った。

「そうだな」

その笑顔、どこか、父真田安房守昌幸に似ていた。

さらば、上田

真田信之、家康の会見の数日のち、上方よりの使者が上田に着いている。

使者は、徳川からの書状をたずさえ、「城を開け降伏すれば、全城兵、および、城に籠《こも》った者全《すべ》てを許す。昌幸、信繁は死罪のところ赦免し、高野山へ追放」と告げた。

「上田領は、誰に?」

乾いた声でそう聞いた昌幸に、使者は上目遣いに口を開いた。

「真田伊豆守信之殿へ」

昌幸は、うむ、と、真一文字に結んだ口の端を上げ、頷いた。

半刻後、昌幸は左衛門佐信繁、藤蔵信勝の息子二人を連れ本丸を出た。そして、三の丸お屋形《やかた》へと移ると、すべての家臣を集めるよう告げた。

家老だけではない。城の警固を解き、物頭、足軽小者《あしがるこもの》、牢人《ろうにん》、はては民まで分け隔てなく来るよう、城中にくまなく使いを走らせた。

上田の者は一斉にお屋形をめざした。

長引く籠城に、兵も民の顔にも色濃い疲弊があった。それでも、昌幸直々の呼び出しに、皆、目を輝かせ押し寄せてくる。これは、天下を相手取った辛《つら》き籠城戦でも、昌幸への信頼が衰えていない証であった。

人々は広間どころか館内にも入りきらず、庭に充満し、果ては周囲の街路にまで溢れた。

「入りきらんか」

昌幸はそう笑い、「では、でるか」と愛馬を引きださせ、軽やかに飛び乗った。

三の丸へ出る。

あの日、徳川を討つ、と高らかに宣言した街路をカツカツと馬を進めて行く。

後に、家臣、兵、民がぞろぞろと続いてゆく。馬の行く手にも民は溢《あふ》れ返り、愛する主《あるじ》を迎えている。昌幸の傍らにはもう護衛も、馬の口取りすらもいない。ただ一騎の昌幸は人波に揉《も》まれるようにゆく。

昌幸は乗馬が興奮しないよう、時折、ホタホタと掌《てのひら》で首を撫でている。小さな体、穏やかな顔、まるで愛妻の背をさするような仕草であった。

しかし、もう進めない、街路にはそれだけ人が充満していた。

昌幸は馬上頷き、四方をゆっくりと見渡した。そして、大きく息を吸い、吐く。寒風に、白い吐息がブウッと舞う。

「みなぁ、寒いのに、悪いのう！」

ニカッといつもの笑みを浮かべた。

「頭高《ずたか》く物申すのもえらく無礼じゃが、みな知っての通り、わしは小男じゃ。皆の顔がみられんようになる。馬に乗ったまま話すが、いいかのぉ」

否応《いやおう》もない。民は昌幸の様子がいつもと変わらないことに、安堵とともに、明るい笑みで応じる。

「さて、皆も知っとるな、真田安房守昌幸という男はな、生まれてから、嘘《うそ》をつき続けてきた」

続いた言葉に、皆、小首をかしげる。一体、何の話がはじまるのやら。

「武田が滅びてから、信長や北条、上杉、そして、秀吉、さらには、あの家康と、たんとたんと嘘をつき誑《たぶら》かして生きてきた。わしの今生《こんじょう》はなあ、嘘ばっかしじゃ」

知っている。それこそ真田昌幸の武略である。そうして、戦国を生き延びてきた。そしてそれはすべて上田のためだ。そんなこと、ここにいる皆が知り尽くしている。

「大名どもを誑かすかわりにな、心に決めとったことがある。それはなあ」

人々はぐっと身を乗り出し、聞き入る。

「決して、己の家臣と民、これをだますようなことだけはせん！　とな」

昌幸は眉根を寄せ、大きく目を見開いて、言い切った。

「じゃがなぁ、こたび、その決め事を守れなんだ」

視線を落とした。遠目からもわかる、寂し気な顔だった。

「あろうことか、皆に嘘をついてしもうた。わしゃあ、皆に、わしについてくりゃあ、百石でも千石でもやるぞ、と言った。だがな、それはできん、わしゃ、なんも皆にあげられん」

フウッと吐息を漏らす。

「こたび、皆、わしのために、命を張ってくれた。いくさのために家をくずされても嫌な顔もせんで、ともに戦ってくれた。そして、あの徳川を打ち破った。わしゃ、なんと嬉しかったか。いいか、勝った、勝ったぞ。みな、勝ったんじゃ。上田は間違いなく勝った。いまだに負けておらん。だがな、そんなにしてくれた皆に、わしゃあ、なんもしてあげられん」

悔しそうに、面をゆがめ振った。

「すまん、すまんのう、皆の大切な家も、田畑も焼いてしもうた」

大きく深く、上半身ごと、身を伏せた。

「わしゃ、もう、皆の領主などと、言えぬ」

聞いている民は皆、大きく首を振り、肩を震わせ、全身で否定する。

「なにを言われますか」「わしら、まだまだ、共に、戦いますぞ！」

沸き上がった声に、昌幸は「いや」とかぶりを振った。

「許してくれなぞ、甘えたことはいわん。人の信を裏切りし、大罪を背負った真田安房守はこの世から去る」

昌幸が言い切れば、皆、瞠目《どうもく》して、顎が外れたかのように口をあける。

「そんなこと言わんでくだされ」「わしらの殿様よ」「われら、どこまでも殿さんのもとでやりますぞ」

ある者は、あああ、と、地に膝《ひざ》をつき、ある者は面を押さえ、またある者は頭を抱え路上にひれ伏す。足軽も、商人も百姓も、皆、滂沱《ぼうだ》の涙を流し、顔をゆがめる。どの者も、昌幸以外の領主など考えられない。

「だがな、みなぁ、なんも案ずることはないぞ、わしのあとは、すばらしい男が来てくれるぞい」

そんな人々を見渡して、昌幸は胸を張る。

「真田伊豆守信之が、あの豆州がな、上田を治めてくれるわい」

昌幸は、何度も頷いて、グルリと周りを見る。

「みな、よかったなあ。心置きなく、頼れるぞ。わしよりよほど大きな男が皆を慈しんでくれる」

そして、昌幸は高らかに両手を挙げた。

「上田は良い街になる。間違いない。わしゃあ、遠くから見守っておるぞ！」

朗々とした声が、人々のすすり泣きの上を響き渡る。

「わしの自慢の息子を、よろしゅう頼むぞ、皆！」

昌幸の雄叫《おたけ》びは、皆の心にしみこむような余韻を残した。


「お、お屋形様」

家臣たちも皆、拳を握りしめ、肩を震わせる。

その群れの最前列で、藤蔵信勝は、涙でぐしゃぐしゃの面を伏せている。

この三男は先ほど伊豆守信之のもとへゆくことを、昌幸に厳命されている。

「藤蔵、見るのだ」

その肩をグイと摑んで、信繁が身を乗り出す。

信勝は声にならぬ声で応じ、歯を食いしばり、うなずく。

「その目で見て、焼き付けるのだ、民とともにあり続けた父上の姿を」

信繁は励まし続ける。

「あれこそ、上田城主真田安房守昌幸だ。我らの誇らしい父上だ」

一挙一動すら見逃せない。それほどの気を込めて、信繁はみつめる。

敢然と胸を張り、両の目を見開いて、父の最後の勇姿を見続けていた。

■終章　夢の続き

慶長《けいちよう》五年十二月十三日。上田城《うえだ》は開城降伏した。

真田《さなだ》安房守《あわのかみ》昌幸《まさゆき》、左衛門佐《さえもんのすけ》信繁《のぶしげ》は高野山《こうやさん》へと配流。上田領信濃《しなの》小県《ちいさがた》郡は、真田伊豆守《いずのかみ》信之《のぶゆき》へと与えられた。

信之は、昌幸に従い高野山へ向かう者以外ほぼすべての家臣を引き取り、真田家当主として、徳川傘下九万五千石《ごく》の大名となった。


年は明けて、慶長六年（一六〇二）四月。信濃はもはや初夏の陽気である。

薫風が盆地を吹き抜けてゆく。野原で、道端で、草花は芽吹き、匂《にお》い立つように、上田平を彩っている。

その中を一団の山伏《やまぶし》が練り歩いている。

修験《しゆげん》で各地をめぐるのであろうか。整然と錫杖《しやくじよう》をつき、滔々《とうとう》と流れる千曲川に沿って歩きゆく。

やがて、一行は、千曲《ちくま》の河畔を離れ、染屋《そめや》原《はら》の丘陵《きゆうりよう》へと登ってゆく。

「ああ」

丘上に立った山伏の群れから、一人、ため息をもらして前にのめり出た。

「あああ」

ため息は止《や》まない。むしろ、大きくなる。ついに山伏は両膝《りょうひざ》をついた。

「なんという悲しき有り様ですか」

山伏は苦悶《くもん》するごとくつぶやいて、両手まで地につき、首《こうべ》を前に垂れる。

その先に、上田城が拡《ひろ》がっている。

いや、ない。

あるはずの城がない。

あの壮麗な天守も、堅牢《けんろう》な櫓《やぐら》も、金箔瓦《きんぱくがわら》をのせた御殿も、徳川勢に立ちはだかった城壁も、水堀も空堀もない。あれだけの偉容を誇った上田城は今、綺麗《きれい》に消えてなくなっている。

真田昌幸、信繁父子から上田城を受け取ったのは、諏訪頼水《すわよりみず》、依田信守《よだのぶもり》、大井政成《おおいまさなり》といった徳川方の将である。彼らは新領主真田信之が入領するまでの在番役《ざいばんやく》であった。

城が徳川勢に接収されてほどなく、上田平に大軍が押し寄せた。

ただの軍兵《ぐんびょう》ではない。その大半は選抜された黒鍬《くろくわ》の者（工作兵）である。

彼らは、上田城に一斉に取りつき、力任せに破砕を始めた。

まさに怨《うら》みをぶつけるように、城壁を突き崩し、櫓を叩《たた》き壊した。破壊された櫓の木片、崩された壁の瓦礫《がれき》は堀に放《ほう》り込まれ、自慢の金箔瓦も地中深く埋められた。

更地に近い城跡に残るのは、三の丸にあったお屋形《やかた》のみである。

その屋敷だけが周りに堀一重だけ残し、ちょこんと残っている。なにもない中、むしろ残っているのが、滑稽《こっけい》。羽をむしり取られ、丸裸にされた鳥のようである。

無血開城し、新領主真田信之に引き渡されるはずの上田城は、今や城ではなかった。

徳川家康《とくがわいえやす》は、本多正信《ほんだまさのぶ》の進言を入れ、いくさ前の約定《やくじょう》どおり上田領を信之に渡す代わり、その主城上田城を徹底的に破却した。

「書状に城まで渡す、とは書いておりませぬ」こう正信は言ったらしい。

徳川はついに因縁の城を落とし、木《こ》っ端《ぱ》微《み》塵《じん》にすりつぶした。


「主水《もんど》よ。嘆いても仕方ないぞ」

嘆く山伏の後ろから、別の山伏が声を掛けてくる。

「しかし、なんという無残な姿に」

諸手《もろて》を地について涙声を出すのは、真田家臣、信繁付き小姓《こしょう》の望月《もちづき》主水である。

「殿は、寂しくありませぬか」

主水は振り向いて泣きはらした赤い目をこする。

背後の山伏は穏やかな面を向けている。真田左衛門佐信繁の変わり身である。

「それは、寂しいさ」

そう言うが、口元に微笑を浮かべている。

「だがな、上田城はわしと父上の身代わりとなってくれた。今、あの姿を見て申すべきは感謝ではないか」

諭すように言う。

「ですが……」

「主水よ、真田安房守昌幸はな、隠居して、高野山に入った。すべてを継いだのは伊豆守信之だ。上田は真田がこの後もしっかりと治める。こたび戦乱の中で真田はしっかりと家を繋《つな》いだ。めでたきことではないか」

信繁の声音は穏やかに響く。

「真田の家は兄上がおる。兄上は家を繋ぎ、土地を愛し、民を慈しむことができるお方、兄上なら城などなくともできる。ために、徳川についた。それでよいではないか」

「は、はあ」

主水は、なお涙ぐみながら、頷《うなず》く。

「ですが、左衛門佐様」

一歩踏み出した中背の山伏がいる。

「左衛門佐様はいかがなのですか。真田安房守は己《おのれ》の夢を大乱に賭《か》けた。やりきったかもしれない。で、左衛門佐様もその若さで蟄居閉門」

頭頂に兜巾《ときん》を乗せた総髪をなびかせている。この山伏、伊賀《いが》の賽《さい》である。

「左衛門佐様はこのいくさで全《すべ》てを失ってしまわれた」

「わしか」

信繁は微笑で応じる。

「かけがえなきものを得た」

「なにを？」

賽は食い下がる。信繁はしばし無言。やがて、つぶやくように口を開いた。

「なぜ、兄上は、徳川が上田を攻めたとき、秀忠《ひでただ》の本陣を衝《つ》かなかったのだろうか」

「え……」

賽は戸惑う。それは、徳川が砥石《といし》の備えを置いたからではないか。賽も見た。当然、信繁も昌幸も知っている。今さら何を言うのか。

「徳川が備えていなかったら、兄上は秀忠の本陣を衝いただろうか」

「それは……」

賽は言いかけて、ふと、言葉を呑《の》む。信幸は断腸の思いで動かなかった。そう思っていた。いや、そう思い込もうとしていたのかもしれない。

「わしが思うに、こたびのいくさで、真田が勝つにはあそこしかなかった」

「ですが」

「確かに徳川は兄上を疑い、砥石に備えていた。だが、あのときすでに神川《かんがわ》は増水し対岸の敵は渡れない。兄上が打って出て、城内の我らが息を合わせて搦手《からめて》から精鋭を放ち、秀忠の本陣へ斬《き》り込めば、どうなっただろうか」

「――」

賽だけではない。背後に控える山伏たちも皆、瞠目《どうもく》した目を泳がせている。

「城を守るだけなら勝ったとは言えぬ。小勢が大軍に勝つためには全てを捨て本陣の総大将を狙《ねら》うしかない。それがあの時だ。父上は乾坤一擲《けんこんいってき》に賭けた。だが、兄上はしなかった」

「では……」

「裏切りではない。そうしたとて勝てるかは、わからぬ。上田攻めの徳川勢を打ち払ったとて、家康がいる。対して、上方の豊臣勢は崩れかけていた。兄上は家康の天下を制する強《した》かさを知り、向後、徳川に服することを決めた。父上とてそれをわかっている。だから、兄上に家を託し、後は、わしと藤蔵にいくさというものを教えてくれたのだ」

皆、一様に言葉をなくす。

あのとき、上田攻めの大軍を打ち払ったとき、皆が勝ったと喜んだとき、すでに、昌幸はいくさの行く末を悟った、というのか。

愕然《がくぜん》と固まる一同を前に、信繁の顔はひたすら穏やかである。

「わしがこたび得たもの、それは、父上のいくさ、だ」

歯切れ良く言い切る。声音に底響く芯《しん》があった。

「わずかな兵で雲霞《うんか》の大軍を手玉にとり、しかも打ち破るいくさを、この目でみて、耳で聞いた。采《さい》を振り、槍《やり》騎馬を操り戦場を駆けた。父上はな、わしに天下を相手取るいくさを見せてくれた。これは、何にも代えがたいこと」

信繁は大きく頷く。

「それに、父上はな、わしを家の呪縛からも解いてくれた」

一同、再び怪訝《けげん》そうに眉根を寄せる。

「こたび、徳川に逆らい、豊臣家臣、信州上田真田安房守次男、左衛門佐信繁は死んだ。今、ここにいるのは、一介の牢人《ろうにん》、どころではない、ただ一匹の男だ。今や、わしには生まれた領国も城もない、だがな」

信繁は眉をひそめ、パッと目を見開いた。悪戯《いたずら》でも仕掛けるようだった。

「それは、こうともいう。わしは一から生まれ変われる」

忠孝にて父に従っただけと信幸を通じて訴えれば、あるいは赦《ゆる》しを乞《こ》うこともできたはず。それを信繁は一切せず、進んで高野山へと入った。

そうであろう。たとえ、信繁が徳川に降《くだ》ったとしても、何がなせるのか。

真田家当主の弟として、やがては家臣に名を連ねるかもしれない。だが、それで終わりである。徳川大名家の一家臣として枷《かせ》をはめられ、昌幸から学んだいくさをなす機会は永遠に訪れない。

「今わしは昂《たかぶ》っている。さて、丸裸になったわしが、これからどんな大事をなせるか。真田左衛門佐は死んだが、わしは生きている、とな」

信繁は、ハハッと笑った。

「どんな一生となるか、楽しみだ」

負けたことを悔やむでもない、落魄《らくはく》を悲しむでもない。この男は前しか見ていない。

その姿に、父安房守昌幸の不敵な笑顔が重なって見えた。

山伏一同、つられて笑う。なんだか、爽快《そうかい》だった。

この変化《へんげ》の山伏の一団、小姓の望月主水、真田忍びの海野《うんの》六郎《ろくろう》、穴山小《あなやまこ》助《すけ》、そして伊賀の賽。たっての願いで、高野山へ追放される信繁に従った者たちである。


「左衛門佐様、私も決めました」

声が響くや、傍らの大樹から猿のごとく飛び降りてくる小男がいる。

着地した小猿、いや、忍び装束の真田源《げん》五《ご》郎《ろう》は片膝をついて、顔を上げた。

信繁は小さく苦笑する。

「源五郎、お前は兄上の家臣だろう。兄上に尽くせ」

「は、尽くします」

源五郎はむろんとばかりに即答する。

「私は、侍と忍び、どちらもやることにしました。それこそ、我にしかできぬこと」

源五郎は口元を上げ、頷く。

「それがしは、表では真田伊豆守家臣、真田源五郎昌親《まさちか》。陰では忍びとして動きまする。忍びの時の名は――」

得意げに小さな体の胸を張った。

「サスケ、とします」

「サスケ？」

「正しくは、真田助《さなだのすけ》。真田の血を継ぎし忍びの者。略して、サスケ、いかがでしょうか」

源五郎は大真面目《おおまじめ》に面を固めて言う。信繁はクッと顔をゆがめ、噴き出すのをこらえた。

「サスケ、か」

やがて、真顔になる。

「いい名だな」

褒《ほ》められて源五郎、すなわち、サスケ、ニンマリと笑った。笑うと、どこか猿に似ていた。

「では、もう一人名を変えた方がいい奴《やつ》がいる」

信繁はそういって山伏の一団を振り返る。

「俺《おれ》ですか」

応じたのは、伊賀の賽である。

「伊賀の賽、もはや伊賀者でもない。賽の河原を思わせる暗い字も捨てよ。才智の才を使え。サイだけでなく、サイゾウ、才蔵《さいぞう》、この方が呼びやすい」

「才蔵？」

「得意の技は」

「霧……霧隠れ」

「そうか、ならば姓は霧隠れ。霧隠れの才蔵。霧隠《きりがくれ》才蔵、どうだ」

「霧隠才蔵」

「気に入らぬか」

「はあ――」

「生まれ変われよ」

「え」

賽は眉をあげて信繁の顔を覗《のぞ》き込んだ。その穏やかな瞳《ひとみ》の奥に静かな光が宿っていた。

(ははあ)

賽は悟った。

(同じだ)

野性を失った伊賀忍びに愛想をつかした賽。乱世の夢を終えた父とも、家臣や領民を背負い大名として歩む兄とも道を分かち、一人の男としての戦いを選んだ信繁。

(この男、地蔵菩薩《ぼさつ》か)

戦国にしか生きられない者同士、なのだ。

「なにか言ったか」

「いえ」

「やはり、気に入ったんだろう」

「ええ」

伊賀の賽、あらため霧隠才蔵はニコリと笑った。

「気に入りました」

信繁も莞爾《かんじ》とした笑みで頷いた。

「さて、サスケも才蔵も生まれ変わった。次はわしだ。向後はこう呼んでくれんかな」

山伏連中は目を輝かせて見つめている。

「幸村《ゆきむら》である」

一同、オオと歓声を上げる。

「兄上はこたび父上からいただいた一字を返上された。わしはその『幸』の字をいただいた名を使うとしよう」

真田信繁改め、真田幸村。

のちに、真田を「日の本一の兵《つわもの》」といわしめた男の誕生であった。

「では、幸村様、これから何をされますか」

サスケは明るく身を乗り出す。

「男、真田幸村、我ら同志、何に向かって心ひとつにしましょうや」

「こらこら」

いくらなんでも不遜《ふそん》な言いぐさである。望月主水が身を乗り出すのを「いいさ」と幸村が制した。

源吾は、大きく息を吸い、吐きながら、

「いくさ、でございましょう」

言い放った。皆の間に、一瞬、沈黙が流れる。

「狙うは、家康の首」

目を輝かせ言い切るサスケを、幸村は無言で見つめている。

「私は、やはり徳川を許せませぬ。幸村様も天下を相手にいくさをするなら、敵は家康ではありませぬか」

「でも、今や、我らには兵も領地も、城もない」

主水が怪訝そうに言う。

「ある、西に」

振り返り西を指さす。

「日の本の国じゅうの軍勢を引き受けて戦える、とてつもなく大きな城が、大坂にある」

サスケは得意げに胸をそり返らせる。

「大坂城で幸村様が采配を振れば、徳川なんて叩き潰せる」

皆、瞠目して見返している。あまりの大言壮語に、呆れて返す言葉がない。

ククク――　やがて、くぐもった笑いが漏れた。

「面白いじゃないか」

霧隠才蔵は笑いを堪《こら》えて口を押さえていた。

一人笑えば、ウハハと、皆、つられる。

笑いは笑いを呼び、やがて皆、大きく天に向け笑う。

海野六郎、穴山小助、皆、肩を、背中を叩き合い、笑み崩れる。

「なんだ、笑うな」

サスケは顔面を朱に染めて吠《ほ》えた。

「くだらん、くだらん、実にくだらん世になった！」

そのとき、耳障りなダミ声が、彼方《かなた》から聞こえてくる。

のぞきこめば、眼下を染屋の丘に向け歩いてくる坊主頭が見える。

「古だぬきがまんまと天下を盗み取りおった。このクソつまらぬ世に歯向かい、天下を驚かせるつわものはおらんか！」

薄汚い入道二人、口々に言いあいながら、夏草生い茂る道を歩いてくる。

「乱が、乱が欲しい」

「誰《だれ》か、乱をくれ、この世がかち割れるほど大きな乱を！」

初夏の霞《かすみ》の中、がなり声が天に鳴り響く。


「変わり者ばかり集まってくるな」

真田幸村は笑みを残した顔で、呆《あき》れたように言った。

「では」

皆をぐるりと見渡す。

「やるか」

幸村はニッと白い歯を見せた。

サスケは、会心の笑みで口の端を上げた。

駆け出し、上田平に向け立ち、大きく息を吸い込んだ。

「オオーッ」

叫ぶ。

天に向け胸をそらし、高らかに雄叫《おたけ》びを上げる。

真田源五郎昌親。

現世に残る記録では、その行跡はほぼ不明。真田信之家臣として生きた二、三の逸話が残るのみである。

昌幸の三男なのか、四男かも、はっきりとしない。寛政《かんせい》年間に江戸幕府が編纂《へんさん》した大名家の家譜集である「寛政重修諸家譜《ちょうしゅうしょかふ》」には、真田昌幸の庶子として、かろうじてその名を連ねる。

その項によれば、別名、内匠《たくみ》。

母は「某氏《なにがし》」その名すら残らない。

「徳川を討つ！」

サスケ、その身ごなしから、のち、猿飛《さるとび》などと呼ばれる男は、拳《こぶし》を固めて、大地を踏みしめた。

やがて、一人、また一人と続いて仁王立ちし、大口を開け、叫ぶ。

気付けば、その場の全員が叫んでいる。

オオーッ

上田平の蒼天《そうてん》の下を兵《つわもの》どもの雄叫びが、駆け抜けてゆく。

主要参考文献

『真田信之――真田家を継いだ男の半生』黒田基樹（角川選書）
『「豊臣大名」真田一族』黒田基樹（洋泉社）
『真田昌幸』黒田基樹（小学館）
『知られざる名将　真田信之』相川司監修　MYST歴史部著（だいわ文庫）
『真田昌幸』柴辻俊六（吉川弘文館）
『真田信之　父の知略に勝った決断力』平山優（PHP新書）
『真田三代　幸綱・昌幸・信繁の史実に迫る』平山優（PHP新書）
『真田氏三代　真田は日本一の兵』笹本正治（ミネルヴァ書房）
『真田幸村と真田一族のすべて』小林計一郎（KADOKAWA）

『真田一族と家臣団のすべて』丸島和洋（新人物文庫）
『真田四代と信繁』丸島和洋（平凡社新書）
『真田四将伝　幸隆・昌幸・幸村・信之』清水昇（信濃毎日新聞社）
『現代語訳　三河物語』大久保彦左衛門著　小林賢章訳（ちくま学芸文庫）
『信州上田軍記――真田昌幸父子、家臣、領民らの活躍を描く』堀内泰訳（ほおずき書籍）
『人をあるく　真田氏三代と信濃・大坂の合戦』中澤克昭（吉川弘文館）
『甲信越の名城を歩く　長野編』中澤克昭・河西克造編（吉川弘文館）
『新視点　関ヶ原合戦　天下分け目の戦いの通説を覆す』白峰旬（平凡社）
『天下分け目の関ヶ原の合戦はなかった』乃至政彦　高橋陽介（河出書房新社）
『関ヶ原合戦全史　1582-1615』渡邊大門（草思社）

本書は書き下ろしです。

装画　もの久保
装幀　bookwall

著者略歴

佐々木　功（ささき・こう）
大分県大分市出身。早稲田大学第一文学部卒。織田四天王の一人と言われながらも謎多き武将・滝川一益を主人公に描いた『乱世をゆけ 織田の徒花、滝川一益』で第９回角川春樹小説賞を受賞しデビュー。その他著書に『慶次郎、北へ 新会津陣物語』『家康の猛き者たち 三方ヶ原合戦録』『織田一の男、丹羽長秀』『天下一のへりくつ者』などがある。

Kadokawa Haruki Corporation

佐々木　功

真《さな》田《だ》の兵《つわもの》ども

*

2021年12月18日第一刷発行

発行者 角川春樹
発行所 株式会社 角川春樹事務所
〒102-0074 東京都千代田区九段南2-1-30 イタリア文化会館ビル
電話03-3263-5881（営業） 03-3263-5247（編集）
印刷・製本 中央精版印刷株式会社

ISBN978-4-7584-1396-1 C0093
http://www.kadokawaharuki.co.jp/